诗城苏州

潘君明 编著

苏州新闻出版集团
古吴轩出版社

图书在版编目（CIP）数据

诗城苏州 / 潘君明编著. -- 苏州 : 古吴轩出版社, 2024. 11. -- ISBN 978-7-5546-2486-9

Ⅰ. I222.72

中国国家版本馆CIP数据核字第2024W9R495号

责任编辑：俞　都
见习编辑：万海娟
封面设计：杨　洁
责任校对：蒋丽华
责任照排：吴　静

书　　　名：	诗城苏州
编　　　著：	潘君明
出版发行：	苏州新闻出版集团
	古吴轩出版社
	地址：苏州市八达街118号苏州新闻大厦30F
	电话：0512-65233679　　邮编：215123
出版人：	王乐飞
印　　　刷：	苏州市墨利印刷有限公司
开　　　本：	787mm×1092mm　1/16
印　　　张：	21.25
字　　　数：	394千字
版　　　次：	2024年11月第1版
印　　　次：	2024年11月第1次印刷
书　　　号：	ISBN 978-7-5546-2486-9
定　　　价：	88.00元

如有印装质量问题，请与印刷厂联系。0512-66619266

序

　　苏州是一座历史文化古城，也是江南的一颗璀璨明珠。自春秋时吴王阖闾建城以来的2500多年间，苏州随着社会的发展而进步，随着时代的演进而增荣。苏州是钟灵毓秀、人杰地灵之地，涌现了许多文人学士、书画大家，以及诗人、词家。古人曰："文章藉山水而发，山水得文章而传。"苏州古城，是一座园林之城、宝塔之城、文化古迹之城、小桥流水之城，有着咏不尽的诗篇、吟不完的词曲。说苏州是诗词的天地，一点也不为过。苏州是一座诗城，诗城属于苏州。

　　可贵的是，这些描写苏州古城、苏州街巷的诗人、词家，不仅有土生土长的苏州人，如陆机、张翰、张籍、陆龟蒙、范成大、范仲淹、吴文英、高启、唐伯虎、文徵明、王稚登、吴伟业、汪琬、沈德潜、袁景澜、徐崧、金天翮、蒋吟秋、周瘦鹃等。也有全国各地的外来诗人、词家，他们或旅游或经过，或访友或寓居，或在官衙任职，如骆宾王、张继、杜荀鹤、李白、杜牧、白居易、韦应物、刘禹锡、皮日休、贺铸、苏轼、苏舜钦、王禹偁、杨万里、柳永、杨备、郑思肖、袁宏道、翁方纲、爱新觉罗·弘历、吴昌硕、俞樾等，他们都留下了绚丽的诗篇词章。其中唐代诗人韦应物、白居易、刘禹锡，他们都任过苏州刺史，都留下了许多吟咏苏州的诗篇，有"苏州刺史例能诗"之说，这是非常难得的。

　　苏州古城，含城墙、城楼、城门及街巷里弄和桥梁，组成一个完美的整体，是全国闻名的历史文化古城之一，虽历经风雨沧桑，但依旧雄伟屹立，焕发出蓬勃的生机。在历史长河中，苏州还产生了许多雅号，诸如"阖闾""会稽""鹤市""吴""吴都""吴郡""吴趋""吴门""吴中""吴州""吴市""中吴""姑苏""长洲""茂苑""平江""金阊""吴阊"等。

苏州古城八城门中的阊门,楼阁壮丽,人烟稠密,最为繁华,故也成了苏州的代称。在历代诗人、词家的作品中,均有体现,有的还成为诗、词的题目。苏州还有"亚字城""棋盘城"之说。诗人、词家写苏州古城的作品多如繁星,字字句句,闪闪烁烁,发出耀眼的光芒。

有怀古而发出感慨的。泰伯、仲雍、吴王是开创苏州的先贤,要离、专诸是春秋时代的著名人物。"泰伯导仁风,仲雍扬其波。"(陆机《吴趋行》)"梧桐园中梧叶秋,西风飒飒吴王愁。"(欧大任《阊门》)"要离墓头枯草根,专诸巷口暮云昏。"(朱长春《吴门怀古》)"登古城兮思古人,感贤达兮同埃尘。望平原兮寄远目,叹姑苏兮聚麋鹿。"(刘长卿《登吴古城歌》)踏访古迹,思念先人,发思古之幽情,有感慨而行吟。

有赞叹古城高耸、建筑雄丽的。"高台临茂苑,飞阁跨澄流。"(虞世南《吴都诗》)"阊门四望郁苍苍,始觉州雄土俗强。"(白居易《登阊门闲望》)"钓桥通郭俯清流,月照朱帘卷画楼。"(伊乘《阊门夜景》)"碧城楼子耸秋空,声振江山鼓角雄。"(徐有贞《登五城门之阊门》)"凌朝一片阳台影,飞来太空不去。栋与参横,帘钩斗曲,西北城高几许。"(吴文英《齐天乐·齐云楼》)描述苏州古城之雄伟,信手拈来,诗意高古,词意浓郁,读之欣然。

有颂扬商市云集、经济繁荣的。"人稠过杨府,坊闹半长安。"(白居易《齐云楼晚望,偶题十韵,兼呈冯侍御、周殷二协律》)"万井千闾富庶,雄压十三州。"(柳永《瑞鹧鸪》)"小巷十家三酒店,豪门五日一尝新。"(唐寅《姑苏杂咏》)"翠袖三千楼上下,黄金百万水西东。"(唐寅《阊门即事》)"天下雄诸侯,苏州数一二。"(叶适《齐云楼》)阅读诗词佳句,浪漫豪放,赞赏有加,深感苏州的一片繁荣。

有描绘苏城风物、水乡景色的。"君到姑苏见,人家尽枕河。古宫闲地少,水港小桥多。"(杜荀鹤《送人游吴》)"青楼帘箔烟花暖,画舫笙箫潋滟浮。"(赵完璧《过苏州》)"闾阖红楼起,皋桥渌水回。"(祝允明《吴趋》)"亚字城西柳万条,金阊亭下水迢迢。吴娃买得蜻蜓艇,穿过红阑四百桥。"(朱方蔼《吴中杂咏》)好一座苏州古城,杨柳依依,绿水迢迢,粉墙红楼,跃然纸上。

有讴歌社会风俗、民风民情的。"山泽多藏育,土风清且嘉。"(陆机《吴趋行》)"近湖渔舍皆悬网,向浦人家尽种莲。"(张羽《过姑苏城》)"醉里笙歌连夜市,千家灯火似扬州。"(伊乘《阊门夜景》)"此夜阊间城下泊,满船明月听吴歌。"(沈愚《阊门夜泊》)湖畔渔舍,河中莲花,更有月夜吴歌,水乡风情,如画之长卷,展现在眼前。

苏州的街巷,是苏州古城的重要组成部分。凡文化性建筑,诸如园林、寺庙、宝塔、官衙、书院、会馆、义庄等,都坐落在街巷之中;一切政治的、经济的、文化的活动,也在街巷内展开。许多诗词记载着这方面的事迹,非常珍贵。而且,有不少诗人、词家,其宅第也在某街某巷,并反映在诗词之中。所以说,街巷产生的诗词情意与诗词描写的街巷风物,相得益彰,颇具风采。回顾历史,许多文化性建筑虽历经时代变迁,已然荒废,但古人的诗词,却留在古籍之中,本书也酌情收录。这使我们寻访古街老巷有了线索,研读诗词有了依据。

苏州的园林,自春秋时吴王造园以来,历代延续,约有数百处,产生了大量的诗篇,几乎可以编一部园林诗词集。晋代的顾辟疆园,后为宋代的任晦园池。"吴之辟疆园,在昔胜概敌……不知清景在,尽付任君宅。"(陆龟蒙《奉和袭美二游诗·任诗》)唐代的临顿里,为诗人陆龟蒙所居,实为一座园林。有诗纪之。"一方潇洒地,之子独深居。绕屋亲栽竹,堆床手写书。"(皮日休《临顿为吴中偏胜之地,陆鲁望居之。

不出郛郭，旷若郊墅，余每相访，款然惜去。因成五言十首，奉题屋壁》）明代的停云馆，为文氏先人所构，文徵明重葺。"基构百年谋，依然四壁秋。庭阴分柳色，檐影带云流。"（文徵明《重葺先庐履仁有诗奉答一首》）此外，宋代的隐圃、五亩园、朱家园；明代的拙政园、留园、芳草园、紫芝园、药圃、怡老园；清代的志圃、耦园、惠荫园、亦园等，吟咏诗词者甚多，难于计数。

苏州的寺庙，包括道观、庵堂等，至20世纪40年代尚有360余处。始建于梁的永定寺，韦应物罢官后曾寓居寺内。"密竹行已远，子规啼更深。绿池芳草气，闲斋春树阴。"（韦应物《与卢陟同游永定寺北池僧斋》）"古寺阅兴替，慨然感无生。昔贤此高寄，身世证化城。"（姚承绪《永定寺次韦苏州永定精舍韵》）始建于梁的承天寺，其声名不下于寒山寺，宋、元、明、清时为旅游胜地。"野梅香软雨新晴，来此闲听笑语声。"（郑思肖《春日游承天寺》）"世味逢僧尽，新凉入寺多。居山未有计，此地数来过。"（文徵明《承天寺中隐堂》）"古寺相过晚，依依残烛辉。一秋知客倦，累月逐觞飞。"（潘陆《同徐松之夜过梅枸司承天寺寓》）还有定慧寺、竹堂寺、北禅寺、天后宫等，都有诗咏词吟。

苏州的王府、官衙、学院与同等城市相比，非常突出。春秋时，吴王建都于此，置有宫城，后为张士诚的王府。张士诚兵败，一把火焚毁王府，成为废墟。"废鼓楼前蔓草多，夕阳骑马下坡陀。欲谈天祐谁堪问？自唱西风菜叶歌。"（文徵明《吊伪周故址》）"忆昔危楼纵炬焚，三千歌舞化余氛。鹧鸪尽日啼春雨，睥睨连天起暮云。蔓草自荒丞相府，故碑谁识太妃坟。只今父老兵戈里，犹话徐常旧建勋。"（汪琬《王府基感怀》）"记白驹兵，齐云火，一晌繁华何处？宫基春草绿，任莺歌花笑，更无人妒……"（陈崿《大酺·王府基怀古》）战争的残酷，兵火的无情，昔日王宫遂成一片"废基"。今遗址犹在，尚可吊矣！

苏州的桥梁，自古闻名，如今古城内外，有许多古桥尚在。"绿浪东西南北水，红栏三百九十桥。"（白居易《正月三日闲行》）"馆娃宫深春日长，乌鹊桥高秋夜凉。"（白居易《送苏州李使君赴郡二绝句》）"皋桥依旧绿杨中，闾里犹生隐士风。惟我到来居上馆，不知何道胜梁鸿。"（皮日休《皋桥》）有些古桥已废，但吟咏古桥的诗词，在古籍上尚能查阅。"百口桥边春日斜，旧时开遍紫荆花。山东人说张公艺，此是吴中顾训家。"（王宾《百口桥》）我们登上古桥，读古诗，忆古人，赏古迹，更爱苏州古城。

苏州的藏书人家，深藏于老街古巷之中。苏州人喜欢读书，读书人喜欢藏书。据史载，苏州历代出状元50余人，进士近3000人，还有文人学士、书画名家等，其中有许多是藏书名家。词家贺铸居于升平桥弄，在横塘也有别墅，藏书十分丰富。贺铸殁后，其子将藏书献于朝廷，由此得官。"鉴湖不住住横塘，梅子江南总断肠。一自渡江归秘府，小朝兼取蔡元长。"（叶昌炽《藏书纪事诗》）杨循吉是明成化二十年（1484）进士，官至礼部仪制司主事，藏书十万余卷，"辛勤一十载，购求心颇专。小者虽未备，大者亦略全。经史及子集，无非前古传。一一红纸装，辛苦手自穿。"（杨循吉《题书厨上》）藏书家黄丕烈是清乾隆年间举人，踏遍大江南北，购得宋刻本百余种，筑室藏书，室曰"百宋一廛"。"得书图共祭书诗，但见咸宜绝妙词。翁不死时书不死，似魔似佞又如痴。"（叶昌炽《藏书纪事诗》）藏书读书，与书为伴，自古及今，代有传承，真不愧为"天堂书香""书香苏州"。

我国是一个诗歌大国，神州大地，江山秀美，风物华丽，随处有吟咏，何景无诗词？苏州是诗歌大国中的一座诗歌城市，历史悠久，街市繁荣，小桥流水，皆有诗请词意。自古及今，吟咏了多少诗词，难以计数。本书选录的诗词，仅是古籍诗词中的一小部分，所谓"管中窥豹，可见一斑"也。这些诗词，从各个不同的侧面，既颂扬了苏州古城的雄伟壮丽，又描绘出古朴典雅的自然风光；既赞叹了苏州街巷的深厚文化，又反映了纯朴的社会风情。字里行间，无不寄托着创作者对苏州的无限深情，对苏州的爱慕备至。苏州是盛产诗词的摇篮，诗篇词章为苏州增光添彩。

读诗词领略苏州风情，了解苏州历史文化，陶冶自己的情操，真是一件快事！不觉吟曰："苏州好风景，尽在诗词中。诗意醇如酒，篇篇情景浓。"

我热爱苏州，生活于苏州，工作于苏州，对苏州的一街一巷、一园一亭、一河一桥、一草一木，都有着深厚的情感。寻找古籍，对描绘苏州的诗词，留意摘录，朝吟夕咏，兴趣倍浓。由此产生了一个想法，编一部《诗城苏州》的书，意在赏读苏州诗词，领略苏州风光，弘扬苏州历史文化也。但本人才疏学浅，毕竟阅读有限，诗词佳作难免有所遗漏，书中有不当之处，敬请读者指教。

潘君明

2024年劳动节，写于苏州市相门外

东环新村角挂书屋灯下

时年米寿

编写说明

一、我热爱诗词，注意搜集吟咏苏州的诗词，收获颇丰。苏州处处有诗词，古城、城墙、城门、子城以及古街老巷等，尽是诗情词意。苏州是一座诗歌之城，遂萌发编撰《诗城苏州》一书的念头。

二、我国是闻名的诗歌大国，自古及今，诗词已成为人民文化生活中的一个重要组成部分。诗歌大国必有诗城、诗县、诗乡。苏州是人间天堂，山水清华，烟柳画桥，风景瑰丽，亭台楼阁、花卉树木皆有诗情词意，产生的诗词多似繁星，留下的诗词不胜枚举，称苏州为一座"诗城"，实至名归也。

三、2500多年的苏州古城，城墙、城楼、城门、子城，生发出多少诗情词意；2500多年的老街古巷，深蕴着多少诗歌情怀。歌吴趋，讴吴歈，唱吴歌，代代相传，千秋延续，一番诗城之景象。

四、苏州是江南文化的中心，历代文人辈出，涌现了许多诗人、词家，如陆机、张籍、陆龟蒙、范成大、范仲淹、吴文英、唐伯虎、文徵明、高启、顾瑛、尤侗、潘遵祁、袁景澜等。真是群彦汪洋，留下了难以计数的诗词佳作，字字珠玑，光辉灿烂。此乃难得的精神财富，也是十分宝贵的历史文化遗产。

五、外地的诗人、词家，欣为苏州吟唱。汉有梁鸿，唐有李白、杜荀鹤、白居易、韦应物、刘禹锡、张继；宋有苏舜钦、苏轼、文天祥、贺铸、柳永；元有倪瓒、维则和尚；明有姜埰、王宾、刘基、屈大均；清有俞樾、吴昌硕、爱新觉罗·弘历；近现代有李根源、汤国梨、陈从周等。他们仰慕苏州，来到苏州，或做官，或寓居，或旅游，或途经，或访友，即景抒情，留下了大量诗篇词章，脍炙人口。

六、本书选录的诗词,仅限于吟咏苏州古城和苏州街巷。因而本书分为两编:一是苏州古城,分为苏州城、城墙城楼、城门和子城四个专辑;二是苏州街巷,城内街巷以人民路、干将东路、干将西路列目为城内主干道,其他街巷依据历史传统的方式,以乐桥为中心,以人民路为界分东西,以第二横河(干将河)为界分南北,设立东南、西南、东北、西北四个片区,城外则合成一个片区,分别叙述。

七、有些历史古迹非常著名,成为诗词的极好题材,历代诗人、词家均有吟咏,有一人或多人写的,长歌短吟,各具特色。但因篇幅有限,本书只能选录部分。

八、诗词的来源,均在诗词下注明。诗词作者的生平简介,附于书后。

九、诗词古籍浩如烟海,本书虽在百余部诗词集中选录,但本人所读诗词有限,遗漏之处在所难免,敬请读者谅解。

目录

苏州古城

003 | 一、苏州城
003 | 吴趋行　晋·陆机
004 | 经阖闾城　唐·杜牧
004 | 吴都诗　唐·虞世南
005 | 吴都诗　唐·骆宾王
005 | 吴城　唐·杜牧
005 | 吴门　唐·崔融
006 | 过吴门二十四韵　唐·李绅
006 | 送人游吴　唐·杜荀鹤
007 | 送从弟戴玄往苏州　唐·张籍
007 | 送客还吴　唐·殷尧藩
007 | 吴中好风景（二首）　唐·白居易
008 | 忆旧游　唐·白居易
008 | 白舍人曹长寄新诗有游宴之盛因以戏酬　唐·刘禹锡
008 | 吴门梦故山　唐·赵嘏
008 | 泊舟姑苏　宋·王安石
009 | 瑞鹧鸪　宋·柳永
009 | 木兰花慢　宋·柳永
009 | 阊门　宋·朱长文
009 | 阊门调行客　宋·范成大
010 | 阊门　宋·范仲淹
010 | 阊门（二首）　宋·米芾

| 010 | 太平时·梦江南 宋·贺铸
| 010 | 吴门 宋·文天祥
| 011 | 吴门道中（二首） 宋·孙觌
| 011 | 点绛唇·有怀苏州 宋·吴文英
| 011 | 夜发吴门 元·赵孟頫
| 011 | 阊门 元·倪瓒
| 011 | 吴趋行 明·高启
| 012 | 过城西废坞 明·高启
| 012 | 过苏州（五首） 明·刘基
| 013 | 过姑苏城（二首） 明·张羽
| 013 | 吴门 明·张泰
| 013 | 吴门怀古 明·顾璘
| 014 | 吴门怀古八首（选二首） 明·朱长春
| 014 | 姑苏怀古 明·屠隆
| 014 | 姑苏怀古 明·叶元玉
| 014 | 过苏州 明·赵完璧
| 015 | 姑苏杂咏（四首） 明·唐寅
| 015 | 吴趋 明·祝允明
| 016 | 阊门行 明·袁裘
| 016 | 阊门夜景 明·伊乘
| 017 | 南中吕驻马听·阊门夜泊 明·陈所闻
| 017 | 入阊门有怀萧太守若愚 明·胡缵宗
| 017 | 吴城夜归 明·郭谏臣
| 017 | 阊门曲 明·屈大均
| 017 | 阊门行 明·欧大任
| 018 | 阊阖城 清·任端书
| 018 | 吴中杂咏（三首） 清·朱方蔼
| 018 | 减字木兰花·重泊吴阊 清·鲁超
| 019 | 琵琶仙·乙巳早春过吴门作 清·厉鹗
| 019 | 琵琶仙·金阊晚泊 清·江声

019	临江仙·苏州　清·洪亮吉
019	阊门讴并序　清·袁学澜
020	吴趋灯市歌　清·朱堉
022	**二、城墙、城楼**
022	登吴古城歌　唐·刘长卿
023	登阖闾古城　唐·武元衡
023	登阊门闲望　唐·白居易
023	吴城览古　唐·陈羽
023	吴古城　唐·姚合
024	与启南同登城楼　明·皇甫信
024	登五城门　明·高启
024	登五城门（二首）　明·徐有贞
024	阊门城楼　明·蔡羽
025	月夜登阊门城楼　明·王宠
025	与邢丽文登葑门城楼　明·文徵明
025	登城楼　明·刘珏
025	娄城晚眺　明·张泰
026	月下复抵娄城灯下独酌　明·郭谏臣
026	秋夜登阊门城楼　明·张本
026	忆旧游齐门城楼因寄建贤　明·朱敬之
027	望海潮·胥门城楼即伍相国祠，春日同云臣展谒有作　清·陈维崧
027	咏苏州古城墙　当代·潘君明
029	**三、城门**
029	（一）阊门
030	阊门怀古　唐·韦应物
030	阊门即事　唐·张继
030	醉落魄·苏州阊门留别　宋·苏轼
030	宿阊门　宋·范成大
030	阊门戏调行客　宋·范成大

3

031	泊阊门　元·顾瑛
031	发阊门　元·顾瑛
031	阊门夜泊　明·沈愚
031	阊门即事　明·唐寅
031	阊门夜泊　明·文徵明
032	阊门行　明·沈明臣
032	夜看阊门市　明·史弱翁
032	阊门舟集别施使君闰章有感（二首）　清·毛奇龄
032	阊门　清·屈复
033	夜宿阊门　清·沈叔埏
033	舟泊阊门　清·施闰章
033	阊门晚泊　清·刘廷玑
033	阊门夜泊　清·袁学澜
033	阊门偶兴　清·吴熙
034	阊门　清·姚承绪
034	阊门怀古　清·释祖观
034	阊门　近代·金松岑
034	（二）胥门
035	胥门闲泛　唐·皮日休
035	和胥门闲泛　唐·陆龟蒙
035	胥门　宋·周弼
035	城门曲　元·杨维桢
036	胥门伍行人庙和节推　明·祝颢
036	胥门　明·区大相
036	胥门　明·邵宝
036	舟过胥门书感　明·郭谏臣
037	胥门怀古　清·张英
037	胥门　清·姚承绪
037	（三）盘门
038	南楼送饯李明府归姑苏　唐·许浑

038	过苏州　宋·苏舜钦
039	吴门柳　宋·贺铸
039	晚入盘门　宋·范成大
039	盘门　清·姚承绪
039	盘门夜泊　现代·陈去病
039	风入松·盘门　现代·汪青辰
040	(四)葑门
040	葑门　宋·叶适
041	夜合花·自鹤江入京,泊葑门外有感　宋·吴文英
041	葑门作　元·唐元
041	葑门杂咏　清·曹基
042	葑门口号三首其一　清·钱载
042	葑门晚归途中口号　清·张大绪
042	葑门即事　清·马元勋
042	葑门　清·姚承绪
042	葑门闻采菱歌　清·陈匡国
043	(五)相门
043	干将墓　明·高启
043	干将墓　明·周南老
044	干将门　清·曹基
044	匠门怀古　清·张大纯
044	匠门　清·姚承绪
044	干将行　清·钱谦益
045	相门　当代·潘君明
045	(六)娄门
045	娄江　明·文嘉
046	夜归娄门　明·郭谏臣
046	娄关夜泊　清·顾湄
046	娄门夜泊　明·卢熊
046	娄门道中与陈户侯　明·张泰

046	娄门观迎春	清·潘遵祁
047	娄门	清·姚承绪
047	(七)齐门	
047	发齐门	元·顾瑛
048	次韵发齐门	明·周砥
048	齐门	清·姚承绪
048	(八)平门	
049	平门	明·王宾
049	平门	清·姚承绪
051	**四、子城**	
051	齐云楼晚望，偶题十韵，兼呈冯侍御、周殷二协律	唐·白居易
052	和柳公权登齐云楼	唐·白居易
052	城上夜宴	唐·白居易
052	重阳陪李苏州东楼宴	唐·独孤及
052	西楼喜雪命宴	唐·白居易
053	登西楼见乐天题诗	唐·刘禹锡
053	玩月	唐·刘禹锡
053	登初阳楼	唐·皮日休
053	奉和袭美登初阳楼寄怀北平郎中	唐·陆龟蒙
054	宿东亭晓兴	唐·白居易
054	郡西亭偶咏	唐·白居易
054	题西亭	唐·白居易
055	哭崔常侍晦叔(节选)	唐·白居易
055	木兰后池重台莲花	唐·皮日休
055	和重台莲	唐·陆龟蒙
055	北轩欹枕	宋·梅挚
056	登齐云	宋·章宪
056	观风楼	宋·杨备
056	观风楼	宋·范仲淹
056	西楼怀感	宋·章造

056	西楼　宋·耿元鼎
057	齐天乐·齐云楼　宋·吴文英
057	齐云楼　宋·叶適
058	木兰堂　宋·范仲淹
058	题木兰堂　宋·杨备
058	双莲堂　宋·杨备
058	和梅挚北池十咏（选五首）　宋·蒋堂
059	齐云楼　明·高启
060	吊伪周故址　明·文徵明
060	过伪周故宫遗址　明·徐祯卿
060	西子妆慢·吴小城故址，在言子祠南、金姆桥东，叔问有词，继韵　清·张上龢

苏州街巷

063	**一、城内主干道**
063	（一）人民路
063	三元坊
063	御殿传胪六韵　清·爱新觉罗·弘历
064	郡学为南园遗址　清·徐崧
064	道山　清·张大纯
064	大池　清·张大纯
064	秋晚登道山亭　清·石韫玉
065	咏天香小筑　当代·潘君明
065	关帝庙访李天木炼师　清·徐崧
066	怡园好（五首）　清·顾文彬
066	题顾子山文彬方伯怡园图（二首）　清·李鸿裔
066	怡园三题　当代·潘君明
067	《眉绿楼词联》选　清·顾文彬
068	乐桥　当代·潘君明
068	再过报恩寺　清·胡周鼒

7

069	雨后登塔　释大珉	
069	登苏城北字塔　清·许传霈	
069	王兹园丈过访偕登北寺塔旋至元都观　清·许传霈	
070	登北寺塔　清·金松岑	
070	(二)干将东路、干将西路	
070	**干将东路**	
070	狮子口	
070	万寿庵和朣庵先生韵(二首)　清·姚士簧	
071	同朣庵先生过万寿庵示予霖上人　清·张大受	
071	新学前	
071	送姚彦昭孝廉之官长洲司教　明·潘江	
071	同朣庵雪客过饮彦昭先生斋赋赠　清·孙枝蔚	
071	辛酉初冬奉赠彦昭先生　清·徐崧	
072	**濂溪坊**	
072	招国魂(录三章)　近代·金天翮	
073	山塘　近代·金松岑	
073	拙政园文衡山手植古藤歌　近代·金松岑	
073	升龙桥下塘	
074	挽诗　宋·方子通	
074	**祝家桥巷**	
074	鹧鸪天　清·郑文焯	
075	**干将坊**	
075	赠新我(二首)　现代·启功	
075	赠新我　现代·林散之	
075	**干将西路**	
076	铁瓶巷	
076	铁瓶篇　明·黄省曾	
076	紫兰巷	
076	袭美以鱼笺见寄,因谢　唐·陆龟蒙	
077	太平桥弄	

077	咏双泉草堂	清·缪彤
077	咏白石亭	清·缪彤
078	咏媚幽榭	清·缪彤
078	咏似山居	清·缪彤
078	咏不系舟	清·缪彤
078	咏瑞草门	清·缪彤
078	咏朽岭	清·缪彤
078	咏两山之间	清·缪彤
079	咏莲子湾	清·缪彤
079	咏杏花墩	清·缪彤
079	咏丘壑风流	清·缪彤
079	咏青松坞	清·缪彤
079	咏大魁阁	清·缪彤
080	咏小桃源	清·缪彤
080	咏红昼亭	清·缪彤
080	咏更芳轩	清·缪彤
082	二、东南片	
082	**皇府基**	
082	王府基感怀	清·汪琬
082	王府基	清·徐崧
082	大酺·王府基怀古	清·陈崿
083	**锦帆路**	
083	锦帆泾	明·高启
083	锦帆泾	明·周南老
083	锦帆泾	清·姚承绪
084	锦帆泾谒伯兄太炎先生灵厝	现代·李根源
084	己丑岁暮重过苏州寓庐	现代·汤国梨
085	**乌鹊桥路**	
085	正月三日闲行	唐·白居易
085	登阊门闲望（节选）	唐·白居易

085		送苏州李使君赴郡二绝句　唐·白居易
086		乌鹊桥上元　宋·杨备
086		乌鹊桥　明·高启
086		**蛇门路**
086		蛇门　清·姚承绪
087		**南园南路**
087		南园偶题　宋·王禹偁
087		诏赐南园示亲党　宋·蔡京
087		与周元明游南园　宋·胡宿
088		**同德里**
088		谢田氏　宋·陈师道
088		**沧浪亭街**
089		沧浪亭　宋·苏舜钦
089		独步游沧浪亭　宋·苏舜钦
089		沧浪静吟　宋·苏舜钦
089		沧浪亭　宋·欧阳修
090		沧浪池上　明·文徵明
090		沧浪竹枝词八首（选四首）　清·尤侗
091		春日雨中同靳熊封儿至过沧浪亭二首　清·宋荦
091		沧浪亭　清·石韫玉
091		偕同人泛舟吴门夜泊沧浪亭（选二首）　清·王韬
092		同子杰登沧浪亭　清·袁学澜
092		沧浪亭　现代·程小青
092		可园铁骨红梅和载华子彝二君　现代·蒋吟秋
093		赠瑛上人　明·文徵明
093		**定慧寺巷**
094		次韵定慧钦长老见寄八首（录一首）　宋·苏轼
094		中秋集定慧寺时自金陵暂归　明·黄姬水
094		定慧寺　清·李贽
094		戊辰上巳，同友过访定慧寺瑞旭禅师茗话因留宿赋　清·徐崧

095	和徐崧之戊辰上巳同友集定慧寺瑞旭禅师啸轩韵	清·王庭
095	双塔寄友人	近代·吴昌硕
095	题双塔	现代·王也六
095	**天赐庄**	
096	韩襄毅苟溪草堂即用草堂联句韵（节选）	清·姚承绪
096	**叶家弄**	
096	独坐不得眠读旧书	宋·叶梦得
097	观化堂编校旧书（二首）	宋·叶梦得
097	藏书纪事诗	清·叶昌炽
097	百狮子桥	当代·潘君明
098	寿星桥	当代·潘君明
098	**严衙前**	
098	台城路	清·黄人
098	**泗井巷**	
099	廿载光阴（四首）	现代·蒋吟秋
099	七十述怀	现代·蒋吟秋
099	八十寿言	现代·蒋吟秋
099	拙政园诗（三首）	现代·蒋吟秋
100	**孔付司巷**	
100	辛酉秋同重其过访陈尔兴于无梦园	清·徐崧
100	**醋库巷**	
101	共乐堂	宋·黄由
101	茆堂观弈	宋·黄由
101	登拥书楼有感	宋·黄由
101	无题	宋·黄由
102	睦邻	宋·黄由
102	柴园小憩	清·沈金鳌
102	**公园路**	
102	竹堂寺与李敬敷、杨启同观梅（节选）	明·沈周
103	竹堂看梅和王少傅韵	明·唐寅

103	**吴衙场**
103	吴衙场桥　当代·潘君明
103	自题红豆新居图（五首）　清·惠周惕
104	藏书纪事诗　清·叶昌炽
104	**阔家头巷**
105	网师园二十韵为瞿远村赋　清·潘奕隽
105	网师园牡丹盛开，即席有作　清·鳌图
106	冬日网师园宴集　清·吴嘉洤
106	网师园　现代·程小青
106	游网师园　现代·陈从周
107	姑苏怀古（选一首）　清·沈德潜
107	吴中棹歌（选二首）　清·沈德潜
107	登莫厘峰　清·沈德潜
107	**望星桥北堍**
108	一剪梅·茧庐（咏家园）　现代·程小青
108	**官太尉桥**
108	姑苏新年竹枝词（三首）　清·袁景澜
108	南园菜花（选四首）　清·袁景澜
109	虎阜龙舟词（选四首）　清·袁景澜
109	守岁　清·袁景澜
110	**九如巷**
110	诗经·小雅·天保
110	**王长河头**
110	凌霄花（二首）　现代·周瘦鹃
111	紫罗兰（三首）　现代·周瘦鹃
111	桂花　现代·周瘦鹃
111	梅花（二首）　现代·周瘦鹃
112	桂花老树盆栽　现代·周瘦鹃
112	梅桩翻盆（二首）　现代·周瘦鹃
112	**十全街**

112	阙园　现代·李根源
113	**木杏桥**
113	东山逢徐灵胎　清·薛雪
113	过先师分湖故宅又至横山别墅　清·薛雪
113	寄杜太史云川（二首）　清·薛雪
114	木杏桥　当代·潘君明
114	**带城桥下塘**
114	买陂塘·甲寅初夏，吴恩裕先生过访吴门，同游织造局旧圃　现代·钱仲联
115	十六夜登虎丘作（二首）　清·曹寅
115	阊门开帆口号　清·曹寅
115	自润州至吴门，行将北归，杜些山、程令彰作诗见寄奉和二首　清·曹寅
115	**穿心街**
116	甲辰夏日，过报国寺访介为和尚　清·徐崧
116	报国访诚敬和尚　清·徐崧
118	**三、西南片**
118	**伍子胥弄**
118	伍员庙　宋·张咏
118	伍员庙　宋·杨备
118	胥王庙　明·吴伟业
119	题子胥庙　明·唐寅
119	**庙湾街**
119	祀伍相庙　梁·萧绎
119	盘门　元·虞堪
119	**胥门内大街**
120	送陆畅　唐·张籍
120	张籍故居即用籍韵二首（选一首）　清·姚承绪
120	苏州江岸留白乐天　唐·张籍
120	别韦苏州　唐·张籍

| 121 | 寄苏州白二十二使君　唐·张籍 |
| 121 | 胥门　宋·王安石 |

121　莲花池巷

121	采莲泾　清·姚承绪
122	莲花池巷　现代·范广宪
122	西采莲巷　现代·范广宪

122　西美巷

122	任晦亭园　唐·皮日休
123	奉和袭美二游诗·任诗　唐·陆龟蒙
124	顾辟疆园　明·高启
124	顾辟疆园　清·裴天锡
125	诀别诗（二首）　明·况钟
125	况太守钟挽诗　明·杜琼
125	况太守像为乔太守题　清·冯桂芬

126　东大街

126	题开元寺门阁　唐·杜荀鹤
126	游开元寺　唐·韦应物
126	开元寺石　唐·李绅
126	开元寺笋园　唐·皮日休
127	奉和袭美闻开元寺开笋园寄章上人　唐·陆龟蒙
127	无梁殿　清·袁景澜
127	续咏姑苏州竹枝词百首（选一）　清·袁景澜
128	题石佛　明·史弱翁
128	石像　释智琨

128　朱家园

129	绿水园宴集　明·高启
129	同乐园　清·袁学澜
130	朱家园　当代·潘君明

130　侍其巷

| 130 | 隐圃十二咏（选录三首）　宋·蒋堂 |

| 130 | 绝笔诗　宋·蒋堂
| 131 | 隐圃　清·姚承绪
| 131 | **仓米巷**
| 131 | 游半园偶成　现代·张荣培
| 132 | 半园即景（二首）　现代·乐痴女士
| 132 | **泮环巷**
| 132 | 题泮环庵　清·朱峻
| 132 | 过泮环庵　清·宋实颖
| 133 | 过古浦庵口占　清·李圣芝
| 133 | 寄题浦帆禅院　清·过于飞
| 133 | **念珠街**
| 133 | 过白头桥诗　宋·梅挚
| 133 | 孙老桥诗　当代·潘君明
| 134 | **书院巷**
| 134 | 送安同知赴阙五首（选一首）　宋·魏了翁
| 134 | 书院巷　当代·潘君明
| 134 | **金狮巷**
| 134 | 虎邱寺　清·石韫玉
| 135 | 山塘种花人歌　清·石韫玉
| 135 | 呈石太史琢堂先生　清·王之佐
| 136 | 藏书纪事诗　清·叶昌炽
| 136 | 金狮桥　当代·潘君明
| 136 | **大石头巷**
| 136 | 大石头巷　当代·潘君明
| 137 | 四时读书乐·春　元·翁森
| 137 | 四时读书乐·夏　元·翁森
| 137 | 四时读书乐·秋　元·翁森
| 138 | 四时读书乐·冬　元·翁森
| 138 | **植园**
| 138 | 梦游植园　清·何刚德

139	植园小山　清·何刚德
139	游吴门植园　刘慎诒
140	植园竹枝词（选六首）　清·病蝉
141	**新市路**
141	次韵司封使君和程给事　唐·朱长文
143	**四、东北片**
143	**临顿路**
143	临顿为吴中偏胜之地，陆鲁望居之。不出郛郭，旷若郊墅，余每相访，款然惜去。因成五言十首，奉题屋壁（选四首）　唐·皮日休
144	袭美见题郊居十首，因次韵酬之（选四首）　唐·陆龟蒙
144	临顿里诗　明·周南老
145	临顿桥　当代·潘君明
145	**齐门路**
145	浣溪沙·雨中由枫桥至齐门　清·陈维崧
146	齐女门竹枝词（二首）　清·张芬
146	齐门桥　当代·潘君明
146	**百家巷**
146	百口桥　明·王宾
147	**萧家巷**
147	藏书纪事诗　清·叶昌炽
147	别姚观察觐元用陆祁生别阮太傅韵三首（其一）　清·缪荃孙
147	**丁家巷**
148	真宗皇帝御制赐平江军节度使丁谓诗并序　宋·赵恒
148	丁谓次韵　宋·丁谓
148	真宗皇帝复赐　宋·赵恒
149	丁谓复次韵　宋·丁谓
149	**薛家园**
149	依园杂咏（二首）　清·顾嗣协
150	辛酉夏日同犀月过访顾逸圃留饮夜宿依园（二首）　清·徐崧

150	大井巷
150	钱湖州以箬下酒李苏州以五酘酒相次寄到无因同饮聊咏所怀 唐·白居易
150	中隐（节选） 唐·白居易
151	观前街
151	伤开元顾道士 唐·皮日休
151	莘老葺天庆观小园，有亭北向，道士山宗说名与诗 宋·苏轼
152	咏何立事 元·张昱
152	元妙观 元·吴全节
152	元妙图赠亮翁度师 清·宋实颖
152	奉赠亮老施大法师 清·张适
153	赠惠虚中炼师六十 清·彭启丰
153	玄妙观 明·李圣芝
153	壬寅六月十五夜，同吴正始游玄妙观，时施亮生度师祈雨 清·徐崧
153	同王筑岩登弥罗宝阁 清·徐崧
153	西花桥巷
154	梦苏州水阁,寄冯侍御 唐·白居易
154	西北街
154	郁林石 清·张大纯
154	廉石行 清·吴林
155	因果巷
155	恭谒文山先生祠 清·李振裕
155	恭谒文山先生祠 清·何棟
156	恭谒文山先生祠 清·许定升
156	狮林寺巷
156	师子林即景十四首（选四首） 元·释惟则
157	过狮子林兰若 元·倪瓒
157	晚过师子林 明·道衍
157	游师子林次倪云林韵 明·高启

157	游师子林　清·彭启丰
158	题师子林图　清·潘世恩
158	徐琢珊秀才邀游狮子林作　清·舒位
158	**郏长巷**
159	**闾邱坊巷**
159	苏州闾邱江君二家雨中饮酒二首（选其一）　宋·苏轼
159	浣溪沙·赠闾邱朝议，时过徐州　宋·苏轼
159	闾邱孝终宅　清·姚承绪
160	静寄孟运管招客，皆藏春侍郎故人，因与花翁孙季蕃话旧有感　宋·戴复古
160	饮顾孝廉秀野堂同周吉士赋　清·朱彝尊
160	藏书纪事诗　清·叶昌炽
161	**北园路**
161	游北禅寺　唐·皮日休
161	寒夜同皮日休访寂上人　唐·陆龟蒙
161	寄北禅佑讲主洪武初应高僧召　明·释来复
162	吴歈百绝（选一）　清·蔡云
162	**旧学前**
162	移任长洲诗五首　宋·王禹偁
163	忠烈祠　清·张大纯
163	**调丰巷**
164	陷虏歌（节选）　宋·郑思肖
164	德祐二年岁旦二首　宋·郑思肖
165	锦钱余笑二十四首（选二首）　宋·郑思肖
165	郑所南宅　清·姚承绪
165	**卫道观前**
166	重游卫道观　明·申时行
166	重过卫道观悼周云岫法师　清·徐崧
166	**七姬庙弄**
167	吊七姬冢　明·高启

| 167 | 吊七姬墓　清·盛锦 |
| 167 | 七姬庙弄　当代·潘君明 |

| 167 | **海红坊** |
| 167 | 绝命诗　明·金圣叹 |

168	**传芳巷**
168	谈诗五首　明·方孝孺
168	感旧九首（选三首）　明·方孝孺

| 169 | **史家巷** |
| 169 | 藏书纪事诗　清·叶昌炽 |

169	**大儒巷**
169	病中怀吴中诸寺七首·昭庆寺寄守山　明·文徵明
170	复昭庆寺·调寄天仙子　明·黄承圣

170	**东北街**
170	拙政园三十一首（选六首）　明·文徵明
172	寄王侍御敬止　明·王宠
172	咏拙政园山茶花　清·吴伟业
173	游吴氏园（二首）　清·石韫玉
173	游复园　清·朱临
174	藏书纪事诗　清·叶昌炽

174	**悬桥巷**
174	赠周友莲炼师　明·李实
175	寄怀友莲师　明·申诒芳
175	藏书纪事诗　清·叶昌炽

175	**曹家巷**
176	重葺先庐履仁有诗奉答一首　明·文徵明
176	复归停云故里　明·文柟
176	停云馆看牡丹同灌溪李侍御　明·金俊明

176	**白塔东路**
177	秋过怀云亭访周雪客·调得踏莎行　清·徐崧
177	《题北半园》（三首）　当代·潘君明

177	**南显子巷**
178	游洽隐园（二首） 清·袁学澜
178	惠荫花园 现代·蒋吟秋
178	狱中吟七绝（二首） 现代·施剑翘
179	**小新桥巷**
179	耦园落成纪事 清·沈秉成
179	耦园落成和韵 清·严永华
179	题沈仲复秉成同年鲽砚庐图 清·李鸿裔
180	**南石子街**
180	藏书纪事诗 清·叶昌炽
180	**东麒麟巷**
180	寄叶善达禅师发愿起殿延允持法师演法华过访有赠 清·徐崧
181	藏书纪事诗 清·叶昌炽
181	**西麒麟巷**
181	祇园（二首） 释本宏
182	祇园童和尚分惠洞庭莼菜陆仲元闻而见过有述 清·杨焀
184	**五、西北片**
184	**泰伯庙前**
184	泰伯庙 唐·皮日休
184	和袭美泰伯庙 唐·陆龟蒙
184	苏州十咏·泰伯庙 宋·范仲淹
185	谒泰伯庙 宋·杨简
185	泰伯庙前 当代·潘君明
185	**专诸巷**
185	专诸巷歌 清·缪锦宣
186	吴城杂咏十首·专诸里 清·顾嗣立
186	专诸巷 清·沈季友
186	要离墓 元·杨维桢
187	要离墓 明·高启
187	要离墓 明·王宾

| 187 | 耍离冢 明·彭孙贻 |
| 187 | 梁高士墓 明·王宾 |

阊门西街

188	江南乐 明·王世贞
188	阊门 清·雷浚
189	阊门 清·雷浚
189	阊门柳枝词（二首） 明·沈愚

阊门内下塘街

190	送罗友鹤道士南还 明·吴宽
190	题福济观古桧 明·王鏊
190	答文衡山 明·周以昂
190	题友鹤轩二首之一 明·陈蒙
190	同朱望子过福济观赠姚玉纬炼师 清·徐崧
191	忆江南 清·沈朝初
191	姑苏竹枝词（选一首） 清·袁学澜

吴趋坊

191	丁巳八月既望，集曾青藜吴趋客舍各以姓为韵 清·黄周星
191	吴趋坊 明·钱澄之
192	吴趋坊 清·吴懋谦
192	吴趋坊 当代·潘君明

汤家巷

192	江南思 南朝宋·汤惠休
192	秋 风 南朝宋·汤惠休
193	怨诗行 南朝宋·汤惠休
193	西湖诗 宋·汤仲友

西中市

193	五噫之歌 汉·梁鸿
194	适吴诗 汉·梁鸿
194	皋桥 唐·皮日休
195	皋桥 唐·陆龟蒙

195	春夕同林若抚黄奉倩徐松之过皋桥	明·蒋之翘
195	登皋桥客吴能诗者各以姓氏口占一绝	清·徐崧
195	皋桥	清·汪撰
195	皋桥	清·张远
196	泰娘歌并引	唐·刘禹锡
197	调笑令·泰娘	宋·毛滂
197	泰娘	元·宋无
197	泰娘引	清·吴翌凤

197 | 景德路

198	朱明寺	清·张隽
198	同徐松之家皇士过访三宜和尚	清·陈三岛
198	题朱明寺	清·张大纯
198	景德路	当代·潘君明
199	黄鹂坊桥	当代·潘君明

199 | 永定寺弄

199	寓居永定精舍	唐·韦应物
199	与卢陟同游永定寺北池僧斋	唐·韦应物
200	永定寺次韦苏州永定精舍韵（节选）	清·姚承绪

200 | 范庄前

200	文正书院	清·顾汧
201	文正书院	清·王佶
201	文正书院	清·张之桢

201 | 吴殿直巷

201	折红梅（其一）	宋·吴感
201	折红梅（其二）	宋·吴感

202 | 雍熙寺弄

202	雍熙寺访友不遇	元·释良琦

202 | 升平桥弄

202	青玉案·横塘路	宋·贺铸
203	鹧鸪天·半死桐	宋·贺铸

203	藏书纪事诗	清·叶昌炽

文丞相弄

204	过零丁洋	宋·文天祥
204	平江府	宋·文天祥
204	文忠烈祠	清·石方洛
205	文丞相弄	当代·潘君明

糜都兵巷

205	连环池赠雪奇上人	清·徐崧
205	林使君招同松之先生暨黄文硕饮兴福寓斋分赋	清·高简
205	徐臞庵高澹游黄文硕小集寓斋和澹游韵	清·林鼎复
206	同黄文硕高澹游集兴福庵和林天发使君韵	清·徐宾
206	糜都兵巷	当代·潘君明

东蔡家桥

207	蔡庄	清·石方洛
207	隆兴寺	清·石方洛

桃花坞大街

207	奉和袭美太湖诗二十首·桃花坞	唐·陆龟蒙
208	千秋岁·重到桃花坞	宋·范成大
208	次韵杨廉夫冶春口号八首（选一）	元·顾盟
208	姑苏八咏·桃花坞	明·唐寅
208	桃花坞	明·姜埰
209	赋得桃坞送别	明·高启
209	桃花坞三首·为沈霍州莹作	明·皇甫汸

西大营门

209	西大营门	清·石方洛
210	寄题梅宣义园亭	宋·苏轼
210	五亩园	清·石方洛
210	张平子衣冠墓	清·石方洛
210	梅坞	清·石方洛
211	五亩园	清·张兆蓉

211	梅坞　清·张恭寿
211	五亩园　清·杨桢
211	五亩园　清·俞樾
212	桃花庵歌　明·唐寅
212	桃花庵与希哲诸子同赋（三首）　明·唐寅
213	唐丈伯虎桃花庵作　明·王宠
213	过子畏别业　明·王鏊
213	简子畏　明·文徵明
214	饮子畏小楼　明·文徵明
214	夜坐闻雨，有怀子畏，次韵奉简　明·文徵明
214	过唐子畏故园　明·徐应雷
215	疏影　清·蒋垓
215	题桃花坞　清·爱新觉罗·弘历
215	唐寅桃花庵图　清·爱新觉罗·弘历
215	唐子畏桃花坞图四首　清·翁方纲
216	桃花坞　清·屈复
216	桃花坞　清·潘曾绶
216	桃花坞寻唐子畏桃花庵故处　清·潘奕隽
217	桃花庵看桃花二首　清·唐仲冕
217	桃花坞歌　清·石钧
217	桃花庵诗（二首）　清·王昙
218	和唐陶山明府重修桃花庵诗（选二）　清·归懋仪
218	桃花坞吊唐六如墓　清·方肇夔
218	藏书纪事诗　清·叶昌炽
218	**韩家巷**
219	雨后游鹤园（二首）　现代·张培荣
219	**梵门桥弄**
219	宝月写怀　释普经
220	赠在德禅师掩关宝月庵　清·徐松
220	次徐松之韵题宝月庵似在德禅师　清·杨无咎

220	承天寺前
220	春日游承天寺　宋·郑思肖
220	浣溪沙·观吴人岁旦游承天　宋·吴文英
221	元日承天寺访孙山人（二首）　明·文徵明
221	承天寺中隐堂　明·文徵明
221	承天寺　明·王宾
221	同徐松之夜过梅杓司承天寺寓　清·潘陆
222	承天寺前　当代·潘君明
222	宝林弄
222	宝林寺十咏（选六）　明·沈周
223	中街路
223	过清嘉坊访王大席广文（二首）　清·孙枝蔚
223	雨中王大席广文招同余澹心王山史周雪客顾笔堆王衣尚诸子夜饮迟徐松之不至　清·孙枝蔚
224	前题　清·余怀
224	前题　清·周在浚
224	长鱼池
224	长宁池　清·石方洛
224	双林巷
225	心甫秋绍孙复日质绥祉莘民重其过集春草闲房偕弟孝充儿上震分得读字　明·金俊明
225	洪塘署中有怀春草闲房　清·金上震
225	朣庵过宿闲房　清·金侃
226	客吴门饮春草闲房　清·倪之煌
226	藏书纪事诗　清·叶昌炽
226	学士街
226	侍柱国王先生西园游集　明·文徵明
227	徵明饮怡老园有诗次其韵　明·王鏊
227	怡老园用王文恪韵　清·姚承绪
227	夏驾湖晚步　宋·郑思肖

227	夏驾湖　元·郑元祐
228	夏驾湖怀古　明·杨无咎
228	藏书纪事诗　清·叶昌炽
228	**唐寅坟**
229	桃花坞唐解元坟（四首）　清·唐仲冕
229	瘗文冢（准提庵八咏之一）　清·释超源
229	九娘墓　清·石方洛
229	**双荷花池**
230	双荷花池　清·任艾生
230	双荷花池　清·锐止
230	双荷花池　清·杨引传
230	双荷花池　清·石方洛
230	庆云亭　清·石方洛
231	**新光里**
231	准提庵　清·石方洛
231	**长春巷**
231	过望亭　明·王穉登
231	出许市　明·王穉登
232	端午日黄丈一之饷鲥鱼　明·王穉登
232	湖上梅花歌　明·王穉登
232	**文衙弄**
232	思嗜轩　清·刘文昭
233	思嗜轩　清·余思复
233	艺圃十咏（选四首）　清·汪琬
234	再题姜氏艺圃　清·汪琬
234	艺圃杂咏十二首（选四首）　清·王士禛
235	和艺圃杂咏十二首（选三首）　清·宋荦
235	艺圃十二咏阮亭先生命作（选二首）　清·吴雯
236	艺圃诗为学在赋（选四首）　清·吴绮
237	**五峰园弄**

237	五峰园　清·石方洛
237	三老峰、丈人峰、观音峰　清·石方洛
237	五峰园·今为茗寮，曾与曹智涵同游（二首）　近代·费树蔚
237	柳毅墓　清·石方洛
238	**韩衙庄**
238	韩衙庄　清·石方洛
238	**官弄**
238	徐朣庵雪中访予于崇真宫，陆君繁练师丈室赋赠　清·宋曹
238	**马医科**
239	曲园（第五章）　清·俞樾
239	**怡园里**
239	服山药汤　明·吴宽
240	藏书纪事诗　清·叶昌炽
241	题顾子山文彬方伯怡园图　清·李鸿裔
241	**西四亩田**
241	圆圆曲　清·吴伟业
242	四亩田　清·石方洛
243	西四亩田　当代·潘君明
243	绣谷园己卯送春（四首）　清·沈德潜
245	**六、城外片**
245	**枫桥大街**
245	枫桥夜泊　唐·张继
245	枫桥　唐·张祜
245	宿枫桥　宋·陆游
245	枫桥　明·高启
246	枫桥夜泊　清·董灵预
246	枫桥　清·舒位
246	齐天乐·枫桥夜泊，用湘瑟词枫溪原韵　清·陈维崧
246	**寒山寺弄**
247	寒山诗（二首）　唐·寒山

247	寒山拾得像已剥落矣,忽有人自天台来塑画如生,为赋喜寒山拾得重来诗　明·姚宗典
247	过寒山赠在昔　明·王庭
247	同臞庵过寒山寺　清·殳丹生
248	寒山寺　清·王之佐
248	寒山寺(二首)　清·姚承绪
248	**西园弄**
248	时寓东园晚过西园作　清·徐崧
249	暮春西园晚眺　清·殳丹生
249	前题　清·吴士缙
249	初夏幽居　释超粹
249	**普济桥下塘**
250	普济桥　当代·潘君明
250	**鸭蛋头**
250	过白椎访闻照上人　明·顾梦游
250	过鸭脚浜　清·汪琬
251	过白椎遇晓庵同雪邻观日维新苇船端敬赋　清·徐崧
251	雨阻白椎同晓庵雪邻观日作　清·徐崧
251	再宿白椎赠雪邻　清·徐崧
251	徐臞庵先生过访白椎留宿赋　释照琼
252	**姚家弄**
252	题利济寺募册　明·杨循吉
252	咏利济寺白牡丹　明·杨循吉
252	追和杨南峰白牡丹诗似雪扶上人　清·张大纯
252	**花园弄**
252	过虎丘花弄偶作　清·沈德潜
253	虎丘新竹枝　清·尤维熊
253	虎丘竹枝词　清·顾文铉
253	**桐桥东圩**
253	桐桥身中得句　李其永

253	重过桐桥即事有作　清·毕沅
254	虎丘竹枝词　清·吴绮
254	桐桥　当代·潘君明
254	**青山桥浜**
254	辛亥中秋同青印无依两禅师过普福寺访法钟禅师　清·徐崧
254	青山桥　当代·潘君明
255	**万年桥大街**
255	万年桥　清·潘耒
256	**药王庙弄**
256	药王庙　宋·程瑞
256	药王庙　清·邹溶
256	**七公堂弄**
257	思吴江歌　晋·张翰
257	七公堂弄　当代·潘君明
257	戏书吴江三贤画像三首·张翰　宋·苏轼
257	**朱家弄**
258	傚松轩避暑漫兴　明·朱存理
258	藏书纪事诗　清·叶昌炽
258	寄朱隐君性甫　明·文林
259	**南浩街**
259	题书厨上　明·杨循吉
260	藏书纪事诗　清·叶昌炽
260	送都元敬二首（选一首）　明·边贡
260	藏书纪事诗　清·叶昌炽
260	**北浩弄**
261	灯市行　宋·范成大
261	元夕灯诗八首（选三首）　清·袁景澜
261	**百花洲**
262	泊平江百花洲　宋·杨万里
262	姑苏八咏·百花洲　明·唐寅

262	百花洲　明·高启
262	百花洲　明·姚广孝
263	百花洲　明·王宾
263	八声甘州·百花洲　清·吴琬
263	百花洲　清·姚承绪
264	**皇亭街**
264	驻跸姑苏　清·爱新觉罗·弘历
264	寒山别墅　清·爱新觉罗·弘历
264	万寿亭诗　陆来
265	万寿亭诗　清·张大纯
265	**留园路**
265	己亥秋日游徐氏东园（三首）　明·姜埰
266	寒碧庄杂咏为刘蓉峰（选二首）　清·潘奕隽
266	题瑞云峰　清·徐崧
266	**山塘街**
267	武丘寺路　唐·白居易
267	山塘策马　清·爱新觉罗·弘历
267	山塘　近代·金松岑
268	入半塘　唐·赵嘏
268	半塘　宋·范成大
268	宿半塘寺　宋·郑思肖
268	**醒狮路**
269	题招魂幡　现代·朱梁任
269	共和纪元第四十六癸卯十月辛亥朔狮子山赋　现代·朱梁任
269	醒狮路　当代·潘君明
269	**南门路**
269	孙策墓　宋·杨友夔

| 271 | 附录：作者简介 |
| 300 | 后　记 |

苏州古城

平江图

一、苏州城

古代，凡王朝领地、诸侯封邑，均筑有城垣。《诗·大雅·瞻卬》："哲夫成城，哲妇倾城。"郑玄笺："城，犹国也。"春秋时，吴王阖闾奋发图强，拟建立吴国，决定建城。公元前514年，命伍子胥建造城池。伍子胥"相土尝水，象天法地"，建造了阖闾城，即今之苏州城。《越绝书》记载："吴大城，周四十七里二百一十步二尺，陆门八，其二有楼。水门八。南面十里四十二步五尺，西面七里百一十二步三尺，北面八里二百二十六步三尺，东面十一里七十九步一尺。阖庐所造也。"在当时，这是一座不小的城池。阖闾城自建成以后，历经朝代更迭、社会变革，屡遭战争兵火，城池受到了严重破坏，但毁而建，建而毁，毁了再建，苏州城至今岿然不动，仍是老地盘，仍是"棋盘城""亚字城"。

苏州自建城以来，历来是江南政治、经济、文化的中心，交通发达，经济繁荣，人才辈出，物产丰富，景色优美，是国家的重要城市之一，也是著名的旅游胜地。因而，历代的文人墨客，见景生情，或怀古，或感慨，或抒情，留下了大量诗篇词章，反映了苏州的社会风貌。

苏州，秦汉时置会稽郡，并置吴县。隋代始称"苏州"。但苏州有许多别称与雅号。因阖闾时建城，亦称"阖闾城"。"吴"是苏州最早的称谓。《史记·吴太伯世家》："太伯之奔荆蛮，自号勾吴。"《正义》云："吴，国号也。"因而，以"吴"为名的称谓很多，有"吴郡""吴县""吴都""吴趋""吴中""吴门""吴州""吴城""中吴""吴阊""吴苑""吴市""吴下"等。还有"鹤市""姑苏""平江""隆平""苏台""长洲""茂苑""金阊"等，都成了苏州的别称与雅号。

阊门是苏州古城八门之一，其处商店密集，百货杂陈，交通最为便捷，经济最为繁荣，正如曹雪芹在《红楼梦》中所言：这里"最是红尘中一二等富贵风流之地"。由此，"阊门"也成了苏州的代名词，许多诗人、词家吟咏苏州，即以"阊门"为题，也在情理之中了。

吴趋行

晋·陆机

楚妃且勿叹，齐娥且莫讴。
四坐并清听，听我歌吴趋。

吴趋自有始，请从阊门起。
阊门何峨峨，飞阁跨通波。
重栾承游极，回轩启曲阿。
蔼蔼庆云被，泠泠鲜风过。
山泽多藏育，土风清且嘉。
泰伯导仁风，仲雍扬其波。
穆穆延陵子，灼灼光诸华。
王迹隤阳九，帝功兴四遐。
大皇自富春，矫手顿世罗。
邦彦应运兴，粲若春林葩。
属城咸有士，吴邑最为多。
八族未足侈，四姓实名家。
文德熙淳懿，武功侔山河。
礼让何济济，流化自滂沱。
淑美难穷纪，商榷为此歌。

——《古诗纪》卷三十四

经阊阖城

唐·杜牧

遗踪委衰草，行客思悠悠。
昔日人何处，终年水自流。
孤烟村戍远，乱雨海门秋。
吟罢独归去，烟云尽惨愁。

——《樊川别集》

吴都诗

唐·虞世南

画野通淮泗，星躔应斗牛。
玉牒宏图表，黄旗美气浮。
三分开霸业，万里宅神州。
高台临茂苑，飞阁跨澄流。
江涛如素盖，海气似珠楼。
吴趋自有乐，还似镜中游。

——《吴都文粹续集》卷二

吴都诗
唐·骆宾王

维舟皆楚服,振策下吴畿。
盛德宏三让,雄图枕九围。
黄池通霸业,赤壁畅戎威。
文物俄迁谢,英灵有盛衰。
行叹鸱夷没,遽惜湛卢飞。
地古烟尘暗,年深馆宇稀。
山川四望是,人事一朝非。
悬剑空留信,亡珠尚识机。
郑风遥可托,关月渺难依。
西北云逾滞,东南气转微。
徒怀伯通隐,多谢买臣归。
唯有荒台露,薄暮湿征衣。

——《吴都文粹续集》卷二

吴城
唐·杜牧

二月春风江上来,水晶波动碎楼台。
吴王宫殿柳含翠,苏小宅房花正开。
解舞细腰何处住,能歌姹女逐谁回?
千秋万古无消息,国作荒原人作灰。

——《吴都文粹》卷一

吴门
唐·崔融

洛渚间吴潮,吴门草色饶。
晚烟杨柳岸,春水木兰桡。
城邑南溟近,星辰北斗遥。
无因生羽翼,轻举托还飙。

——《吴都文粹续集》卷二

过吴门二十四韵

唐·李绅

烟水吴都郭，阊门架碧流。
绿杨深浅巷，青翰往来舟。
朱户千家室，丹楹百处楼。
水光摇极浦，草色辨长洲。
忆作麻衣翠，曾为旅棹游。
放歌随楚老，清宴奉诸侯。
花寺听莺入，春湖看雁留。
里吟传绮唱，乡语认歈讴。
桥转攒虹饮，波通斗鹢浮。
竹扉梅圃静，水巷橘园幽。
缝堵荒麇苑，穿岩破虎丘。
旧风犹越鼓，余俗尚吴钩。
故馆曾闲访，遗基亦遍搜。
吹台山木尽，香径拂宫秋。
帐殿菰蒲掩，云房雾露收。
苎萝妖覆灭，荆棘鬼包羞。
风月俄黄绶，经过半白头。
重来冠盖客，非复别离愁。
候火分通陌，前旌驻外邮。
水风摇彩旆，堤柳引鸣驺。
问吏儿孙隔，呼名礼敬修。
顾瞻殊宿昔，语默过悲忧。
义感心空在，容衰日易偷。
还持沧海诏，从此布皇猷。

——《追昔游集》卷中

送人游吴

唐·杜荀鹤

君到姑苏见，人家尽枕河。
古宫闲地少，水港小桥多。
夜市卖菱藕，春船载绮罗。

遥知未眠月，乡思在渔歌。

——《全唐诗》卷六百九十一

送从弟戴玄往苏州
唐·张籍

杨柳阊门路，悠悠水岸斜。
乘舟向山寺，着屐到渔家。
夜月红柑树，秋风白藕花。
江天诗景好，回日莫令赊。

——《张司业集》卷三

送客还吴
唐·殷尧藩

吴国水中央，波涛白渺茫。
衣逢梅雨渍，船入稻花香。
海底通盐灶，山村带蜜房。
欲知苏小小，君始到钱塘。

——《吴都文粹》卷十

吴中好风景（二首）
唐·白居易

吴中好风景，八月如三月。
水荇叶仍香，木莲花未歇。
海天微雨散，江郭纤埃灭。
暑退衣服干，潮生船舫活。
两衙渐多暇，亭午初无热。
骑吏语使君，正是游时节。

吴中好风景，风景无朝暮。
晓色万家烟，秋声八月树。
舟移管弦动，桥拥旌旗驻。
改号齐云楼，重开武丘路。
况当丰熟岁，好是欢游处。

州民劝使君,且莫抛官去。

——《全唐诗》卷四百四十四

忆旧游
唐·白居易

忆旧游,旧游安在哉?
旧游之人半白首,旧游之地多苍苔。
江南旧游凡几处?就中最忆吴江隈。
长洲苑绿柳万树,齐云楼春酒一杯。
阊门晓严旗鼓出,皋桥夕闹船舫回。
修蛾慢脸灯下醉,急管繁弦头上催。
六七年前狂烂熳,三千里外思徘徊。
李娟张态一春梦,周五般三归夜台。
虎丘月色为谁好?娃宫花枝应自开。
赖得刘郎解吟咏,江山气色合归来。

——《白氏长庆集》卷二十一

白舍人曹长寄新诗有游宴之盛因以戏酬
唐·刘禹锡

苏州刺史例能诗,西掖今来替左司。
二八城门开道路,五千兵马引旌旗。
水通山寺笙歌去,骑过虹桥剑戟随。
若共吴王斗百草,不知应是欠西施。

——《刘宾客外集》卷一

吴门梦故山
唐·赵嘏

心熟家山梦不迷,孤峰寒绕一条溪。
秋窗觉后情无限,月堕馆娃宫树西。

——《吴都文粹续集》卷二

泊舟姑苏
宋·王安石

朝游盘门东,暮出阊门西。

四顾茫无人，但见白日低。
荒林带昏烟，上有归鸟啼。
物皆得所托，而我无安栖。

——《临川文集》卷十三

瑞鹧鸪
宋·柳永

吴会风流，人烟好，高下水际山头。瑶台绛阙，依约蓬丘。万井千闾富庶，雄压十三州。触处青娥画舸，红粉朱楼。　　方面委元侯，致讼简时丰，继日欢游。襦温袴暖，已扇民讴。旦暮锋车命驾，重整济川舟。当恁时，沙堤路稳，归去难留。

——《乐章集》

木兰花慢
宋·柳永

古繁华茂苑，是当日、帝王州。咏人物鲜明，土风细腻，曾美诗流。寻幽，近香径处，聚莲娃钓叟簇汀洲。晴景吴波练静，万家绿水朱楼。　　凝眸，乃眷东南，思共理、命贤侯。继梦得文章，乐天惠爱，布政优优。鳌头，况虚位久，遇名都胜景且淹留。赢得兰堂酝酒，画船携妓欢游。

——《乐章集》

阊门
宋·朱长文

九曲埋沦茂苑荒，吴人谁复怨吴王。
莫嫌故国千秋远，知是仙家几日长。
湖上只夸浮海相，里中休笑效颦娘。
旧时芳径依然在，但属渔樵自采香。

——《吴都文粹续集》卷二

阊门调行客
宋·范成大

日夜飞帆与跨鞍，阊门川陆路漫漫。
人生自苦身余几，天色无情岁又寒。
万事谁堪六如观，一杯莫信四并难。

重阳虽过黄花少，尚有迟开玉雪团。

——《吴都文粹续集》卷二

阊门
宋·范仲淹

吴门笮阊阖，迎送每跻攀。
一水帝乡路，片云狮子山。
落鸿渔钓外，斜柳别离间。
白傅归休处，盘桓几厚颜。

——《吴都文粹续集》卷二

阊门（二首）
宋·米芾

蘋风忽起吹舟悍，雨打图书藏里乱。
阊门咫尺不安流，何况盟津与江汉。
非无轻楫与长篙，逆风逆水适相遭。
须臾风回水流顺，星宿浮槎趁月高。

吴王故苑古长洲，潮汐池边一伫留。
秀蕙芳兰无处所，乱莞丛苇满清流。

——《吴都文粹续集》卷二

太平时·梦江南
宋·贺铸

九曲池头三月三，柳毵毵。
香尘扑马歇金衔，浣春衫。
苦笋鲥鱼乡味美，梦江南。
阊门烟水晚风恬，落归帆。

——《东山词》卷上

吴门
宋·文天祥

楼台俯舟楫，城郭满干戈。
故吏归心少，遗民出涕多。

鸠居无鹊在，鱼网有鸿过。
使遂睢阳志，安危今若何？

——《吴都文粹续集》卷二

吴门道中（二首）
宋·孙觌

数间茅屋水边村，杨柳依依绿映门。
渡口唤船人独立，一蓑烟雨湿黄昏。

一点炊烟竹里村，人家深闭雨中门。
数声好鸟不知处，千丈藤萝古木昏。

——《鸿庆居士集》卷四

点绛唇·有怀苏州
宋·吴文英

明月茫茫，夜来应照南桥路。梦游熟处，一枕啼秋雨。　　可惜人生，不向吴城住。心期误，雁将秋去，天远青山暮。

——《梦窗词集》

夜发吴门
元·赵孟頫

吴树依依吴水流，吴中舟楫好夷犹。
多情最是吴门月，又送行人下秀洲。

——《吴都文粹续集》卷二

阊门
元·倪瓒

望中烟草古长洲，不见当时麋鹿游。
满目越来溪上水，流将春梦到杭州。

——《吴都文粹续集》卷二

吴趋行
明·高启

仆本吴乡士，请歌吴趋行。

吴中实豪都，胜丽古所名。
五湖汹巨泽，八门洞高城。
飞观被山起，游舰沸川横。
土物既繁雄，民风亦和平。
泰伯德让在，言游文学成。
长沙启伯基，异梦表休祯。
旧阀凡几家，奕代产才英。
遭时各建事，徇义或腾声。
财赋甲南州，词华并西京。
兹邦信多美，粗举难备称。
愿君听此曲，此曲非夸盈。

——《大全集》卷一

过城西废坞

明·高启

乱前游最熟，乱后问都迷。
园散栽花户，林荒采菊蹊。
废泉流圃浅，斜日下城低。
唯有烟中鸟，迎人似旧啼。

——《大全集》卷十二

过苏州（五首）

明·刘基

姑苏台下垂杨柳，曾为张王护禁城。
今日淡烟芳草里，暮蝉犹作管弦声。

姑苏台下垂杨柳，落叶萧萧日暮风。
天地山河有真主，迎来送往总成空。

忆昔吴宫无事时，满城杨柳舞西施。
如今柳尽西施死，恨杀当年陌上儿。

虎邱山下月朦胧，阊阖门前动地风。
子夜一声琴一阕，杜鹃声在碧云中。

满地寒风满面尘，荒烟白草旧通津。
宴安酖毒俱亡国，可但西施解误人。
——《吴都文粹续集》卷二

过姑苏城（二首）
明·张羽

片帆迢递入吴烟，竹溆芦洲断复连。
柳影浓遮官道上，蝉声多傍驿楼前。
近湖渔舍皆悬网，向浦人家尽种莲。
行到吴王夜游处，满川芳草独堪怜。

故国有荒台，登临一怆哉。
屎廊风落蠹，香径雨生苔。
苑废民家占，城摧客吊来。
伍员当日语，千古尚堪哀。
——《吴都文粹续集》卷二

吴门
明·张泰

万井烟花绕故都，阊阖宫苑自荒芜。
江魂吼浪空雠越，山黛颦秋已破吴。
台下草深无过鹿，城头月落已啼乌。
英雄老去年华在，海日瞳瞳水满湖。
——《吴都文粹续集》卷二

吴门怀古
明·顾璘

南眺荒原思惘然，阊阖城古澹苍烟。
吴宫已没弹丝处，胥渚犹伤赐剑年。
渺渺晴湖浮远岫，萋萋春草下平田。
长洲废苑那堪问，落日只余麋鹿眠。
——《吴都文粹续集》卷二

吴门怀古八首（选二首）
明·朱长春

泰伯高风久廓寥，庙前残石对平桥。
季深古砌无高木，日落空江自晚潮。
千载行人询旧里，三吴文物托前朝。
可怜季子同祠像，一溯兴亡恨未消。

要离墓头枯草根，专诸巷口暮云昏。
可怜一诺焚妻子，正想千军窟室门。
身借报仇呈剑术，名留刺客答君恩。
江南侠气千年在，白日谁招幽鬼魂。

——《朱太复文集》卷十六

姑苏怀古
明·屠隆

浩荡吴门古堞晴，吴人犹识阖闾名。
兼无麋鹿经台殿，独有江流绕郡城。
荒草尽平宫女色，繁弦空入棹歌声。
我来醉倚专诸巷，落日寒光一剑横。

——《由拳集》卷九

姑苏怀古
明·叶元玉

吴王宫中草芊芊，西施今去几千年。
胥门江水流不歇，虎丘山色还依然。
我来江上一怀古，前代兴亡难尽数。
月明独自倚孤篷，疏雨沈沈夜当午。

——《石仓历代诗选》卷四百二十一

过苏州
明·赵完璧

云锦乘风吴水头，繁华满眼过苏州。
青楼帘箔烟花暖，画舫笙箫潋滟浮。
薄雾山钟惊市晚，斜阳渔笛使人愁。

孤舟对酒不成醉,明且胥门坐未休。

——《海壑吟稿》卷四

姑苏杂咏(四首)
明·唐寅

门称阊阖与天通,台号姑苏旧帝宫。
银烛金钗楼上下,燕樯蜀柁水西东。
万方珍货街充集,四牡皇华日会同。
独怅要离一抔土,年年青草没城墉。

长洲茂苑占通津,风土清嘉百姓驯。
小巷十家三酒店,豪门五日一尝新。
市河到处堪摇橹,街巷通宵不绝人。
四百万粮充岁办,供输何处似吴民?

江南人尽似神仙,四季看花过一年。
赶早市都清早起,游山船直到山边。
贫逢节令皆沽酒,富买时鲜不论钱。
吏部门前石碑上,苏州两字指摩穿。

繁华自古说金阊,略说繁华话便长。
百雉高城分亚字,千年名剑殉吴王。
龙蟠左右山无尽,蛇委西东水更长。
北去虎邱南马涧,笙歌日日载舟航。

——《唐伯虎全集》卷二

吴趋
明·祝允明

阊阖红楼起,皋桥渌水回。
绮罗摇日丽,车马逐云来。
施旦非吴艳,机云是晋才。
欲歌遗古调,风俗转堪哀。

——《怀星堂集》卷三

阊门行

明·袁袠

阊门巍巍连紫极，叠雉崇墉控疆域。
飞梁作镇限关津，广市开场通货殖。
土风清嘉想端委，里闬骄奢夸鼎食。
城中绮构排云起，城外青槐当路植。
梁鸿桥下柳千条，泰伯祠前花万色。
红尘日晚驱雕辇，碧草春来迷玉勒。
鱼钥彤彤开宅第，夹道云甍对迢递。
鸳鸯织就缀文茵，翡翠裁来妆宝髻。
横塘二月春气浓，中流画鹢看摇曳。
陌上行行雾縠纷，花间往往牙樯系。
公子前溪唱艳词，佳人子夜翻新制。
朝朝箫鼓出城闉，夜夜兰灯迎水裔。
忆昔夫差全盛时，离宫望幸驻行麾。
锦帆泾远菱歌缓，消夏湾深彩仗移。
走狗斗鸡心未厌，穿池凿石游难遍。
初从云峤起高台，更向花洲开别殿。
屧廊香径何容与，水帘水槛疑无暑。
昼观剑客舞青萍，夜引西施歌白苎。
争长黄池干夏盟，槜李曾栖劲越兵。
舟师电发舻艎出，壁垒星攒组练明。
自谓千秋长若斯，岂意一朝人事改。
愁见荒台麋鹿游，可怜故国山河在。
吴王昔日起阊门，法象天枢拟至尊。
豪华转烛宁终极，世事悠悠讵足论。

——《吴都文粹续集》卷二

阊门夜景

明·伊乘

钓桥通郭俯清流，月照朱帘卷画楼。
醉里笙歌喧夜市，千家灯火似扬州。

——《吴都文粹续集》卷二

南中吕驻马听·阊门夜泊
明·陈所闻

风雨萧然,寒入姑苏夜泊船。市喧才寂,潮汐还生,钟韵俄传。乌啼不管旅愁牵,梦回偏怪家山远。摇落江天,喜的是篷窗曙色,透来一线。

——《南宫词纪》

入阊门有怀萧太守若愚
明·胡缵宗

晴日梅开花覆山,梅花仙子白云间。
扁舟相访不相及,夜夜阊门月满湾。

——《吴都文粹续集》卷二

吴城夜归
明·郭谏臣

暮出阊闾城,扁舟载月行。
四郊浮夜色,万籁总秋声。
露泡衣襟薄,风生枕簟清。
篷窗时假寐,耿耿梦难成。

——《鲲溟诗集》卷四

阊门曲
明·屈大均

姑苏台上柳花开,飞落西施碧玉杯。
一自吴王春宴罢,宫莺衔过若耶来。

——《苏州名胜诗词选》

阊门行
明·欧大任

朝望吴都城,夕入吴都郭。
目送三江流,心怀五湖乐。
吴都郭外阊门西,阊门女儿娇欲啼。
锦屏朱户唱桃叶,青丝玉壶唤客提。
皋桥泰娘年十七,起舞持杯向人泣。
揽环掩袂不胜情,自说吴都异前日。

忆昔吴王都此邦，馆娃宫中兰麝香。
三千珠翠空成队，十二金钗谩作行。
梧桐园中梧叶秋，西风飒飒吴王愁。
黄金白璧竟何在，昨日红颜今白头。
可怜不特繁华事，富贵看成草头露。
故国山河今已非，姑苏台前鹿麋路。
劝君对酒莫言归，华堂一曲白纻衣。
千年往事如流水，且向尊前醉落晖。

——《思玄堂集》卷三

阊阖城
清·任端书

灯火楼台接暮云，阊阖城畔又黄昏。
湛卢飞去江鱼老，岁岁春风破楚门。

——《南屏山人集》卷三

吴中杂咏（三首）
清·朱方蔼

亚字城西柳万条，金阊亭下水迢迢。
吴娃买得蜻蛉艇，穿过红阑四百桥。

蕙草初香二月天，白公堤畔柳如烟。
讨春年少携筝笛，齐上吴娘六柱船。

十里荷香明镜间，扁舟来往乐渔蛮。
柳阴深处凉风起，独占吴王消夏湾。

——《湖海诗传》卷十八

减字木兰花·重泊吴阊
清·鲁超

锦帆行处，系艇当年垂柳树。渔火江枫，霸业消沉向此中。　　似曾相识，烟寺晚钟霜浦笛。唤起离情，知隔云间第几程。

——《全清词钞》卷三

琵琶仙·乙巳早春过吴门作
清·厉鹗

帆色新年，又轻约，水枕春寒同载。堤上沽酒人家，湘梅已先卖。斜照傍，红楼未启，惜犹护，一层芳霭。趁燕裙归，调鹦槛远，尘梦都改。　　悄弹指、闲立平沙，更吹绿吴波缓衣带。堪笑天涯踪迹，有垂杨相待。人意与东风是客，洗软香，雨际烟外。且听钟度枫桥，旧情如在。

——《樊榭山房集》卷十

琵琶仙·金阊晚泊
清·江声

斜日扬舲，堞楼下，一带荒凉吴苑。珠幌犹蔽何乡，秋空片云卷。风渐急，横塘乍渡，便穿入，虎山西崦。野草低迷，寒鸦下上，浑是凄怨。　　看胥口，波面灵旗，未输尔，鸱夷五湖远。无限乱山衔碧，闪烟樯斜展。排多少，荒台废馆。只望中，破楚门键，料得遥夜钟声，梦回难遣。

——《全清词钞》卷十五

临江仙·苏州
清·洪亮吉

红鹤溪山乌鹊馆，金阊从古繁华。三分楼阁二分花。一分留隙地，随分种桑麻。　　海物新奇争入市，晨餐都厌鱼虾。等闲吴语六时哗。笙歌丛作队，脂粉泻成洼。

——《更生斋诗余》

阊门讴并序
清·袁学澜

士衡《吴趋行》侈陈富美，未寓箴规，窃谓吴俗日靡，亟宜返本崇朴，故述是诗以劝焉。

华堂酣高宴，客醉红袖扶。
曲终宜奏雅，为君歌吴歈。
奥壤启甄冒，阖闾雄霸图。
阊门郁嵯峨，周城环清波。
水陆门二八，腴田连山阿。
夜市足鱼米，春船泛绮罗。
延陵通上国，公瑾威四遐。

闾里尚游侠，阀阅盛名家。
川泽尽秀美，人物竞才华。
麋城猎烟草，娃馆舞朝霞。
台高路九曲，平看茂苑花。
去古日以远，淫乐日以深。
筵携谢公妓，路献秋胡金。
那堪艰难业，逞此奢靡心。
愿将蟋蟀诗，编入吴中吟。
一返勤俭俗，我歌实虞箴。

——《苏台揽胜词》卷一

吴趋灯市歌

清·朱堉

吾吴风俗多好胜，献酬佳节每有兴。
上元之夜尤繁华，灯市铺排隔年定。
千门万户开堂堂，五色陆离灯辉煌。
纵横屈曲光不断，金阊亭接吴趋坊。
妙手偷天极人选，绸绫纸绢工裁翦。
幻作万种象万物，星罗棋布一朝演。
花天月地锦世界，千影万影出奇怪。
白玉堂前玉树开，水晶帘底晶球挂。
或如鳞甲动秋风，或若神鱼戏水中。
金狮吐焰斗猛虎，老蛟起舞蟠游龙。
大地光明城不夜，仙之人兮纷纷来下。
宝马香车塞路衢，金樽檀板喧台榭。
风流奚止五元宵，十日琵琶九日箫。
蜡烛烧残泪如雨，鳌山易倒蜃楼消。
炙煿无常有时冷，自古奢靡获灾眚。
何如敛却买灯钱，散与贫民买汤饼。
君不见，西漆南油梁苑豪，即今燐火生蓬蒿。
又不见，绿烟朱火隋家屋，月明照见骷髅哭。

——《万卷书楼诗钞》

苏州古城墙

二、城墙、城楼

　　为防备敌人之侵犯，凡城市都筑有城墙。苏州自建城时即有城墙，但在社会变革及战争的兵火中，曾受到多次破坏。据史料记载，秦始皇统一六国后，认为再无敌国之争，曾下诏拆除城墙。宋代为防范金兵入侵，重视城墙建设。元世祖统一天下后，认为天下太平，也下令拆城墙。清军攻城时毁城墙。民国时又拆除部分城墙。日寇用飞机炸城墙。1949年又拆城墙，遂使城墙东塌西倒，满目疮痍，残缺不全。尽管如此，苏州部分城墙——盘门、胥门、阊门、平门等依然存在，屹立在环城河畔，给人以历史的回想。

　　进入20世纪80年代，为保护古城风貌，苏州市政府决定修复古城墙。据有关部门实地调查，苏州古城墙全长15204.81米，较为完整的为1249.98米，仅占8.22%，可见其损毁之严重。1986年，修复盘门古城墙和堞楼。2006年，修复阊门古城墙和堞楼。2012年国庆前夕，相门、平门的古城墙和堞楼也修复完毕，在相门城墙内还开设"苏州城墙博物馆"，并对外开放。

　　纵观历史，苏州城墙保护得最好、最为雄壮的是在唐宋时代。尤其是南宋时，苏州作为陪都，对城墙十分重视，为加强对城墙的维护，在厢军中设立了工程建设兵种，配置壮城兵，设立壮城指挥，专门负责保护和修固城墙。其时，每座城门上都建有城楼，或二层，或三层，红柱黛瓦，飞檐翘角，十分壮观。除了观察敌情，城楼也对外开放。因而，不少文人墨客常登楼观赏，吟咏诗篇，留下了许多佳作。

登吴古城歌
唐·刘长卿

登古城兮思古人，感贤达兮同埃尘。
望平原兮寄远目，叹姑苏兮聚麋鹿。
黄池高会事未终，沧海横流人荡覆。
伍员杀身谁不冤，竟看暮树如所言。
越王尝胆安可敌，远取石田何所益。
一朝空谢会稽人，万古犹伤甬东客。

黍离离兮城圮陀，牛羊践兮牧竖歌。
野无人兮秋草绿，园为墟兮古木多。
白杨萧萧悲故柯，黄雀啾啾争晚禾。
荒阡断兮谁重过，孤舟逝兮愁若何。
天寒日暮江枫落，叶去辞风水自波。

——《吴都文粹续集》卷二

登阖闾古城
唐·武元衡

登高望远自伤情，柳发花开映故城。
全盛已随流水去，黄鹂空啭旧春声。

——《吴都文粹续集》卷二

登阊门闲望
唐·白居易

阊门四望郁苍苍，始觉州雄土俗强。
十万夫家供课税，五千子弟守封疆。
阊闾城碧铺秋草，乌鹊桥红带夕阳。
处处楼前飘管吹，家家门外泊舟航。
云埋虎寺山藏色，月耀娃宫水放光。
曾赏钱唐嫌茂苑，今来未敢苦夸张。

——《全唐诗》卷四百四十七

吴城览古
唐·陈羽

吴王旧国水烟空，香径无人兰叶红。
春色似怜歌舞地，年年花发馆娃宫。

——《吴都文粹续集》卷二

吴古城
唐·姚合

江城吹角水茫茫，曲引边城怨思长。
惊起暮天沙上雁，海门斜去两三行。

——《吴都文粹续集》卷二

与启南同登城楼
明·皇甫信

忽因怀旧拥多愁,纵步来登鼓角楼。
惟有石田知己者,相逢一笑亦同游。

——《吴都文粹续集》卷二

登五城门
明·高启

登城望神州,风尘暗淮楚。
江山带睥睨,烽火接楼橹。
并吞何时休,百骨易寸土。
向来禾黍地,雨露长榛莽。
不见征战场,那知边人苦。
马惊西风筘,鸟散落日鼓。
呜呼城下水,流恨自今古。

——《吴都文粹续集》卷二

登五城门（二首）
明·徐有贞

阊阖门开近帝州,丽谯新建倚高秋。
人间尽看三千界,天上移来十二楼。
往事名传吴伍相,平生心在汉留侯。
斗牛宫阙当头是,何必乘槎海外游。

碧城楼子耸秋空,声振江山鼓角雄。
高下亭台花雾里,往来舟楫水云中。
赋才世岂无王粲,饮兴时应有庾公。
双手可将红日捧,扶桑只在画栏东。

——《吴都文粹续集》卷二

阊门城楼
明·蔡羽

吴苑已多树,高台闻急砧。
千门开国意,落日一登临。

南去帆樯乱，西来秀色新。
不须孤角起，把酒思难禁。

——《吴都文粹续集》卷二

月夜登阊门城楼
明·王宠

列雉森海甸，丽谯屹中天。
山川振襟带，方位周幅员。
华月镜千里，览见东南偏。
苍苍宝玉气，霭霭都虚烟。
霸迹几兴伏，徂运悲逝川。
惜哉万夫雄，随彼往化迁。
唯有乌栖曲，哀怨至今传。

——《吴都文粹续集》卷二

与邢丽文登葑门城楼
明·文徵明

天风异制木蛇空，雉堞差差夕照中。
百里山川形胜旧，万家烟火岁年丰。
迤南茂苑迷陈迹，直北荒原识故宫。
会取千年兴废理，与君极目送飞鸿。

——《甫田集》卷一

登城楼
明·刘珏

高楼百尺与云齐，白首登临日未低。
人语乱喧城内外，客船都泊水东西。
空中铁笛神仙过，壁上瑶词学士题。
画角一声归兴动，醉扶明月下丹梯。

——《吴都文粹续集》卷二

娄城晚眺
明·张泰

高城一望思茫茫，潮转娄江入海长。

边境到今非汉县,古仓何处积吴粮。
鸥栖浅渚寒芦净,雁落平畴晚稻香。
野水闲云吟不尽,玉峰西面看斜阳。

——《吴都文粹续集》卷二

月下复抵娄城灯下独酌
明·郭谏臣

长啸篷窗兴颇浓,灯前独酌自从容。
寒潮向晚回青海,皓月通宵挂玉峰。
风度疏林声渐渐,烟笼衰柳影重重。
夜深鼓角城边起,醉梦虚疑长乐钟。

——《鲲溟诗集》卷一

秋夜登阊门城楼
明·张本

月白三吴晚,风清八月秋。
芙蓉照江国,蟋蟀上城楼。
海思飞云乱,乡心落叶愁。
忽闻黄鹤笛,清夜重淹留。

——《列朝诗集》丁集第八

忆旧游齐门城楼因寄建贤
明·朱敬之

忆上北城楼,云物何悠悠。
连云百万户,疑是昆仑丘。
俯瞰沧海东,秀色眼前逼。
遥挹镜湖水,于兹洗八极。
知尔情绪好,我亦心神融。
穷愁千万端,飘散如飞蓬。
迩来居山中,驹箠倏二百。
大观固无从,幽境聊顺适。
地僻俦更稀,思君比玉液。

何当道术成，飘然生羽翼。

——《吴都文粹续集》卷二

望海潮·胥门城楼即伍相国祠，春日同云臣展谒有作
清·陈维崧

鼍呿鲸吼，龙腾犀踏，胥江万叠惊涛。沿水败墙，临风坏驿，千秋尚祀人豪。英爽未全凋，正绿昏画幔，红颭霞旓。太息承尘，我来还为拂蟏蛸。　　城楼径矗层霄，怅苏台碧藓，相望岧峣。西子笑时，包胥哭后，霸吴入郢徒劳。飒沓响弓刀。筭稽山越榭，今也蓬蒿。社鼓神弦，依稀疑和市中箫。

——《迦陵词全集》卷二十三

咏苏州古城墙
当代·潘君明

春秋遗迹古城墙，风雨千年受损伤。
盛世复观楼阁丽，吴都文化再辉煌。

盘 门

三、城门

伍子胥建造阖闾城时,辟有八座城门。《吴越春秋》记载,伍子胥建造阖闾城时,有"陆门八,以象天八风;水门八,以法地八聪"。这八座城门是:东南两座,即蛇门、匠门(相门);西南两座,即盘门、胥门;东北两座,即娄门、齐门;西北两座,即阊门、平门。后蛇门关闭,开辟葑门,仍是八座城门。唐代著名诗人白居易和刘禹锡都任过苏州刺史,在诗中也称有八座城门。白居易诗云"七堰八门六十坊",刘禹锡诗云"二八城门开道路"。"二八城门",即是陆门八座,水门八座。这八座城门,历代诗人均有吟咏。阊门一带最为繁荣,水陆码头都设在那里,交通便捷,人群密集,诗人吟咏最多。

(一)阊门

阊门,西门也,位于苏州城西北,伍子胥建城时即有。《吴越春秋·阖闾内传》:"立阊门者,以象天门,通阊阖风也。"《吴地记》:"阊门,亦号'破楚门',吴伐楚,大军从此门出。"阊门内外水陆交通便捷,商市繁盛。在苏州八城门中,此门建筑最为宏丽,城门作东西向,水陆并列,陆门城台上建有重檐歇山式两层三开间楼阁。唐宋时,楼橹最盛,为守城军士用以瞭望的高台,并有李阳冰篆书门额,后亡。

门名为"阊",以象天门,可通天气。其含义为:吴王是天帝之子,所做的一切都是天意。后来,伍子胥带领大军从此门出,打败楚国得胜归来,将阊门改称为"破楚门",以示纪念。

元至正十一年(1351)重建后,改名"金昌门"。至正十六年,张士诚加筑瓮城,或称"月城"。瓮城规制与其他城门不同,辟有三门,中门上吊桥越运河而达城外,南门通南码头,北门经探桥(外水关桥)至北码头。探桥东近水城门,其水入城即为第一横河。清初修建门楼,题额为"气通阊阖"。民国十六年(1927),瓮城被拆除。民国二十三年,为便于交通,西中市大街拓宽,城门改建为三个拱门并列的新式城门。改建后的城门,中门高9米,宽9米,为车行道;两侧边门各高4米,宽2.5米,为人行道。城楼被拆除。1958年,陆门被拆除。1966年以后,附近城墙及水门拱券陆续被拆,仅存水门金刚墙和陆门南段城墙。2004年,在阊门遗址环境整治旧房拆迁工程中,瓮城遗址被发现,苏州博物馆展开考古勘探调查,进行保护。2006年,重建阊门城门和城楼。

阊门怀古
唐·韦应物

独鸟下高树,遥知吴苑园。
凄凉千古意,日暮倚阊门。

——《韦苏州集》卷六

阊门即事
唐·张继

耕夫召募逐楼船,春草青青万顷田。
试上吴门窥郡郭,清明几处有新烟。

——《全唐诗》卷二百四十二

醉落魄·苏州阊门留别
宋·苏轼

苍头华发,故山归计何时决?旧交新贵音书绝,惟有佳人,犹作殷勤别。　离亭欲去歌声咽,潇潇细雨凉吹颊。泪珠不用罗巾裛,弹在罗衣,图得见时说。

——《东坡词》

宿阊门
宋·范成大

五更潮落水鸣船,霜送新寒到枕边。
报道雾开红日上,野翁犹盖短篷眠。

——《石湖诗集》卷二十九

阊门戏调行客
宋·范成大

日夜飞帆与跨鞍,阊门川陆路漫漫。
人生自苦身余几,天色无情岁又寒。
万事惟堪六如观,一杯莫信四并难。

重阳虽过黄花少，尚有迟开玉雪团。

——《石湖诗集》卷二十

泊阊门
元·顾瑛

枫叶芦花暗画船，银筝弹绝十三弦。
西风只在寒山寺，长送钟声扰客眠。

——《玉山纪游》

发阊门
元·顾瑛

阊门西去是阳关，叠叠秋风叠叠山。
便是早春相别处，如今杨柳不堪攀。

——《玉山纪游》

阊门夜泊
明·沈愚

丝丝杨柳拂官河，烟际楼台隔岸多。
此夜阊阎城下泊，满船明月听吴歌。

——《明诗综》卷二十一

阊门即事
明·唐寅

世间乐土是吴中，中有阊门更擅雄。
翠袖三千楼上下，黄金百万水西东。
五更市贾何曾绝？四远方言总不同。
若使画师描作画，画师应道画难工。

——《唐伯虎集》卷二

阊门夜泊
明·文徵明

阊阖城西暮雨收，西虹桥下水争流。
苍茫野色千山隐，突兀寒烟万堞浮。
灯火旗亭喧夜市，月明歌吹满江楼。

乌啼不复当时境,依旧钟声到客舟。

——《皇明诗选》卷十一

阊门行
明·沈明臣

阊门日出人如蚁,阊门月白街如水。
迤逦南行百武余,令人忽堕双眸雨。
今人多在古人亡,亡者不亡生者死。
梁鸿墓,要离冢,春风吹平一丘陇。
四时不奠游人浆,晡眖落日空牛羊。
千秋不改专诸巷,万世犹闻侠骨香。

——《百城烟水》卷一

夜看阊门市
明·史弱翁

千门烟火夜方新,十二街头画粉匀。
恼恨春风离乱后,黄昏灯市更无人。

——《百城烟水》卷一

阊门舟集别施使君闰章有感(二首)
清·毛奇龄

当时惜别使君江,清泪双流满玉缸。
今日金阊重话旧,夜深红烛照船窗。

阊门夜泛酒盈卮,后会兵戈未可期。
何处流连心最苦,虎丘山下泊船时。

——《西河集》卷一百四十四

阊门
清·屈复

锁钥方开百货喧,伐吴平越死消魂。
穿城呜咽分流水,犹悔教名破楚门。

——《弱水集》卷十四

夜宿阊门
清·沈叔埏

重来倚棹阖闾城，行理萧然百感生。
花柳几年萦别意，更筹一夜动离情。
故人相见皆吴语，南雁分飞尚越声。
犹是白云回首处，如钩新月傍船明。

——《颐彩堂诗钞》卷二

舟泊阊门
清·施闰章

我爱阊门好，停舟细雨时。
伯通遗宅在，为问主人谁？

——《学余堂诗集》卷四十六

阊门晚泊
清·刘廷玑

近水楼台几万家，湘帘高卷玉钩斜。
两岸花明灯富贵，六街烟锁月繁华。

——《葛庄分体诗钞》

阊门夜泊
清·袁学澜

春游归晚满江烟，舣棹阊亭人未眠。
鼓动夜阑休市早，楼凭高堞与城连。
酒家灯影澹临水，商妓筝声凄隔船。
乱后两濠寥落景，殷繁浑不似从前。

——《适园丛稿·风雩咏归集》

阊门偶兴
清·吴熙

五湖浪迹笑西东，一棹吴门兴未穷。
十里市声烟树外，百分春色酒船中。
平桥水暖弯弯月，画阁晴开面面风。

千载姑苏行乐地，莫将身世感萍蓬。

——《苏州名胜诗词选》

阊门
清·姚承绪

破楚门前气象雄，九天阊阖信潜通。
琼枝璧月吴侬曲，花影红楼水榭风。
古寺疏钟敲虎阜，孤篷残梦落梧宫。
市声远近闻庞杂，转眼兴亡一喟中。

——《吴趋访古录》卷一

阊门怀古
清·释祖观

麋鹿苏台霸业消，阊门依旧郁岧峣。
夕阳城阙要离冢，秋水帆樯太伯桥。
冠盖喧阗文物盛，鱼盐繁富市儿骄。
康衢鼓吹承平景，尚有英雄乞食箫。

——《梵隐堂诗存》卷四

阊门
近代·金松岑

花草吴宫代已更，坊厢爱说旧时名。
剑埋宝气人埋玉，花照高楼日照城。
握算笑看郎卖绢，数钱厌听女弹筝。
痴儿那解人间事，日向仓桥跨马行。

——《天放楼诗集·谷音集》卷上

（二）胥门

胥门，一名"西门""姑胥门"。明卢熊《苏州府志》云："胥门，西门也，在阊门南，《越绝书》云'姑胥门'。"因城外有姑胥山而得名。原有水陆城门，战国时，春申君黄歇测知太湖地势高过苏州，而太湖水由胥门流入城内，为使城内免遭水涝之灾，就将胥门水城门加以封闭。此后，胥门便无水城门。宋绍兴十四年（1144），郡守王晚在此筑姑苏馆，又筑姑苏台于城上，宏丽雄深，为三吴客馆之冠，专门接待金国来使。现存的陆城门，于元至正十一年（1351）重建。至正十六年（1356），张士诚增建瓮城。明、清两代重修。清初修建后，门楼题额为"姑胥拥翠"。民国二十七年（1938），城楼被拆除，城门因另辟新胥门而被封堵，故有幸保存下来。现存城门洞由三道砖砌拱券构成，第二道与第一、第三道垂直相交，结构与盘门的陆门相同。拱门高4.65米，宽3.3米，纵深11.45米，东向（城内）尚存横额，原题字已毁。新补"胥门"二字。两边城墙高7.2米。1999年，结合百花洲地区改造，拆除依附于城墙两侧的简陋民居。对胥门进行考古调查，发现瓮城残基厚约5米，瓮城内南北宽约40米，东西进深20米。此后，又对胥门及其两翼残存的380米城墙进行维修加固。现已辟为伍子胥纪念园，塑有伍子胥像，立有伍子胥纪功柱。

胥门闲泛
唐·皮日休

青翰虚徐夏思清，愁烟漠漠荇花平。
醉来欲把田田叶，尽裹当时醒酒鲭。

——《松陵集》卷七

和胥门闲泛
唐·陆龟蒙

细桨轻桦下白蘋，故城花谢绿阴新。
岂无今日逃名士，试问南塘着屦人。

——《松陵集》卷七

胥门
宋·周弼

芦苇萧萧生晓潮，伍员何地更吹箫。
夕阳自逐寒鸦去，万片宫花共寂寥。

——《端平诗隽》卷四

城门曲
元·杨维桢

谍报越王兵，城门夜不扃。
孤臣睛不死，门月照人青。

——《吴都文粹续集》卷二

胥门伍行人庙和节推
明·祝颢

十年遗庙郡城陬，感慨令人吊未休。
霸主豪华无复见，荒台麋鹿至今游。
愁云惨照青山晚，野水寒禽古木秋。
昭代旌扬明祀水，烟波谁问五湖舟。

——《吴郡文粹续集》卷五十一

胥门
明·区大相

蓼花风起渚莲飘，处处菱舟趁晚桡。
吴苑几年无霸气，胥门终古有归潮。
枫林竹岸斜连郭，水寺溪林尽带桥。
独有馆娃宫外柳，年年烟雨锁长条。

——《百城烟水》卷一

胥门
明·邵宝

臣奢无辜为君戮，臣胥敢怒不敢哭。
朝辞楚疆暮吴国，还兵入郢亦太酷。
愤愤心，还未足。楚何怨，吴何恩。
豫让死，王袞存。是邪非，不必论。
一片鸱夷皮，裹骨难裹魂。北风莫遣向越奔。
向越奔，无不可，只恐仇吴似仇楚。

——《容春堂前集》卷三

舟过胥门书感
明·郭谏臣

旭日晴堪爱，寒山青不收。
城临伍相庙，水落百花洲。
耻作依人鸟，甘为浪迹鸥。
有怀千古恨，空羡五湖游。

——《鲲溟诗集》卷一

胥门怀古
清·张英

伍相名留雉堞碑，草生吴苑旧台池。
祗今抉目悬门日，可忆吹箫入市时。
敌国功名归少伯，君王佳丽得西施。
空余一片孤臣泪，白马中流欲恨谁。

——《文端集》卷十四

胥门
清·姚承绪

吹箫有客芦中芦，三日不食竟达吴。
吴门市上剑气粗，奔涛千古怀灵胥。
姑胥台，面太湖；姑胥门，臣所居。
为王辛苦求专诸，霸吴复楚真良图。
惜哉忠谠卒见诬，抉睛未几越甲趋。
越甲趋，吴王俘；宰木拱，伯嚭诛。
素车白马来徐徐，犹延庙祀江之隅。

——《吴趋访古录》卷一

（三）盘门

盘门，古名"蟠门"，位于苏州城西南。《吴地记》云："盘门，古作'蟠门'。尝刻木作蟠龙，此以镇越。又云：水陆相半，沿洄屈曲，故名'盘门'。又云：吴大帝蟠龙，故名。"宋《吴郡志》补注："门有楼。宝庆三年秋，大风雨，楼门俱坏。绍定二年冬，郡守李寿朋新作之，规制视旧有加。"明卢熊《苏州府志》："盘门，西南门也。陆广微云：旧作'蟠门'，以水陆纡回屈曲，改字为'盘'……《续志》云：'旧楼，吴说题额，视宝祐新作诸门最为宏壮'。"

现存城门为元至正十一年（1351）重建，瓮城为至正十六年张士诚增建。明初、清初修建城楼，悬"龙盘水陆"额。1976年至1981年，先后对陆门和水门进行维修加固。1986年，为纪念苏州建城两千五百年，修复城楼，在陆门城台原址上重建歇山式两层三开间城楼，飞檐翘角，雄伟壮丽。西面题额"吴中锁钥"，对联"水接帆樯，山分紫翠；桥通吴越，市列珠玑"。东面题额"水陆萦回"，对联"古吴城阙川原壮，旧国干戈战伐多"。

现存的盘门保持元末明初旧观。陆门有内外两重，其间为平面略呈方形的瓮城。外门在瓮城东北方，由三道纵联分节并列式石拱构成，左右城墙亦由花岗石砌筑。内门偏于瓮城西南,由三道砖拱构成,其第二道砖拱转换90度砌筑,第一、第三道砖拱各厚三层,采用二丁一顺砌法。门洞纵深13米,宽3.9米,第三道砖拱高5.45米。为增强稳固性,门外筑梯形护身墙。第一道砖拱上开有"品"字形"小井",是对付敌方火攻的灌水口。登城墙北侧,可自东而西至城台。内外城门之间,有20米见方空地,将敌诱此,门上便矢石俱下,可将敌全歼。城门上设置雉堞、女墙、绞关漫道等。

水城门也由两重城门组成,两者相距4.6米,纵深24.5米。外门石拱券作分节并列式构筑,金刚墙高达7.25米,墙角各立方石柱,上架楣枋以承拱券。拱券矢高2.75米,开有闸槽。内外水门之间,南北城墙下砌泊岸,东南隅城墙内辟有洞穴通道,可循石级登城台。内门由三道纵联分节并列式石拱串联构成,三拱尺度不一,第三道拱最大,高9.7米,宽9.3米,深6米。内外两水门建筑结构不同,并非同一时代遗存,外门显然早于内门。

盘门,为苏州古城保存最好的古城门,2006年被国务院批准列入第六批全国重点文物保护单位名录,为中国现存唯一的水陆并联城门,也是苏州古城的标志之一。

南楼送饯李明府归姑苏

唐·许浑

无处登临不系情,一凭春酒醉高城。
暂移罗绮见山色,才驻管弦闻水声。
花落西亭添别梦,柳阴南浦促归程。
前期迢递今宵短,更倚朱栏待月明。

——《文苑英华》卷二百八十

过苏州

宋·苏舜钦

东出盘门刮眼明,萧萧疏雨更阴晴。
绿杨白鹭俱自得,近水远山皆有情。
万物盛衰天意在,一身羁苦俗人轻。
无穷好景无缘住,旅棹区区暮亦行。

——《苏学士集》卷七

吴门柳
宋·贺铸

窈窕盘门西转路,残阳映带青山暮。最是长杨攀折苦,堪怜许,清霜剪断和烟缕。　　春水归期端不负,依依照影临南浦。留取木兰舟少住,无风雨,黄昏月上潮平去。

——《贺方回词》卷二

晚入盘门
宋·范成大

人语嘲喧晚吹凉,万窗灯火转河塘。
两行碧柳笼官渡,一簇红楼压女墙。
何处采菱闻度曲,谁家拜月认飘香。
轻裘骏马慵穿市,困倚蒲团入睡乡。

——《石湖诗集》卷四

盘门
清·姚承绪

曲径委蛇路百盘,天光云影落惊湍。
蟠龙厌越浑闲事,直作蛇门一例看。

——《吴趋访古录》卷一

盘门夜泊
现代·陈去病

风清月白露珠浮,骏马轻车赌夜游。
异境忽开人自眩,四方多故独含愁。
堪怜珊网成鱼网,难解清流付浊流。
还向甘棠桥上望,幻云顷刻散当头。

——《苏州文物古迹诗选》

风入松·盘门
现代·汪青辰

盘门胜迹棹声嚣,一派水烟娇。当年城瓮雄兵伺,谯楼势、英气多豪。正是中原逐鹿,伍孙自有深韬。　　千舟万舸竞波涛,物富互争饶。两千五百年披阅，数今日、伟业功昭。指点苏州新貌，盛妆淡饰高标。

——《苏州文物古迹诗选》

（四）葑门

葑门，位于苏州城东面。《吴地记》："匠门……门南三里有葑门、赤门……并非八门之数也。"就是说，伍子胥筑城时并无此门。何时开辟？据《宋平江城坊考》引《史记正义·吴世家》及《吴俗传》等记载：伍子胥梦见越军，令从东南入。越军乃回向三江口岸，筑坛祭伍子胥，即从城东开门入吴。至今犹名示浦门曰"鱄鲋"。鱄，蒲鱼；鲋，江豚。后谓"鲋门"，今名"葑门"。又说，越军开示浦，子胥以涛荡罗城，开此门，由鱄鲋随涛入，故名。依据上文，葑门是在越军侵入阖闾城时所辟。

古时，葑门也作"封门"。《吴郡图经续记》云："封门者，取封禺之山以为名。封山，故属吴郡，今在吴兴。"因何称葑门？"葑者，菱土撩结，可以种殖者也。"葑门城外为水网地区，是湖泽中葑菱积聚处，年久腐化变为泥土，水涸成田，谓之"葑田"，多种水生植物，如茭白、菱、藕、芡实等。方言"封""葑""鲋""富"同音，后讹为"富门"。

葑门，在宋初时堵塞。范仲淹任苏州知府时，为便利出入，重新开辟。宝祐二年（1254）建城楼，后毁。经历代多次重建。清初重建门楼，题额"溪流清映"，并增辟水城门。民国二十五年（1936），门楼被拆除。20世纪50年代初，又拆除城门。1978年拆除水城门。

葑门

宋·叶適

遗墨固藏神，希圣非立我。
断后辄无前，实右即虚左。
品定赋纤洪，义明分勇懦。
端木语卫文，洙泗皆卿佐。
孔子叙夷齐，后进尚觊觎。
从来一大事，几作鸿毛荷。
知非言所及，结网鱼受课。
谁持空空质，放纵无不可。
兹门小精庐，荒寂众万过。
欣余二三子，拙力守饥卧。
杨花安得揽，飞去天隅唾。

唯有露垂垂，满畦红药堕。

——《水心集》卷六

夜合花·自鹤江入京，泊葑门外有感
宋·吴文英

柳暝河桥，莺暗台苑，短策频惹春香。当时夜泊，温柔便入深乡。词韵窄，酒杯长，剪蜡花壶箭催忙。共追游处，凌波翠陌，连樟横塘。　　十年一梦凄凉，似西湖燕去，吴馆巢荒。重来万感，依前唤酒银缸。溪雨急，岸花狂，趁残鸦飞过沧茫。故人楼上，凭谁指与，芳草斜阳。

——《梦窗稿》卷二

葑门作
元·唐元

鳏鱼夜无眠，老翁常似之。
儿时闻此言，见嗤仍见疑。
奈何齿发落，身亲无寐时。
羁栖送白日，奚喜亦奚悲。
剪烛照四座，文翰相纷披。
亦有樽中酒，兴来聊自持。
如何展复转，遥夜成凄其。
冷官安分义，纤芥敢自欺。
积金生怨尤，吾宁抱朝饥。
颇思西崦田，荞麦光离离。
愿言返初服，岁晚无璘缁。

——《筠轩集》卷二

葑门杂咏
清·曹基

亚字城东路，幽栖步屦存。
莺花喧市井，虾菜竞晨昏。
局设遥闻织，舟停半映门。
遣怀谁最胜，携杖过南园。

——《采风类记》卷二

葑门口号三首其一
清·钱载
灭渡桥回柳映塘，南风吹郭不胜香。
湖田半种紫芒稻，麦笠时遮青苎娘。

——《萚石斋诗集》卷四

葑门晚归途中口号
清·张大绪
葑溪水秀甲吾吴，迤逦东南绕郭郛。
岂独衣冠多毓秀，亦知鱼米竞输租。
近看宝带辉营室，遥望烟波出太湖。
几度归来迷旧迹，生疏小径为迂途。

——《采风类记》卷二

葑门即事
清·马元勋
金色黄鱼雪色鲥，贩鲜船到五更时。
腥风吹出桥边市，绿贯红腮柳一枝。

——《吴郡岁华纪丽》卷四

葑门
清·姚承绪
十里葑溪路，垂杨蘸画桥。
草堂名自古，芰土产犹饶。
菱芡东南利，鲈鲜早晚潮。
扁舟频过此，渔唱彻清宵。

——《吴趋访古录》卷一

葑门闻采菱歌
清·陈匡国
人道苏台乐，不解阿侬苦。
倚桨学采菱，低歌落红雨。

——《采风类记》卷二

（五）相门

相门，位于苏州城东面。古作"匠门"，又名"将门""干将门"。《吴郡图经续记》："将门者，吴王使干将于此铸宝剑，今谓之'匠'，声之变也。"后又讹"匠"音为"相"，遂称"相门"。

匠门、干将门之得名，与春秋时冶匠干将在此铸剑有关。《吴越春秋》《吴地记》等均有记载，大意是：干将铸剑，铸成干将、莫邪两剑，阳曰"干将"，阴曰"莫邪"。干将匿其阳，出其阴而献给吴王阖闾。明卢熊《苏州府志》："匠门，东门也……其旁有欧冶庙、干将墓。"

相门有水、陆两路，水路通大海，沿松江，下沪渎，为水上交通要道。于宋时废。宋《吴郡志》云："此门本出海道，通大海，沿松江下沪渎。今废。"民国二十五年（1936），因城外造苏嘉铁路，将此门开辟通行。城门外的大河上建有一座水泥桥墩、木板铺面的大桥，名"新华桥"。民国二十六年，日寇全面侵华，桥被日寇飞机炸毁，相门也随之封闭。

1949年后，城门被拆除。1993年拓宽干将路时，在相门外重新建成一座新型大桥，名"相门桥"。2012年国庆前夕，重新建成的相门城楼及城墙对外开放。

干将墓
明·高启

干将善铸剑，剑成终杀身。
吴伯亦遂亡，神物岂不神。
始知服诸侯，威武不及仁。
徒劳冶金铁，精光动星辰。
莫邪应同埋，荒草千古春。
青蛇冢间出，犹欲恐耕人。

——《吴都文粹续集》卷三十七

干将墓
明·周南老

神物须人就，烁身剑乃成。
厥妻剪爪发，投冶濡金精。
两龙跃而出，干将获全生。
献雌匿其阳，杀身逆鳞婴。
匠门传有冢，春莎还自青。

剑化已云久，吴冶墓亦平。

——《吴都文粹续集》卷三十七

干将门
清·曹基

吴都全盛日，八门耀朝暾。
车马夹道驰，往来竞晨昏。
奈何图霸业，喑呜自称尊。
奋袂尚剑术，干将名其门。
岂知贻谋误，一旦拔本根。
伤哉属镂赐，威武无复存。
太阿既倒持，千载生烦冤。
偶来访遗址，慷慨与谁论。

——《采风类记》卷二

匠门怀古
清·张大纯

匠门湮塞迷烟雾，不见当时铸剑处。
犹余金铁气未销，化作青磷自来去。
城头荒草伴斜阳，城下断桥临古渡。
居人指点匠门塘，到处松楸绕行路。

——《采风类记》卷二

匠门
清·姚承绪

神物化龙去，犹留古匠门。
翳昔铸冶时，精气互吐吞。
龟文与缦理，拂拭凌霜痕。
迄今过其处，犹疑宝剑存。

——《吴趋访古录》卷一

干将行
清·钱谦益

君不见莫耶之剑缺黍米，姑苏梧桐卧流水。

莫耶旧恨今已矣，又见干将死狱底。
干将铸时光属天，百神下降蛟龙缠。
鬼怪相戒匿形影，欃枪不敢争妖蠦。
可怜剑气一朝尽，黑狱沉沉埋血磷。
牛斗变化知何日，贯索光芒竟谁问。
君不见延津龙去有余悲，还忆吴宫麋鹿时。
无复湛卢诛宰嚭，争传属镂赐灵胥。

——《牧斋初学集》卷九

相门
当代·潘君明

炉火熊熊惊鬼神，锤声剑气震星辰。
干将遗迹今安在？细听邻翁说相门。

——《苏州诗咏一千首》

（六）娄门

娄门，位于苏州城东北。娄门外有娄江，为大禹治水之江名，门名由此而得。《吴地记》："阖闾城……陆门八……东娄、匠二门。"娄门，本号"疁门"。秦时有古疁县，至汉王莽时，此地建有娄县，遂称"娄门"。宋《吴郡志》："娄门，秦娄县所直，又谓之疁，今谓之昆山。昆山县东北三里许，有村落名娄县，盖古县治所寓也。"明嘉靖《昆山县志》："疁城，即古疁县治。"明卢熊《苏州府志》云："娄门，东门也。"

娄门为水陆城门。陆门分外、中、内三重，内城筑有城楼，三重城门之间有空地和闸门装置，十分坚固。三道水门也有闸门装置。后废。清初重建，门楼上题额"江海扬华"。约在民国三十七年（1948），外城、中城及内城门上的城楼均被拆除。1958年，内城门和水城门均被拆除。

娄江
明·文嘉

娄江流水渺苍烟，无限晴波满目前。
冉冉时看鸥鹭下，悠悠疑与海天连。
风涛随处喧行客，舟楫还能济巨川。
我欲因君泛溟渤，乘槎直到女牛边。

——《文氏五家集》卷九

夜归娄门
明·郭谏臣
潮生荻岸平，日暮兰桡歇。
篷底坐移时，开帘见新月。
——《鲲溟诗集》卷四

娄关夜泊
清·顾湄
古堞苍茫里，荒江此泊船。
乡音殊昨夜，归梦逼残年。
客子寻烟语，人家闭月眠。
忽闻羌管发，极目畏途边。
——《百城烟水》卷一

娄门夜泊
明·卢熊
朔风塞雁渡江烟，访旧东游夜泊船。
野水似龙争入海，大星如月独当天。
荒村梦寐清秋夜，乡馆间关白发年。
兵革飘流无定著，渺余何处赋归田。
——《采风类记》卷二

娄门道中与陈户侯
明·张泰
苏门何处是，晚树集云烟。
夹水路逾窄，逆风船且牵。
虫声依岸草，星影动江天。
未厌秋衣薄，相知同醉眠。
——《吴都文粹续集》卷二

娄门观迎春
清·潘遵祁
东郊彩仗簇晴烟，金甲销来又七年。
紫陌早传蠋赋诏，黄堂应有劝农篇。

漫言雪泽春前少，已觉风光野外妍。

最是城楼临眺处，喜笠青笠跨乌犍。

——《西圃集》卷九

娄门

清·姚承绪

尚袭先秦赤县名，娄㟏两字未分明。

吾乡旧有城遗址，残碣咸通出故茔。

——《吴趋访古录》卷一

（七）齐门

齐门，又名"望齐门"。位于苏州城东北。《吴地记》："阖闾城……陆门八……北齐、平二门。"齐门名的由来，与吴国和齐国的战争有关。《吴郡图经续记》："北曰齐门者，齐景公女嫁吴世者，登此以望齐也。"关于齐景公嫁女于吴，《越绝书》《吴地记》《吴郡志》等均有记载，大意是：阖闾十年（前505），吴国攻打齐国，获得大胜。为使齐国不再攻打吴国，吴王阖闾长子终累娶齐王少女为妻，实为人质，齐王"涕泣而女于吴"。终累死后，齐女失去亲人，常思念家国，号泣成病。吴王阖闾在城上建九层飞阁，使齐女登阁望齐，以慰思乡之情，故又名"望齐门"。

据考，齐门有城郭，旧称"城垛子"，城郭之间还有方角城墙。齐门有三道城门，内城门西侧有水城门，门上建有两层城楼，俗称"鼓楼"。楼上悬有"臣心拱北"的匾额。"拱北"，犹拱辰，含义为吴国有如北斗星，齐国应当拱卫吴国的君王。题额反映了春秋时吴国的愿望，有强霸之意。城门外有外城河，内有内城河，城郭之间相距二三十米。因有三道门，故道路曲折，交通不便。

20世纪50年代初，城门城楼被拆除。1978年建水闸时，水城门也被拆除。

发齐门

元·顾瑛

东方晨星如月明，舟人捩舵听鸡鸣。

自怜不合轻为客，莫厌秋风搅树声。

——《百城烟水》卷一

次韵发齐门
明·周砥

西风洲上荻花明，秋水船头落雁鸣。
谁抱琵琶凉月里，向君弹作断肠声。

——《百城烟水》卷一

齐门
清·姚承绪

齐大恐非偶，郑忽卒见咎。
吴强更弱齐，质女奉箕帚。
盛衰世不同，敌国俨甥舅。
涕泣女于吴，进退两掣肘。
远嫁既失所，和亲复呈丑。
峨峨望齐门，不堪重回首。
扶病上层城，乡枌渺何有。
载赋竹竿诗，空嗟远父母。
南音非所操，北风亦徒吼。
不如化哀蝉，离情或可剖。

——《吴趋访古录》卷一

（八）平门

平门，位于苏州城西北。《吴郡图经续记》云："北有平门，盖不预八数。"意谓不在八个城门之内。但《吴地记》认为："阖闾城……陆门八……北齐、平二门。"将平门纳入阖闾城所辟的八门之内。又云："平门北面，有水陆通毗陵，子胥平齐，大军从此门出，故号'平门'。"

平门，古称"巫门"。《越绝书》上多次提到巫门。"巫门外麋湖西城""巫门外大冢""巫门外罘罳者"等。《吴地记》："东北三里，有殷贤臣申公巫咸坟，亦号'巫门'。"元高德基《平江记事》也说："吴城平门，旧名'巫门'。至大庚戌古濠中得石扁，上有篆书'巫门'二字。故老云：巫咸，商大戊时贤臣也。其墓在门东北三里许，故以名门。"看来，巫门早已存在，后因"巫"字与"平"字相似，乃讹为"平门"。这在其他志书中亦都有记载。

平门何时闭塞，无考。民国十七年（1928），为便利城内外交通，重辟平门，为两个并列的高大城门洞。有外城河而无内城河。城门上无城楼，更无水城门。1958年被拆除。

2012年国庆前夕,重建平门城楼及城墙。

平门
明·王宾

商家太戊有贤臣,葬在平门野水滨。
寒食杏花风雨里,一杯椒醑奠何人。

——《吴都文粹续集》卷二

平门
清·姚承绪

吴阊城外路萦弯,破楚平齐只等闲。
古冢尚怀商耇远,雄图欲控赤门湾。
气吞青社全军振,会长黄池万甲环。
苦恨越溪兵已渡,胥江空复水潺潺。

——《吴趋访古录》卷一

五卅路（子城遗址）

四、子城

　　子城，在阖闾城之中部，为吴王的宫室及议论军国大事之处，亦称"王宫"。子城的范围有多大？《越绝书》云："吴小城，周十二里。"从现在的地形来看，东至公园路（一说至甫桥西街下塘），南至十梓街，西至锦帆路，北至第三横河（干将河）。四面筑有城墙，几与外城相仿，"其下广二丈七尺，高四丈七尺"。有东、南、西三个城门，两个水门。越灭吴后，为会稽、吴县、平江、苏州府的府署。唐宋时期，子城建筑相当雄伟，城上筑有城楼，有谯楼、齐云楼、东楼、西楼（观风楼）。城内筑有设厅、黄堂、双莲堂、双瑞堂、木兰堂、思贤堂、瞻仪堂、凝香堂、观听堂，以及初阳楼、逍遥阁、坐啸斋、四照亭、东亭、西亭等。白居易任苏州刺史时，常登楼观赏，或在城楼上聚会饮酒，写有多首诗篇。每逢岁首，府署内布置一新，对百姓开放，可以进入参观。

　　宋代，为吴郡治所。建炎元年（1127）金兵入侵时，子城遭到破坏，后多加修葺，基本上恢复旧观。范仲淹、吴文英、蒋堂、叶适等皆有诗词咏之。

　　元末，泰州盐工张士诚率众起义，攻占平江（今苏州）后称王，将子城作为王宫。朱元璋为统一天下，派兵围攻平江。张士诚失败，一把大火将王宫焚烧殆尽。从此，这里瓦砾成堆，成为一片荒地。

齐云楼晚望，偶题十韵，兼呈冯侍御、周殷二协律
唐·白居易

潦倒官情尽，萧条芳岁阑。
欲辞南国去，重上北城看。
复叠江山壮，平铺井邑宽。
人稠过杨府，坊闹半长安。
插雾峰头没，穿霞日脚残。
水光红漾漾，树色绿漫漫。
约略留遗爱，殷勤念旧欢。
病抛官职易，老别友朋难。
九月全无热，西风亦未寒。

齐云楼北面，半日凭栏干。

——《全唐诗》卷四百四十七

和柳公权登齐云楼
唐·白居易

楼外春晴百鸟鸣，楼中春酒美人倾。
路傍花日添衣色，云里天风散珮声。
向此高吟谁得意，偶来闲客独多情。
佳时莫起兴亡恨，游乐今逢四海清。

——《全唐诗》卷四百六十二

城上夜宴
唐·白居易

留春不住登城望，惜夜相将秉烛游。
风月万家河两岸，笙歌一曲郡西楼。
诗听越客吟何苦，酒被吴娃劝不休。
纵道人生都是梦，梦中欢笑亦胜愁。

——《全唐诗》卷四百四十七

重阳陪李苏州东楼宴
唐·独孤及

是菊花开日，当君乘兴秋。
风前孟嘉帽，月下庾公楼。
酒解留征客，歌能破别愁。
醉归无以赠，祗奉万年酬。

——《吴郡志》卷六

西楼喜雪命宴
唐·白居易

宿云黄惨澹，晓雪白飘飖。
散面遮槐市，堆花压柳桥。
四郊铺缟素，万室甃琼瑶。
银榼携桑落，金炉上丽谯。
光迎舞妓动，寒近醉人销。

歌乐虽盈耳，惭无五裤谣。

——《全唐诗》卷四百四十七

登西楼见乐天题诗
唐·刘禹锡

湖上收宿雨，城中无昼尘。
楼依新柳贵，池带乱苔春。
云水正一望，簿书来绕身。
烟波洞庭路，愧彼扁舟人。

——《吴郡志》卷六

玩月
唐·刘禹锡

半夜碧云收，中天素月流。
开城邀好客，置酒赏新秋。
影透衣香润，光凝歌黛愁。
斜辉犹可玩，移宴上西楼。

——《吴郡志》卷六

登初阳楼
唐·皮日休

危楼新制号初阳，自粉青薐射沼光。
避酒几浮轻舴艋，下棋曾觉睡鸳鸯。
投钩列坐围华烛，格簺分明占靓妆。
莫怪重登频有恨，二年曾侍旧吴王。

——《吴郡志》卷六

奉和袭美登初阳楼寄怀北平郎中
唐·陆龟蒙

远窗浮槛亦成年，几伴杨公白昼筵。
日暖烟花曾扑地，气和星象却归天。
闲将水石侵军垒，醉引笙歌上钓船。
无限恩波犹在目，东风吹起细漪涟。

——《吴郡志》卷六

宿东亭晓兴
唐·白居易

温温土炉火，耿耿纱笼烛。
独抱一张琴，夜入东斋宿。
窗声度残漏，帘影浮初旭。
头痒晓梳多，眼昏春睡足。
负暄檐宇下，散步池塘曲。
南雁去未回，东风来何速？
雪依瓦沟白，草绕墙根绿。
何言万户州，太守常独幽。

——《全唐诗》卷四百四十四

郡西亭偶咏
唐·白居易

常爱西亭面北林，公私尘事不能侵。
共闲作伴无如鹤，与老相宜只有琴。
莫遣是非分作界，须教吏隐合为心。
可怜此道人皆见，但要修行功用深。

——《全唐诗》卷四百四十七

题西亭
唐·白居易

朝亦视簿书，暮亦视簿书。
簿书视未竟，蟋蟀鸣座隅。
始觉芳岁晚，复嗟尘务拘。
西园景多暇，可以少踌躇。
池鸟澹容与，桥柳高扶疏。
烟蔓嫋青薜，水花披白蕖。
何人造兹亭？华敞绰有余。
四檐轩鸟翅，复屋罗蜘蛛。
直廊抵曲房，窈窱深且虚。
修竹夹左右，清风来徐徐。
此宜宴佳宾，鼓瑟吹笙竽。

荒淫即不可，废旷将何如？
幸有酒与乐，及时欢且娱。
忽其解郡印，他人来此居。

——《全唐诗》卷四百四十四

哭崔常侍晦叔（节选）

唐·白居易

丘园共谁卜，山水共谁寻。
风月共谁赏，诗篇共谁吟。
花开共谁看，酒熟共谁斟。
惠死庄杜口，钟殁师废琴。
道理使之然，从古非独今。
吾道自此孤，我情安可任。
唯将病眼泪，一洒秋风襟。

——《全唐诗》卷四百五十二

木兰后池重台莲花

唐·皮日休

欹红姹娇力难任，每叶头边半米金。
可得教他水妃见，两重元是一重心。

——《吴郡志》卷六

和重台莲

唐·陆龟蒙

水国烟乡足芰荷，就中芳瑞此难过。
风情为与吴王近，红萼常教一簷多。

——《吴郡志》卷六

北轩欹枕

宋·梅挚

苦无勤瘁补台纲，西院西头冷峭房。
今门铃斋一欹枕，清风不改傲羲皇。

——《吴郡志》卷六

登齐云
宋·章宪

飞楼缥缈瞰吴邦，表里江湖自一方。
曲槛高窗云细薄，落霞孤鹜水苍茫。
固知兴废因时有，独觉江山共古长。
回首中原正愁思，不堪残日半规黄。

——《吴郡志》卷六

观风楼
宋·杨备

观风危堞与云齐，楼下开门画戟西。
鼓角声沉丝管沸，卷帘晴黛远山低。

——《吴郡志》卷六

观风楼
宋·范仲淹

高压郡西城，观风不浪名。
山川千里色，语笑万家声。
碧寺烟中静，虹桥柳际明。
登临岂刘白，满目见诗情。

——《吴郡志》卷六

西楼怀感
宋·章造

高花古柳傍城闉，游目江城次第新。
百感中来倍惆怅，满城烟雨满城春。

——《吴郡志》卷六

西楼
宋·耿元鼎

西楼一曲旧笙歌，千古当楼面翠峨。
花发花残香径雨，月生月落洞庭波。
地雄鼓角秋声壮，天迥阑干夕照多。

四百年来逢妙手，要看风物似元和。

——《吴郡志》卷六

齐天乐·齐云楼
宋·吴文英

凌朝一片阳台影，飞来太空不去。栋与参横，帘钩斗曲，西北城高几许。天声似语。便闾阖轻排，虹河平溯。问几阴晴，霸吴平地漫今古。　　西山横黛瞰碧，眼明应不到，烟际沉鹭。卧笛长吟，层霾乍裂，寒色溟濛千里。凭虚醉舞，梦凝白阑干，化为飞雾。净洗青红，骤飞沧海雨。

——《梦窗稿》卷一

齐云楼
宋·叶適

天下雄诸侯，苏州数一二。
都会自昔称，陪京今也贵。
奕奕撰重楼，岩岩立平地。
虚景混空苍，嚣声收远肆。
闾阎虽散阔，栏槛皆堪记。
向非土木力，焉能快高视。
湖山西南维，江海东北堑。
舒缓未为愚，疏达终多智。
穷民一宵灯，细巧杂纹织。
豪士三春卉，妖丽乱名字。
佟甚见精诚，富余轻讲肆。
先朝丰豫日，应奉稽古义。
花纲飞入汴，石林鬼浮泗。
天然造生活，始者行赈施。
王公占上腴，邸观角奇致。
是邦聚璀璨，四顾尽憔悴。
狂敌误濡足，遗孽等交臂。
艰难屡省方，薄遽亏顿置。
因循堕和好，俯仰销年岁。
翻怜井邑盛，又使编珉匮。

颇云鱼虾微，亦已困征税。
人生贱苟免，所尚刚强气。
呼鹰饱何时，暴虎怒斯易。
吁嗟久悒悒，胡为长惴惴。
夜闻踏歌喧，激烈动哀思。
吴俗固捷疾，吴兵信蜂利。
项梁起雠秦，子弟奋投袂。
功成须力到，岂必资黠慧。
宁羡鹊居巢，盍如蛉有类。
未发忌先闻，因诗良自喟。

——《水心集》卷六

木兰堂

宋·范仲淹

堂上列歌钟，多惭不如古。
却羡木兰花，曾见霓裳舞。

——《吴郡志》卷六

题木兰堂

宋·杨备

木兰枝密树仍高，堂下花光照节旄。
列鼎重茵歌舞地，金章同色使君袍。

——《吴郡志》卷六

双莲堂

宋·杨备

双莲仙影面波光，翠盖摇风红粉香。
中有画船鸣鼓吹，瞥然惊起两鸳鸯。

——《吴郡志》卷六

和梅挚北池十咏（选五首）

宋·蒋堂

池上有奇桧，青青岁纪深。
旧枝怜茂殖，时亦欠清吟。

夕月漏孤影，秋霜滋劲心。
今方遇真赏，风什播瑶音。

池上有孤岛，影摇波底天。
蓬壶欣仿佛，仙客得留连。
岸草衬丹毂，滩芦隈画船。
羡君休浣日，寄傲一樽前。

池上有修竹，遥闻手自栽。
几因风韵响，时感隼旟来。
粉箨经梅脱，虬根遇石回。
婵娟绿阴下，小宴为谁开。

池上有丛菊，繁英满旧蹊。
金刀惜频剪，粉蝶得幽栖。
醉弁谁同插，香笺手自题。
遥思清赏处，野步岸东西。

池上有时宴，笙箪沸欲凝。
欢多漏移刻，坐久月和灯。
席客咏持蟹，女娼歌采菱。
醉来忘万事，风静水波澄。

——《吴郡志》卷六

齐云楼

明·高启

境临烟树万家迷，势压楼台众寺低。
斗柄正垂高栋北，山形都聚曲栏西。
半空曾落佳人唱，千载犹传醉守题。
劫火重经化平地，野乌飞上女垣啼。

——《大全集》卷十四

吊伪周故址
明·文徵明

废鼓楼前蔓草多,夕阳骑马下坡陀。
欲谈天祐谁堪问?自唱西风菜叶歌。

——《百城烟水》卷三

过伪周故宫遗址
明·徐祯卿

自畏时讥掩口吟,文章曾说筑黄金。
江山不作千年计,枉费英雄万里心。

谁使宫城坐陆沉?仓庾食尽亦难禁。
绮罗一把咸阳火,犹是豪英慷慨心。

——《百城烟水》卷三

西子妆慢·吴小城故址,在言子祠南、金姆桥东,叔问有词,继韵
清·张上龢

乌唤角高,燕衔泥去,寂寂娃乡尘土。已无更点报鸡人,替宫愁、废池蛙鼓。吴都又赋。让词客、凭栏四顾。过桥东,指一弯脂水,当年颦处。　　妆楼阻。只有惊鸿,目送罗袜步。采莲歌断五潮舟,换春芜、数家莺户。登临几度,叹残霸、山川无主。怕花飞,绕郭鹃啼最苦。

——《苏州名胜诗词选》

苏州街巷

干将路

一、城内主干道

（一）人民路

人民路，位于苏州城内中心偏西，南至南门人民桥北堍，北至平门桥南堍。由于历史的原因，人民路曾多次更名。伍子胥建城时至南宋之前，尚无路名，习称"陆道"。南宋时才有巷名，称"大街""卧龙街"。清代时称"护龙街"。之后，南端又称"三元坊""饮马桥南街"等。新中国成立后，统称"人民路"。

三元坊，原在人民路南端，即书院巷口至苏州府学处。清乾隆四十六年（1781），郡人为连中三元的钱棨建立牌坊，故名。钱棨（1742—1799），长洲（今江苏苏州）人。出身书香门第，乾隆四十四年中乡试第一名解元，乾隆四十六年中会试第一名会元，又中殿试第一名状元。钱棨是清朝开国以来第一个中三元的人，显得特别荣耀。苏州官员和百姓感到特别高兴，在府学之东建起雄伟壮丽的牌坊，称"三元坊"。并将乾隆皇帝写的《御殿传胪六韵》镌刻于上，作为殊荣。

御殿传胪六韵

清·爱新觉罗·弘历

龙虎传胪唱，太和晓日暾。
国朝经百载，春榜得三元。
文运风云壮，清时礼乐蕃。
载咨申四义，敷奏近千言。
讵至求端楷，所期进谠论。
王曾如何继，违弼我心存。

——《御制诗·四集》卷八十一

钱棨中"三元"之后，曾充任顺天乡试同考官，兼任太子师傅，在上书房行走，后为云南学政，又升任内阁学士兼礼部侍郎。钱棨忠于职守，办事勤恳，认真负责，嘉庆四年（1799）死于任上。

1970年，三元坊并入人民路，路名消失，至今唯有公交车站仍名"三元坊"。在市图书馆左侧，塑有钱棨读书坐身像，作为纪念。

三元坊内，为苏州府学（文庙）所在地，最初为南园遗址。北宋景祐二年（1035），由苏州知府范仲淹在此建府学、文庙，有棂星门、大成殿、崇圣祠、六经阁、御书阁、明伦堂、道山亭等。诗人吟咏甚多。

郡学为南园遗址

清·徐崧

当年台榭蠹云青，缔构神奇似五丁。
地为禽鱼园更广，天因草木露尤灵。
春风妓舞花间席，夜月诗题水上亭。
欲访遗踪何处觅，且从学圃按图经。

——《百城烟水》卷一

道山

清·张大纯

道山犹是旧山川，一片青云古殿边。
北望须知临抚署，师儒讵敢上峰巅？

——《百城烟水》卷一

大池

清·张大纯

芹水春风雨更宜，桂花开后杏花时。
藻间一簇生蝌蚪，却是文翁洗砚池。

——《百城烟水》卷一

秋晚登道山亭

清·石韫玉

苍苍山日落，拾级上危亭。
初月林梢白，秋天雁外青。
曾闻贤执政，于此读遗经。
千载登临客，临风跂典型。

——《独学庐初稿》卷一

道山,指儒林、文苑,是文人聚集的地方。现为江苏省苏州中学所在地。

饮马桥南堍东侧,有建于民国初年的中西式园林天香小筑,为钱庄业巨子金姓所有,有宅无园。民国九年(1920)归军官苏谦所得,门额题写"苏庄"。民国二十年,为上海鼎盛、鼎元、繁康钱庄经理、洞庭东山人席启荪购得,改称"天香小筑"。园内山石奇形怪状,形如动物,故俗称"百兽园"。1978年整修。2001年大修后,成为苏州图书馆的一部分。

咏天香小筑
当代·潘君明

饮马桥南堍,小筑曰天香。
始建于民国,中西合璧创。
画楼成品形,贯通有回廊。
绿色琉璃瓦,日照映流光。
彩砖铺地面,西洋花格窗。
屏风雕花卉,书画列厅堂。
门楣题匾额,名家笔力苍。
东侧有花园,绿树绕池塘。
湖石拟动物,百兽聚山岗。
凉亭纳清风,鸟啼花卉芳。
只为风格异,苏城名声扬。
扩建图书馆,天香又书香。
藏书百万册,古籍亦辉煌。
设备为一流,读者难计量。
室内一片静,老少阅读忙。

饮马桥南堍西侧,旧有关帝庙,香火极盛。《吴门表隐》云:"卧龙街关帝像,宋淳熙初就大树雕成,连根。乾隆三十三年,巡抚彰宝欲改建,因像不可移,乃止。"

关帝庙访李天木炼师
清·徐崧

胜迹仙踪寄水涯,逍遥应是上清家。
壶中捣药流明月,鹤背吹箫度紫霞。

著就丹青文最古，传来新咏句堪夸。

偶居城市缘何幸？几度闲过话日斜。

——《百城烟水》卷三

乐桥北堍西侧的怡园，原为明代尚书吴宽的故居复园旧址。清咸丰十年（1860）兵燹，此地遭到严重破坏。光绪三年（1877），由浙江宁绍台道员顾文彬购得复园遗址，花了9年时间，耗银20万两，筑成园林，取名曰"怡园"。怡园吸取苏州诸园林之胜，景色更为优美。有玉延亭、四时潇洒亭、坡仙琴馆、石听琴室、拜石轩、藕香榭、锄月轩、南雪亭、碧梧栖凤、画舫斋、锁绿轩、螺髻亭等30余处，景色幽胜。园主顾文彬作词以纪。江苏按察使李鸿裔专程游览，并作诗。

怡园好（五首）

清·顾文彬

怡园好，春草梦池塘。止水不流花出涧，凉飔多借竹穿窗，吟啸坐幽篁。

怡园好，篱菊饱含霜。映烛蒲黄浮酒栈，卷帘松翠落琴床，待月掩银釭。

怡园好，竹籁玉琤瑽。种石如林高下笋，傍花为屋短长廊，红紫灿成行。

怡园好，飞槛与云摩。本色亭台雕绩少，匠心丘壑折旋多，斜径入烟萝。

怡园好，树暗径微分。浅水平桥千柳卷，长廊短碣万花熏，藓迹绿成文。

——《平江区志》卷二十三

题顾子山文彬方伯怡园图（二首）

清·李鸿裔

叠石疏泉不数旬，水芝开出似车轮。

石幢一尺桃花雨，便有红鱼跳绿蘋。

千夫邪许立奇礌，万石夥颐山绕廊。

更展袖中修月手，挽得银汉作银塘。

——《苏邻遗诗》卷下

怡园三题

当代·潘君明

坡仙琴馆

素室藏琴石为几，坡仙遗物世间稀。

流泉玉涧弦声响，巧遇知音琴亦怡。

石听琴室
老翁似石石如翁，静听琴声古意萌。
流水高山琴一曲，悠扬悦耳万般情。

锁绿轩
欲留春色锁新绿，烟柳丝丝缓缓拂。
花笑莺啼一片春，赏春何必去追逐。

——《苏州诗咏一千首》

园主顾文彬是词家，又擅楹联，为清代十大集宋词联家之一。他集吴梦窗、张炎、辛稼轩、姜白石、苏东坡等词稿，集词句而成楹联。著有《眉绿楼词联》，今选录如下。

《眉绿楼词联》选
清·顾文彬

坡仙琴馆
步翠麓崎岖，乱石穿空，新松暗老。
抱素琴独向，绮窗学弄，旧曲重闻。（集苏轼句）

四时潇洒亭
石磴扫松阴，几曲阑干，古木迷鸦峰六六。
烟光摇缥瓦，一屏新绣，芙蓉孔雀夜温温。（集张炎、史达祖句）

碧梧栖凤馆
新月与愁烟，先入梧桐，倒挂绿毛么凤。
空谷饮甘露，分傍茶灶，微煎石鼎团龙。（集苏轼、张炎句）

锄月轩
古今兴废几池台？往日繁华，烟云忽过，这般庭院，风月新收。人事底亏全？美景良辰，且安排剪竹寻泉、看花索句。

从来天地一稊米，渔樵故里，白发归耕，湖海平生，苍颜照影。我志在寥阔，朝吟暮醉，又何知冰蚕语热、火鼠论寒？（集辛弃疾句）

岁寒草庐（二副）

竹边松底，只赠梅花，共结岁寒三益。
薜老苔荒，摩挲峭石，恍然月白千峰。（集张炎句）

欺寒茸帽，拂雪金鞭，渐为寻花来去。
款语梅边，虚堂松外，几番问竹平安。（集姜夔、张炎句）

宋词绚丽多彩，语言优美，意境深远，集为楹联，堪称佳构，主人集联悬于景点，为园林文化增色。

怡园之北为乐桥，跨城内第二横河（干将河）。旧时为城中最热闹之处，设有刑场，古称"戮桥"。"戮"者，人头落地也，故名。后因桥名不祥，用谐音改今名。

乐桥
当代·潘君明

位居闹市无晨昏，车水马龙笑语频。
数百年前刑戮处，石栏犹有旧时痕。

——《苏州诗咏一千首》

人民路北端香花桥北堍，有报恩寺，简称"北寺"。最初名"通玄寺"，始建于三国时代吴国赤乌年间，相传为孙权母夫人舍宅所建，一说是孙权乳母陈氏舍宅而建。宋绍兴二十三年（1153），行者金大圆住持募建，后又多次修建。塔为砖木结构楼阁式，九级八面，高74米，塔顶与刹约占五分之一，是研究宋代建筑的珍贵实物。

再过报恩寺
清·胡周鼒

满树流莺称意听，绿萝窗里写黄庭。
雨多藓蚀龙奴壁，寺古虫缘天女瓶。
自笑庞公还入市，可怜贾岛旧翻经。
夜清何处吹高笛？飘过梅庵又柳亭。

——《百城烟水》卷二

雨后登塔
释大珉

巍然一塔逼云寒，绝顶登临眼界宽。
浅淡湖山归杖底，参差楼阁出林端。
烟开宝座瞻毫相，风动金铃响画栏。
最是雨余幽思远，绿阴遍野草漫漫。

——《百城烟水》卷二

登苏城北字塔
清·许传霈

昔年买棹过阊阖，未见苏城先见塔。
今年寄迹北寺旁，日向斯塔对下榻。
偶时塔影卧榻中，掩映斜阳西射红。
旅人梦醒惊窗黑，不道寺塔道长虹。
邻居老僧致前请，邀我登塔上绝顶。
风云生足乱烟霞，珠玉当檐垂欤謦。
斗大苏城一点烟，却好晚炊欲暮天。
娄江震泽东南指，欲泛太湖思渺然。
许子本非尘俗子，长恨年华逐流水。
何幸胜地结良缘，大千世界日俯视。
日俯视，去迟迟，陋彼眼光如豆时。

——《一诚斋诗存》卷二

王兹园丈过访偕登北寺塔旋至元都观
清·许传霈

鸟啼客梦醒，侵晨不安席。
手持金错刀，起为瓶花摘。
忽闻乡语声，知有故乡客。
出门获晤言，入室亲颜色。
道自维扬来，阿兄数晨夕。
远归才半途，同梦嗟永隔。
无计尽君欢，登塔想奇特。
君亦欣然从，惜此足无力。

搭级未及巅，雨云头上黑。

——《一诚斋诗存》卷三

登北寺塔

清·金松岑

十万楼台影，分明脚底看。
只身凌绝顶，孤塔耸云端。
大野回春色，重城锁暮寒。
江山无霸气，高唱拍阑干。

——《天放楼诗集·谷音集》卷上

（二）干将东路、干将西路

干将东路，位于城内东至相门桥西堍，西至乐桥东堍。自东至西原有的小巷：狮子口、新学前、濂溪坊、松鹤板场、干将坊，以及干将河南岸的顾亭桥下塘、升龙桥下塘、桐桥东街、司长巷、言桥下塘、后梗子巷、祝家桥巷等。1992年拓宽干将路时，上述街巷都在拓宽之内，均并入干将东路，巷拆除，名全废。

狮子口，原位于相门桥西堍，西至仓街口。后并入新学前，又并入干将东路。其处原有万寿庵。《百城烟水·卷三·长洲》云："万寿庵，在新学东狮子口。明嘉靖间废寺为学，移建更名庵。"

万寿庵和腥庵先生韵（二首）

清·姚士黉

倚郭偏能静，狮林带小溪。
短碑荒薛积，丛筱淡烟迷。
帆影到门乱，钟声出树低。
老僧思往事，指点泮宫西。

竹里一庵静，群鸦古树栖。
绕城鸥水长，隔巷土墙低。
地改前朝址，名从昔日题。
老僧能话旧，坐到夕阳西。

——《百城烟水》卷三

同朥庵先生过万寿庵示予霖上人
清·张大受

却喜精蓝近，还存旧日名。
阁作禅月记，钟是福宁声。
细路烟横树，清溪月傍城。
游人延伫久，懒散一僧迎。

——《百城烟水》卷三

新学前，原位于平江路南口。原名"报恩光孝寺前"。报恩光孝寺，旧称"天宁万寿禅院"。晋义熙中，僧法恺建，名"净寿院"。梁改安国寺，唐改长寿寺。宋大中祥符二年（1009）改万寿禅寺。绍兴中改万寿报恩光孝寺。明嘉靖二十年（1541），长州县学在此新建学舍，由旧学前迁移至此，即称"新学前"。清康熙二十一年（1682），学博姚彦昭文焱募修。

送姚彦昭孝廉之官长洲司教
明·潘江

三吴名胜艺林传，画舫看君去似仙。
地是昔年游屐遍，书从廿载国门悬。
戴凭经席应分坐，张鷟文章并选钱。
最喜到时多旧雨，黄莺声裏上歌船。

——《百城烟水》卷三

同朥庵雪客过饮彦昭先生斋赋赠
清·孙枝蔚

君家易识复难忘，记入龙眠对雁行。
客座樽深如北海，公车业富似东方。
论才合并盐梅味，知命翻怜苜蓿香。
何以栽成诸弟子，吴中不少状元坊。

——《百城烟水》卷三

辛酉初冬奉赠彦昭先生
清·徐崧

芹宫游近东城边，森森古木生寒烟。
紫霞映户却如绮，黄叶满庭难作钱。

昔日莲花曾象顾，今朝首蓿成龙眠。
年饥闻道救荒暇，高咏细论衡俊贤。

——《百城烟水》卷三

濂溪坊，原在松鹤板场东口至苑桥东堍。原名"布德坊"。宋代理学家周敦颐在此讲学。周敦颐（1017—1073），原名敦实，字茂叔，道州营道（今湖南道县）人。曾任大理寺丞、国子博士。熙宁中知彬州，后被荐为广东转运判官，晚年知南康军（今江西星子）。他住在庐山莲花峰下，门前有小溪流过，故给自己居室取名为"濂溪书堂"，后人称其为"濂溪先生"。他辞官后住在苏州布德坊，讲学传道，门徒众多，声誉很高，受到人们的尊敬。他是我国理学的创始人，著有《周子全书》。他写的散文《爱莲说》是脍炙人口的名篇，有"出淤泥而不染"之句。他殁后，郡人为纪念他，将他居住的布德坊改为"濂溪坊"，将他的居室改名为"濂溪祠"。1993年拓宽干将路时，此巷被拆除，为保留此巷名，将近处的财神弄更名为"濂溪坊"。

近代诗人、学者金松岑住濂溪坊。金松岑（1873—1947），原名懋基，又名天翮、天羽，号天放楼主人。吴江人。曾帮助邹容出版《革命军》，著有《天放楼诗集》《天放楼文言》等。清光绪二十九年（1903），朱梁任、包天笑、苏曼殊等人登苏州西郊狮子山搞"招国魂活动"。"招国魂"意谓中国是一头睡狮，面临内忧外患，危机四起，必须唤醒，国家才有希望。金松岑创作《招国魂》纪之。

招国魂（录三章）

近代·金天翮

其三

吁嗟美哉神圣国，沈沈睡狮东海侧。
文治武功烂朝日，纪功碑字长城刻。
天马葡萄赉西极，到今惟有和戎策。
瓜分惨祸免不得，魂兮归来我祖国！

其四

吁嗟美哉神圣国，沈沈睡狮东海侧。
连理同胞枝纠结，多是黄炎旧血脉。
相思相爱相亲昵，大难临头要分拆。
何不奋起图自立，魂兮归来我祖国！

其五

吁嗟美哉神圣国，沈沈睡狮东海侧。
世界和平守不得，是我国民死绥日。
十万头颅供一掷，血溅梅花殷红色。
古雄若在祭坛结，魂兮归来我祖国！

——《天放楼诗集·谷音集》卷中

金松岑的诗题材广泛，对苏州的景物描写甚多，且多佳作。举例如下：

山塘

近代·金松岑

何处春光美，行行七里塘。
水凉浴兔伯，花暖醉蜂王。
画舫移歌扇，青山映宝坊。
贤愚同一迹，躞屧为寻芳。

——《天放楼诗集·雷音集》卷三

拙政园文衡山手植古藤歌

近代·金松岑

秀州城中李唐舞蛟石，竹垞据典强改名龙蟠。
旁有藤花一架气清郁，讵如此藤拗怒直作蛟蛇看。
拙政园中山茶僵且斧，剩有西堂笔花千朵攒。
入门左顾压屋藤阴重，筋张骨屈古藓苍皮干。
虬枝上天根络地，五龙拘绞腾掷缘撞竿。
鲜英紫萼密缀千万缕，妍华香胜披拂成妙鬟。
衡山高节古风调，隔世想望齐凤鸾。
艺圃池莲一往表清逸，更看此藤万古真气完。
春来婆娑藉地此觞客，欹倒坐卧地窄诗肠宽。
游人鼎鼎不挂眼，枉跨宝马驮金鞍。
名园忍付伧楚手，偷闲尘外追清欢。
臃肿婵娟妍丑不相蔽，虽非孤松翳影长盘桓。

——《苏州名胜诗词选》

升龙桥下塘，原位于干将东路升龙桥南堍。巷在第二横河沿岸、升龙桥东侧,故名。升龙桥,跨城内第二横河(干将河),宋代称"万寿寺桥""万寿寺前桥"。因寺废,明代称"升龙桥",与附近"甲辰巷"相关。"辰"者,龙也。清末民初,讹称"兴隆桥"。1980年恢复原名,桥尚存,为石级单孔桥,是干将河东段仅存的一座古桥。宋龚明之《中吴纪闻·张几道挽诗》云:"张僅,字幾道,居万寿寺桥,与顾棠叔思皆为王荆公门下士。荆公修《三经义》,二公与焉。幾道登第,未几捐馆。"

挽诗
宋·方子通

吴郡声名顾与张,龙门当日共升堂。
青衫始见登华省,丹旐俄闻入故乡。
含泪孤儿生面垢,断肠慈母满头霜。
嗟君十载人间事,不及南柯一梦长。

——《中吴纪闻》卷四

并言"至今诵其诗者,为之出涕"。

祝家桥巷,位于人民路乐桥南堍东侧孝义坊处。其处原有小河锦帆泾,桥跨泾上,原名"竹隔桥",后讹今名。史载,清末词人郑文焯在此筑园而居,占地五亩,名"壶园"。壶,本为容器,此指小天地。传说仙人施存有一壶,中有天地日月。唐张乔《题古观》诗云:"洞水流花早,壶天闭雪春。"壶园,意为自家的小天地,胜似仙境也。

郑文焯(1856—1918),字俊臣,号小坡,又号叔问、叔文、冷红词客,晚年自署大鹤山人。奉天铁岭(今属辽宁)人,属汉军正黄旗,自称原籍山东高密。清光绪元年(1875)举人,后多次考试均名落孙山。光绪六年,应江苏巡抚吴元炳之邀,携家眷寓居苏州,为吴元炳幕僚。他乐居于此,写词以纪。

鹧鸪天
清·郑文焯

水竹依稀濠上园,苍烟五亩绝尘喧。
半床落叶书连屋,一雨漂花船到门。
寒事早,恋清尊。狸奴长伴夜毡温。
老来睡味甜如蜜,烂嚼梅花是梦痕。

——《樵风乐府》卷六

郑文焯在苏州侨居30余年,历任江苏巡抚19人都聘他为上客。他善为词,工尺牍,擅长金石、书画、医方、经籍、版本、古器、音律。为晚清"四大词人"之一。著有《瘦碧词》《冷红词》等,后人合刊为《大鹤山房全集》。

张尔田在《大鹤山人逸事》中记道:"小坡晚年营别墅于孝义坊,其东坡陀绵亘,按图经知为吴小城,赋词以张之。手种梅竹,极幽蒨之致。小坡殁后,吴印臣拟为保存其墅,余为题'侨吴旧筑'四字,后亦未果,闻已易主矣。"后废。

干将坊,原在乐桥东端,约在今"勾吴神冶"牌坊处,后并入干将东路。左笔书法家费新我住此巷内。费新我(1903—1992),名斯恩,原字省吾,一字立千,号立斋,别号左翁,浙江吴兴(今湖州)人,1938年迁居苏州。曾做过美术编辑,后从事书法创作。56岁时因右手患结核腕关节炎,而致残,便用左手练习书法,获得成功,便名"左笔书法",并得到了同道的称赞。著名书法家启功、林散之均作诗写书法赠之。

赠新我(二首)
现代·启功

烂漫天真郑板桥,新翁继响笔萧萧。
天惊石破西园后,左腕如山不可摇。

秀逸天成郑遂昌,胶西金铁共森翔。
新翁左臂新生面,草势分情韵味长。

——《赠书法》

赠新我
现代·林散之

江南文物久相亲,尤爱姑苏费老人。
手自左挥原反右,貌从故我独翻新。

——《赠书法》

费新我著有《楷书初阶》《书法杂谈》《习字十法》等,流传于世。

干将西路,位于东起人民路乐桥西塊,西至西环路。原有乐桥以西及沿干将河两岸的小巷:铁瓶巷、紫兰巷、鹰扬巷、豆粉园、大八良士巷、小八良士巷、镇抚司前、通和坊、洙泗巷等。1992年拓宽干将路时,上述街巷都在拓宽之内,均被并入干将西路,巷拆除,名全废。

铁瓶巷,原东起乐桥西堍,西至镇抚司前。巷名的来历有个民间传说:唐代,有个仙人带着一只铁瓶,瓶内装满了酒。他路过此巷,打开瓶盖喝酒解渴。酒喝光了,他就把铁瓶当枕头,在巷内呼呼地睡了一觉,然后腾云而去,铁瓶则留下来了。由此,巷名就叫"铁瓶巷"。依据这个传说,诗人黄省曾写有一首《铁瓶篇》:

铁瓶篇
明·黄省曾

仙人飘飘自何至,绀发方瞳紫霞气。
金瓶贮酒醉枕之,玉山倾卧干将市。
时人不识谓凡流,转眼飞空那可求。
鼓琴知坐白羊石,吹笛应还黄鹤楼。
此瓶昔把玄丘去,至今犹记仙人处。
吴王宫西碧草香,千年空自思飚轮。

——《石仓历代诗选》卷五百

紫兰巷,原位于乐桥南堍西侧。明王鏊《姑苏志》作"纸郎巷"。清乾隆《吴县志》、民国《吴县志》作"纸廊巷"。巷内旧有造纸作坊,专门制作笺纸,故名"纸郎巷""纸廊巷"。史料称:苏州在唐代就制作彩笺,诗人皮日休、陆龟蒙两人以诗唱和。陆龟蒙收到皮日休用鱼笺写的诗文后,作诗回答。

袭美以鱼笺见寄,因谢
唐·陆龟蒙

捣成霜粒细鳞鳞,知作愁吟幸见分。
向日乍惊新茧色,临风时辨白萍文。
好将花下承金粉,堪送天边咏碧云。
见倚小窗亲襞染,尽图春色寄夫君。

——《甫里集》卷八

诗中"白萍"为鱼子的别称,意为纸纹细如鱼子,故名"鱼笺"。宋《吴郡志·卷二十九·土物》云:"彩笺,吴中所造,名闻四方。"明卢熊《苏州府志》

云："庆元间，郡人颜方叔……创造佳笺，其色有杏黄、露桃红、天水碧……俱砑成花竹鳞羽，山林人物，精妙如画。亦有用金缕五彩描成者。""近年有青膏笺、水玉笺，绝佳。"《姑苏志》云："元时又以茧纸作，蜡色，两面光莹，多写《大藏经》，传流于世，故有'宋笺''元笺'之称。"后改称"紫兰巷"，显系谐音所致。1993年并入干将西路，名废。

太平桥弄，位于养育巷太平桥南堍西侧。原名"洙泗巷"。洙泗，即洙水和泗水。洙水，源出今山东省新泰市东北，折西而南至泗水县北与泗水合流。泗水，源出山东省东蒙山南麓，西流经曲阜等地。春秋时，这里是鲁国之地，孔子在洙泗之间聚徒讲学。《礼记·檀弓》："吾与女事夫子于洙泗之间。"后以"洙泗"之名代称孔子及儒学。观前街东段亦有洙泗巷，1980年时改称"太平桥弄"。明代，巷内有缪国维宅。民国《吴县志》："缪参政国维宅，在府治北太平桥之南，其子孙世代居之。清康熙间，参政孙侍讲彤于宅旁构志圃以奉亲。"

缪彤（1627—1679），字歌起，号念斋，别署双泉老人。吴县（一说长洲，今江苏苏州）人。顺治十四年（1657）举人。康熙六年（1667）状元，授翰林院修撰，后升侍讲。不久即弃官回乡，不复出仕。所筑志圃，园也，有双泉草堂、白石亭、媚幽榭、似山居、青松坞、大魁阁、小桃源、不系舟、更芳轩、红昼亭、梅洞、莲子湾等诸胜。缪彤知识渊博，擅长诗歌，学者尊称他为"双泉先生"。他以志圃景点为题，一一作诗。今录若干如下。

咏双泉草堂

清·缪彤

注壑成池水石平，涓涓流出喜双清。

倘令补入茶经后，陆羽应夸别有名。

——《百城烟水》卷二

咏白石亭

清·缪彤

黄堂林壑旧清幽，绿野还看竹树稠。

传得玲珑一片石，至今下拜想名流。

——《百城烟水》卷二

咏媚幽榭

清·缪彤

一橡跨涧似渔舟,月影烟光槛内收。
碧浪波纹晴若雨,绿阴成盖夏如秋。

——《百城烟水》卷二

咏似山居

清·缪彤

绿萝清昼草常闲,半在溪边半在山。
竹径临流入隔岸,松扉过岭鸟飞还。

——《百城烟水》卷二

咏不系舟

清·缪彤

每乘小艇一遨游,陆地牵来兴更幽。
窗外层峦浑不动,风波端可暂时休。

——《百城烟水》卷二

咏瑞草门

清·缪彤

双扉昼掩翠烟微,三秀含华掩映稀。
自是药栏增胜事,白公石上彩霞飞。

——《百城烟水》卷二

咏枸岭

清·缪彤

古藤碍瓦檐牙缩,老树盘根石磴旋。
曲曲长廊山欲转,好如斗柄指东边。

——《百城烟水》卷二

咏两山之间

清·缪彤

湾湾碧水绕堂前,南北分流共一川。

试看芙蓉相映发，前山却与后山连。

——《百城烟水》卷二

咏莲子湾
清·缪彤

每羡花中并蒂莲，不由种子自天然。
结成三实珠成掌，持作心田法相全。

——《百城烟水》卷二

咏杏花墩
清·缪彤

蕊含恍似樱桃绽，花放还如蜀锦红。
却忆曲江初宴罢，马蹄踏遍凤城中。

——《百城烟水》卷二

咏丘壑风流
清·缪彤

春来袅袅黄金色，秋去飘飘白玉丛。
遮莫风光谁领得？一丘一壑一迂翁。

——《百城烟水》卷二

咏青松坞
清·缪彤

岂望干霄比栋梁？爱听涛响似笙簧。
年来渐觉霜皮老，肯许龙鳞百尺长。

——《百城烟水》卷二

咏大魁阁
清·缪彤

巍峨欲与白云齐，乔木参天独鹤栖。
一望城中千万户，太湖七十二峰西。

——《百城烟水》卷二

咏小桃源

清·缪彤

早从惠远乐幽栖,流水桃花自不迷。
若使渔人来问渡,隔林即是武陵溪。

——《百城烟水》卷二

咏红昼亭

清·缪彤

虬干婆娑一树红,相传数伴百年翁。
汪君作记才偏老,蒋子临池法亦工。

——《百城烟水》卷二

咏更芳轩

清·缪彤

堪同黄菊比幽芳,却并苍松饱雪霜。
最爱东皋诗句好,晚来赢得一园香。

——《百城烟水》卷二

吴衙场

二、东南片

　　皇府基，位于五卅路北端东侧。此处原是春秋时期吴王阖闾城中的子城，亦称"宫城""皇宫"。吴亡后，从秦初至元末，宫城屡毁屡建，唐时为刺史署，宋时为平江府署。南宋初，高宗赵构的行宫亦在这里。元末，张士诚在苏州称王，此处又成了张士诚的王宫。朱元璋攻打苏州，张士诚失败，一把大火将宫城烧成一片废墟，瓦砾成堆，里人称之为"王废基"。后居民在此建房，形成小巷，巷名即称"皇废基"，由于谐音关系，亦称"王府基""王废基"。历代诗人吊咏甚多。

王府基感怀
清·汪琬

忆昔危楼纵炬焚，三千歌舞化余氛。
鹧鸪尽日啼春雨，睥睨连天起暮云。
蔓草自荒丞相府，故碑谁识太妃坟。
只今父老兵戈里，犹话徐常旧建勋。

——《百城烟水》卷三

王府基
清·徐崧

东西堂忆旧轩楹，剩有遗基瓦砾平。
朝露乍晞秋草短，夕阳遥见晚山横。
斜分巷路人交走，曲绕园畦菜独生。
太息魏观罗辟后，至今一片断柴荆。

——《百城烟水》卷三

大酺·王府基怀古
清·陈崿

记白驹兵，齐云火，一晌繁华何处？宫基春草绿，任莺歌花笑，更无人炉。石马苔缠,铜仙泪滴,麋鹿也曾游否？英雄消沉尽,问当年割据、霸图谁误？但赢得凄凉,五更霜角,满城风絮。　乾坤真逆旅,看濠泗、楼橹横江渡。又转眼、灰飞玉座,雨冷金沟,叹神京、不堪重顾。万朵愁云涌,还悄把、蒋陵遮住。接直北、煤山路。兴亡弹指,何况张王非故？江南庾郎一赋。

——《全清词钞》卷五

锦帆路,原名"锦帆泾""锦泛泾"。位于十梓街西段北侧。民国《吴县志》云:"锦帆泾,即城里沿城濠也。"这里的沿城濠,即子城也。民间传说,吴王夫差纵情酒色,常与西施在此乘船出游,船帆用锦缎做成,十分华丽,故称"锦帆泾"。又说河边种植桃树,春日花开,落红漂于河面,如锦一般,故称"锦泛泾"。元末,城濠逐渐湮塞。后逐渐有人在此搭棚居住,成为小巷。民国二十年(1931)填泾筑路,即名"锦帆路"。

锦帆泾
明·高启

水绕荒城柳半枯,锦帆去后故宫芜。
穷奢毕竟输渔父,长保西风一幅蒲。

——《吴都文粹续集》卷十一

锦帆泾
明·周南老

阖闾城何高,城下环池濠。
临堤垂细柳,夹水开繁桃。
春风张锦帆,楼船驾灵鳌。
欢歌杂弦管,放情游以遨。
载极骄盘乐,侈荡夸雄豪。
忘尔申胥忠,不念汗马劳。

——《吴都文粹续集》卷十一

锦帆泾
清·姚承绪

锦帆泾涸故宫芜,重赋吴都海易枯。
曾忆春风融暖涨,可堪浅濑长荒芦。
运移地轴湖山改,路出城濠水月孤。

满目兴亡同寄慨,不如分付酒家胡。

——《吴趋访古录》卷三

锦帆路南端西侧有章太炎故居,也称"章园"。章太炎(1869—1936),初名学乘,字枚叔,后改名绛,学名炳麟,号太炎。浙江余杭(今杭州市余杭区)人。早年参加维新运动,立志革命,与蔡元培共组中国教育会,设立爱国学社,倡导革命。未几,因"苏报案"被捕入狱。出狱后,被同盟会迎至日本,主编《民报》。1911年,上海光复后回国。南京临时政府成立,任总统府枢密顾问。后被袁世凯禁锢,袁死后获释。民国六年(1917)参加护法运动,任护法军政府秘书长。九一八事变后访问张学良,主张抗日救国。民国二十一年,来苏州讲学。购得新式楼房一所,遂由沪迁苏定居。"章氏国学讲习会"亦在此开学。夫人汤国梨(1883—1980),字志莹,号影观,著有《影观诗稿》《影观词稿》。章太炎病逝于寓所,因战事日紧,无法安葬;灵柩权厝于后园防空洞,竖有一碑,上刻唐人陈子昂诗:"前不见古人,后不见来者,念天地之悠悠,独怆然而涕下。"现为章太炎纪念陈列室。

锦帆泾谒伯兄太炎先生灵厝

现代·李根源

经师国师余杭老,天不慭遗殒姑苏。
丁丑九月寇兵至,仓惶权厝锦帆庐。
一厝迄今十三载,难得嫂氏守护劬。
继往开来微言在,东南博学一大儒。
章氏学会保无恙,邺架犹庋旧时书。
但期早日得奉安,云车风马西子湖。
朝夕相亲张苍水,岳公于公论兵符。
先生魂魄亦安矣,得正首丘欢何如。
我今新从万里来,心香一瓣公知乎?
怆怀欲哭泪已枯,只冀及门高弟合力负以趋。

——《沧浪区志》第四卷

己丑岁暮重过苏州寓庐

现代·汤国梨

乌衣门巷旧人家,劫后重来为驻车。
墙里几竿新竹子,阶前一树病梅花。

残书积屋供饥鼠,冷冢依垣吊暮鸦。
此是弦歌全盛地,杏坛今已种桑麻。

——《沧浪区志》第四卷

乌鹊桥路,位于十全街东端南侧,旧名"乌鹊桥弄"。因北端有乌鹊桥而得名。春秋时期,王公大臣喜欢养鸟,尤喜养乌鹊。乌鹊,报喜之鸟也。又有七月七日牛郎织女相会,乌鹊搭桥渡河之说。此处建有乌鹊馆,桥因馆而得名,弄名因桥名而来。志载:乌鹊桥位于子城正门前直街南首,与阊阖城同时建造。旧为木桥,后为石拱桥,建筑宏伟,为城内石桥之冠。相传,桥之顶几与玄妙观三清殿一样高,虽有些夸张,但亦知此桥确非一般。桥栏为红色,雨后或斜阳夕照,如飞虹横空,历代骚人墨客多来此吟赏。

正月三日闲行
唐·白居易

黄鹂巷口莺欲语,乌鹊河头冰欲销。
绿浪东西南北水,红栏三百九十桥。
鸳鸯荡漾双双翅,杨柳交加万万条。
借问春风来早晚,只从前日到今朝。

——《全唐诗》卷四百四十七

登阊门闲望(节选)
唐·白居易

阊阖城碧铺秋草,乌鹊桥红带夕阳。
处处楼前飘管吹,家家门外泊舟航。

——《全唐诗》卷四百四十七

送苏州李使君赴郡二绝句
唐·白居易

忆抛印绶辞吴郡,衰病当时已有余。
今日贺君兼自喜,八回看换旧铜鱼。

馆娃宫深春日长,乌鹊桥高秋夜凉。
风月不知人世变,奉君直似奉吴王。

——《全唐诗》卷四百四十七

乌鹊桥上元
宋·杨备

月满星移水照天，南飞乌鹊影翩翩。
虽然上属牵牛分，不为秋河织女填。

——《吴郡志》卷十七

乌鹊桥
明·高启

乌鹊南飞月自明，恨通银汉水盈盈。
夜来桥上吴娃过，只道天边织女行。

——《百城烟水》卷三

杨备与高启的诗，发挥诗人的想象，联系牛郎织女的故事，富有浪漫色彩。

两面桥柱上各有对联："利涉同资，会看千秋溲渚北；嘉名永锡，每逢七夕忆淮南。""雁齿重新，两岸弦歌铿茂苑；虹腰依旧，一湾烟月溯莳溪。"

蛇门路，原位于南门内，约在人民桥东500米处。民国二十九年（1940）《吴县城厢图》绘出路线走向。蛇门何时开辟，史书说法不一。《吴越春秋》云："立蛇门者，以象地户也……欲东并大越，越在东南，故立蛇门以制敌国。吴在辰，其位龙也，故小城南门上反羽为两鲵鱙，以象龙角。越在巳地，其位蛇也，故南大门上有木蛇，北向首内，示越属于吴也。"勾践归国，夫差送其于蛇门之外，群臣阻道。《吴地记》云："蛇门，南面有陆无水，春申君造，以御越军。在巳地，以属蛇，因号'蛇门'。"此路1940年左右尚存，后为阡陌，其原东南一段，即今之竹辉路。

蛇门
清·姚承绪

吴剪上国犹长蛇，破齐覆楚成骄奢。
岁行在巳越得岁，象形厌胜何其夸。
吾闻郑门蛇斗兆争战，白蛇当道泣路赊。
古来兵气甚蛇蝎，为虺弗摧计亦差。
以吴并越本易事，会稽坐大徒生嗟。
奈何阴柔召祸不转瞬，女戎流毒到馆娃。
外蛇一入内蛇毙，越来兵甲纷如麻。

木蛇昂首任南向，卒使苏台鹿走惊啼鸦。

——《吴趋访古录》卷一

南园南路，位于苏州古城东南隅，因旧有南园而得名。南园，其范围约东至葑门城墙，西至孔庙处，南至南面城墙，北至十全街。五代时由吴越王钱镠之子钱元璙始建，有"三阁""八亭"之胜，即清风、绿波、迎仙三阁；清涟、涌泉、清暑、碧云、流杯、沿波、惹云、白云八亭等诸景。园中老树合抱，名花奇石参差其间，是当时苏州最大、最美的园林。宋诗人王禹偁为长洲县令时，很想天子将南园赐给他。

南园偶题
宋·王禹偁

天子优贤是有唐，镜湖恩赐贺知章。
他年我若功成后，乞与南园作醉乡。

——《吴郡志》卷十四

大观末年，蔡京罢相，天子将南园赐给了蔡京。蔡京欣喜万分，遂作诗以纪。

诏赐南园示亲党
宋·蔡京

八年帷幄竟何为？更赐南园宠退归。
堪笑当时王学士，功名未有便吟诗。

——《吴郡志》卷十四

蔡京的诗，将王禹偁嘲笑了一番。

与周元明游南园
宋·胡宿

一遍芳菲欲满林，回塘过雨晓来深。
红妆珠珮交花影，白马春衫度柳阴。
向老追攀多强意，随时风物但惊心。
眼前百事输年少，犹解因君放浪吟。

——《吴郡志》卷十四

宋徽宗时，朱勔将南园的奇花异石搜罗后送往京城，南园就此荒废，逐渐变为农田，种稻种菜，直至新中国成立。

改革开放后，南园之地筑起居民住宅区，高楼幢幢，热闹异常，难以找到园林的踪迹。但"南园"之名仍然保留。有南园新村、南园南路、南园北路等。

同德里，位于五卅路北端西侧。此处原为春秋时子城之北，后为平江府木兰堂遗址。宋《吴郡志·卷六·官宇》云："木兰堂，在郡治后。《岚斋录》云：唐张抟自湖州刺史移苏州，于堂前大植木兰花。当盛开时，燕郡中诗客，即席赋之。陆龟蒙后至，张联酌浮之，龟蒙径醉，强执笔题两句云：'洞庭波浪渺无津，日日征帆送远人。'颓然醉倒。抟命他客续之，皆莫详其意。既而龟蒙稍醒，援毫卒其章曰：'几度木兰船上望，不知元是此花身。'遂为一时绝唱。"

民国初，此处被夷为鱼塘。民国十六年（1927），当局开发北局，要兴建开明大戏院，将挖起的泥土运至此处，填平鱼塘。20世纪30年代，上海大亨杜月笙在此建房，取名"同德里"。"同德"者，意思是为同一目的而努力。《国语·吴语》："勠力同德。"唐吴兢《贞观政要·公平》："夫以善相成，谓之同德；以恶相济，谓之朋党。"明方孝孺《郊祀颂》："上帝至仁，视民如伤，眷求同德，俾典万邦。"

谢田氏
宋·陈师道
登门执别有不答，惭愧公家父子孙。
顾我何堪能至此，正缘同德又同门。
——《后山集》卷八

沧浪亭街，位于沧浪亭北侧，因沧浪亭而得名。沧浪亭原是唐末五代吴越国中吴军节度使孙承祐的池馆，北宋庆历四年（1044），诗人苏舜钦购得后，傍水建亭，以"沧浪濯缨"典故取名"沧浪亭"。经几次易主、复建。清康熙三十五年（1696），江苏巡抚宋荦移亭土山之上，道光、同治年间又经修葺、重建，才有如今我们所看到的沧浪亭。

苏舜钦为著名诗人，建成沧浪亭后，"益读书，发愤懑于诗歌"，写了多首有关沧浪亭的诗，今举数首如下：

沧浪亭
宋·苏舜钦

一径抱幽山，居然城市间。
高轩面曲水，修竹慰愁颜。
迹与豺狼远，心随鱼鸟闲。
吾甘老此境，无暇事机关。

——《苏学士集》卷八

独步游沧浪亭
宋·苏舜钦

花枝低欹草色齐，不可骑入步是宜。
时时携酒只独往，醉倒唯有春风知。

——《苏学士集》卷八

沧浪静吟
宋·苏舜钦

独绕虚亭步石矼，静中情味世无双。
山蝉带响穿疏户，野蔓盘青入破窗。
二子逢时犹死饿，三闾遭逐便沉江。
我今饱食高眠外，惟恨醇醪不满缸。

——《苏学士集》卷八

欧阳修是苏舜钦之好友。苏舜钦建成沧浪亭之后，心有所感，吟有《沧浪亭》诗，寄给欧阳修，要他为沧浪亭写诗。欧阳修随即应之。

沧浪亭
宋·欧阳修

子美寄我沧浪吟，邀我共作沧浪篇。
沧浪有景不可到，使我东望心悠然。
荒湾野水气象古，高林翠阜相回环。
新篁抽笋添夏影，老桥乱发争春妍。
水禽闲暇事高格，山鸟日夕相啾喧。
不知此地几兴废，仰视乔木皆苍烟。
堪嗟人迹到不远，虽有来路曾无缘。

穷奇极怪谁似子，搜索幽隐探神仙。
初寻一径入蒙密，豁目异境无穷边。
风高月白最宜夜，一片莹净铺琼田。
清光不辨水与月，但见空碧涵漪涟。
清风明月本无价，可惜只卖四万钱。
又疑此境天乞与，壮士憔悴天应怜。
鸱夷古亦有独往，江湖波涛渺翻天。
崎岖世路欲脱去，反以身试蛟龙渊。
岂如扁舟任飘兀，红蕖渌浪摇醉眠。
丈夫身在岂长弃，新诗美酒聊穷年。
虽然不许俗客到，莫惜佳句人间传。

——《文忠集》卷三

欧阳修未到沧浪亭，不知沧浪亭建筑之形状，只凭苏舜钦的介绍，就发挥想象，思路敏捷，笔落云烟，写成了一首长诗，将沧浪亭的风月、水禽、山鸟、翠竹、老树等美景——写了进去。读来如行云流水，一气呵成，真不愧是大家！

此后，吟咏沧浪亭的诗词多得难以胜数。今略选数首。

沧浪池上
明·文徵明

杨柳阴阴十亩塘，昔人曾此咏沧浪。
春风依旧吹芳杜，陈迹无多半夕阳。
积雨经时荒渚断，跳鱼一聚晚波凉。
渺然诗思江湖近，便欲相携上野航。

——《甫田集》卷五

沧浪竹枝词八首（选四首）
清·尤侗

我辈原无四万钱，买山赖有令公贤。
宋家不占苏家地，雉兔凫莞皆往焉。

春日游人遍踏歌，茶坊酒肆一时多。
何当新制沧浪曲，孺子歌残渔父歌。

数见行厨载酒过，苏公一斗不为多。
土人更赛蕲王庙，白马金枪唱楚歌。

微闻开府撒驼铃，倚徙青山看画屏。
寄语欧公倘相访，此亭不让醉翁亭。

——《沧浪小志》卷下

春日雨中同靳熊封儿至过沧浪亭二首
　　清·宋荦
　　客有来南国，亭因问北埼。
　　三人同策杖，一雨恰沾衣。
　　溪水春全涨，梅花湿不飞。
　　观鱼高韵在，临眺独依依。

　　尚有蕲王庙，难寻梅氏园。
　　回廊聊听雨，小院一开尊。
　　绣岭生遥慨，沧浪且避喧。
　　胡为君又去，愁思满川原。

——《西陂类稿》卷十四

沧浪亭
　　清·石韫玉
　　地踞吴趋胜，人因子美传。
　　湖山偏近市，风月不论钱。
　　草暗怜虫语，沙明羡鹭拳。
　　何如渔父意，清浊总随缘。

——《独学庐初稿》卷一

偕同人泛舟吴门夜泊沧浪亭（选二首）
　　清·王韬
　　小泊沧浪侧，邻船笑语闻。
　　联诗多未竟，中酒已微醺。
　　思为离乡杂，情偏与友殷。

昔贤曾此隐，想像感遗文。

灯炮更阑后，纷然酒欲醒。
去家原未久，此路亦频经。
乡梦如云住，人声隔水听。
岁华空复逝，惭愧鬓丝青。

——《蘅华馆诗录》卷一

同子杰登沧浪亭

清·袁学澜

潆洄积水抱孤亭，草木犹余战血腥。
归苑鸦添枯树叶，濯缨人对远山屏。
万千世事更棋局，五百贤碑散雨星。
不见楼台风月景，双桥寂寞柳垂青。

——《适园丛稿·风雩咏归集》卷一

沧浪亭

现代·程小青

历尽风霜春不老，沧浪亭古著新声。
仰看乔木因忘暑，俯掬清流可濯缨。
人拂旧碑追往史，我登高阜颂深耕。
归来桥北更回首，怪石嶙峋两岸平。

——《沧浪区志》第四卷

沧浪亭对面有可园，原属沧浪亭一部分。园内水木明瑟，庭宇清旷，环境雅静。有挹清堂、濯缨处、学古堂、一隅堂、博约楼、浩歌亭诸景。旧时，园内种植梅树百余棵，梅花开时，幽香阵阵，四周都能闻到香气。有一株古梅，名曰"铁骨红"，被誉为"江南第一枝"。民国三年（1914），在此设立江苏省立第二图书馆，后改称"江苏省立苏州图书馆"。2014年，修复后对外开放。

可园铁骨红梅和载华子彝二君

现代·蒋吟秋

小篱一角掩银塘，静趣天然悟老庄。

近水横斜清脱俗，临风绰约暗生香。
冰姿入画低迎月，铁骨凌寒艳醉霜。
喜有园林看啸傲，盟联松竹共楼藏。

——《苏州文物古迹诗选》

沧浪亭街东北，原有结草庵，为南禅集云寺别院。平野空旷，竹林丛生，清幽雅静。身入庵中，仿佛游于尘外，俗虑皆忘。明代，沈周、文徵明、唐寅、祝允明、杨循吉等人常来寺内栖息、读书，或约会雅集，或吟诗作画。

赠瑛上人
明·文徵明

昔人曾此咏沧浪，流水依然带野堂。
不见濯缨歌孺子，空余幽兴属支郎。
性澄一碧秋云朗，心印千江夜月凉。
我欲相寻话空寂，新波堪著野人航。

——《百城烟水》卷一

清代，沈德潜曾住在寺内读书、选诗。

定慧寺巷，位于凤凰街北端东侧。因巷内有定慧寺，故名。定慧寺东围墙边有条小弄，名"苏公弄"。苏公即宋代文学家苏轼。苏轼（1037—1101），字子瞻，号东坡居士。眉州眉山（今属四川）人。北宋文学家、书画家，为"唐宋八大家"之一。与蔡襄、米芾、黄庭坚并称为"宋四家"。苏轼21岁中进士，曾在开封、杭州、密州、潮州、惠州、常州等地任职。

苏轼虽未在苏州做官，但他在苏州有二位好友，一是闾丘孝终，一是定慧寺住持僧守钦。苏轼出知杭州，晚年出知常州，在此期间，他常来苏州定慧寺，与住持僧守钦往来甚密。因而，守钦在寺内专门建造一室，取名"啸轩"，供苏轼来苏居住。苏轼被贬到惠州后，他儿子苏迈住在宜兴，欲寄书信给父亲。守钦得悉后，立即派人去宜兴取信，自己也写了长信和书法《拟寒山十颂》诗，派徒弟契顺专程送到惠州，表示安慰。苏轼收到信后，十分感动，立即手书陶渊明《归去来兮辞》长卷一幅，作为答谢。这件书法珍品一直流传下来，成为定慧寺镇寺之宝。苏轼去世后，定慧寺即以啸轩为祠，纪念苏轼，称"苏公祠"。

次韵定慧钦长老见寄八首（录一首）
宋·苏轼

净名昆耶中，妙喜恒沙外。
初无往来相，二士同一在。
云何定慧师，尚欠行脚债？
请判维摩凭，一到东坡界。

——《东坡全集》卷二十三

定慧寺为当时名刹，香火极盛。尤其是上巳日，文人墨客常来苏公祠相聚，作诗吟咏，留下的作品甚多，今略举数例：

中秋集定慧寺时自金陵暂归
明·黄姬水

共喜中秋河汉明，东林坐见月华生。
青天不染金波冷，古寺无人玉漏清。
竹柏空阶交藻影，蛩螿深巷杂砧声。
故乡翻作思家梦，此夜长安儿女情。

——《百城烟水》卷三

定慧寺
清·李贶

定慧真名刹，灯传海印禅。
高情推卓契，遗像奉坡仙。
墨妙碑犹在，轩空榻可悬。
良辰修禊饮，佛火煮山泉。

——《百城烟水》卷三

戊辰上巳，同友过访定慧寺瑞旭禅师茗话因留宿赋
清·徐崧

傍晚来相访，因知定慧禅。
东城双塔涌，古殿一灯悬。
月出平如瓦，松生响似泉。
苏公碑尚在，信宿有前缘。

——《百城烟水》卷三

和徐崧之戊辰上巳同友集定慧寺瑞旭禅师啸轩韵
清·王庭

香林闻梵处，高坐几僧禅？
花影庭心出，莺声树杪悬。
残碑堪摸石，国水自通泉。
词客频来往，偏寻修禊缘。

——《百城烟水》卷三

定慧寺巷旧为两巷，巷东端有双塔寺，因名"双塔寺前"。双塔为七层八角楼阁式砖塔结构，形式、体量相同。建于北宋初期，寺院殿宇曾几经兴衰。但正殿故基尚存，遗迹经清理复位，为江苏目前唯一保存的宋代建筑遗迹，所存的宋代石雕柱、石础，其精美程度，实属罕见。

双塔寄友人
近代·吴昌硕

双塔依林表，危楼此暂栖。
湿云低度鸟，朝日乱鸣鸡。
入望烟芜冷，怀人浦树迷。
黄华故园好，昨夜梦苕西。

——《沧浪区志》第四卷

题双塔
现代·王也六

双塔凌霄接九阊，插天烟霭傍吴门。
桥头水暖春波绿，柳上莺啼细雨温。
宝顶入云花有影，风铃垂响月无痕。
好将文物重修饰，巧匠能工艺细论。

——《沧浪区志》第四卷

天赐庄，位于葑门内望星桥东堍。旧名"姜家巷"，曾名"韩衙前"。相传，宋代皇帝将此地赐给韩世忠，建有宅第，故名。

明代两广总督韩雍的故居葑溪草堂亦在此。韩雍（1422—1478），字永熙，长洲（今江苏苏州）人。正统七年（1442）进士，授湖广道监察御史，巡按江西。景泰二年（1451）擢广东按察副使，代巡抚江西。因劾宁王诸事，被下狱夺官。起为大理寺右少卿,后迁左副都御史,提督两广军务。卒谥襄毅。工诗文,著有《襄毅文集》等。

韩襄毅葑溪草堂即用草堂联句韵(节选)

清·姚承绪

襄毅古名臣,风华扬正始。
小筑草堂开,溪流清且美。
同时诸巨公,觞咏曾寄此。
遥通溟渤潮,环带胥江涘。
奇石倚嶙峋,渊渟复岳峙。
林下引清风,莺花占吴市。
忆公立朝时,明良称喜起。
藤峡歼群雄,两粤资坐理。
峨峨平寇功,载笔耀彤史。
一朝归去来,溪山幸有主。
洛社领耆英,宾筵集壶矢。
武功及大参,连篇仿苏李。
宪副两同官,赌韵不能已。
白发会良期,琴弦合桐梓。

——《吴趋访古录》卷三

叶家弄,位于望星桥西堍北侧,明卢熊《苏州府志》作"叶家巷"。也称"叶家场"。宋代翰林学士叶梦得居此而得名。叶梦得(1077—1148),字少蕴,号石林居士。吴县(今江苏苏州)人。绍圣四年(1097)进士,官至观文殿学士,后以崇信军节度使致仕。其词风格接近苏轼,著有《建康集》《石林词》等行世。今选录二首如下:

独坐不得眠读旧书

宋·叶梦得

青灯相对久无眠,拥氇无人伴夜闲。
闭户便能忘屣迹,炷香时自续炉烟。
辞家屈指惊三月,抚事关心怆十年。
漫展残书亦安用,可能犹欲绝韦编。

——《建康集》卷一

观化堂编校旧书（二首）
宋·叶梦得

赫日真能永，微风亦自凉。
故应便北户，何敢厌东墙。
汲水聊为戏，翻书却未忙。
平生闲与懒，并觉味兼长。

翰墨他生业，山林晚岁心。
那知身已老，但觉意增深。
捉麈谁能话，扶筇可细寻。
晚来庭鹊喜，似恐有归音。

——《建康集》卷二

叶梦得还是位藏书家，《藏书纪事诗》引《挥尘录》云："靖康俶扰，中秘所藏与士大夫家者悉为乌有。南渡后，惟叶少蕴少年贵盛，平生好收书，逾十万卷。置之霅川弁山，建书楼以处之，极为华焕。丁卯年，其宅与书尽荡一燎。"

藏书纪事诗
清·叶昌炽

长夏消磨在六经，门生庄诵倚囊听。
奇礓森列平泉第，一燎仓皇付六丁。

——《藏书纪事诗》卷一

叶家弄傍第四直河，河上有多座古桥，其中百狮子桥、寿星桥最为著名。百狮子桥始建于南宋，桥栏上雕有舞狮九十九头，号称一百，故名。

百狮子桥
当代·潘君明

细刻精雕鬼斧工，画桥顶上聚群雄。
狻猊嬉耍月明夜，深巷犹闻大漠风。

——《苏州诗咏一千首》

寿星桥始建于宋代，是苏州宋代古桥中保存较好的一座。

寿星桥
当代·潘君明

历尽沧桑感废兴，风云变幻赖安宁。
春秋八百身犹健，吴地桥中老寿星。

——《苏州诗咏一千首》

严衙前，原位于望星桥东堍，后并入十梓街。因明大学士严讷居此而得名。严讷（1511—1584），字敏卿，号养斋，江苏常熟人。明嘉靖二十年（1541）进士，官至武英殿大学士，入内阁参机务。退官后居此。73岁寿终，赠少保，谥文靖。近代作家黄人居此巷内。黄人（1866—1913），原名振元，字羡涵，又字摩西，号慕庵，江苏常熟人。曾任东吴大学文学教授，后入南社。主编小说期刊《小说林》，著有《小说小话》等。

台城路
清·黄人

移居严衙前查宅。严衙，明严文靖受廷参之所也。查即世称查半天之裔。楼下瓦砾纵横，几不可置足，而楼特闳敞，楼板双层，厚数寸，长至四五丈，窗户亦轩朗，大如厅事，可为乔迁矣。

一楼几可翻黄鹤，元龙尽容酣睡，左接鲜门，右通鹤市，后望双浮图寺。浮云长寄。只出入崎岖，屐都销齿。呼吸通天，仙人应向梦中至。　当年豪贵冠国，有纱灯夹道，锦障连理，燕去朱门，鸱鸣华屋，几度沧桑换世。先生休矣，且却扫门前，干人何事？莫笑尘嚣，小人居近市。

——《苏州名胜诗词选》

泗井巷，位于平桥直街北端西侧。明卢熊《苏州府志》作"四酒务巷"，因宋时有"四酒务官署"设于巷内，故名。至清代因谐音关系，讹为"泗酒巷"。1940年左右写成"泗井巷"，一直沿用至今。现代书画家蒋吟秋居于巷内。蒋吟秋（1897—1981），名瀚澄，字镜寰，晚号平直居士。吴县（今江苏苏州）人。工诗，善画。曾任江苏省立苏州图书馆馆长。著有《沧浪亭新志》《秋庐吟稿》等。其妻陈碧筠，教师。又一室取夫妇名字各一，名"吟碧居"，为蒋氏夫妇读书处。两人结婚二十年之际，蒋先生作诗纪念。

廿载光阴（四首）
现代·蒋吟秋

廿载光阴驹隙驰，中年哀乐两心知。
相期不负平生愿，一任旁人竟说痴。

廿载光阴驹隙驰，客窗相对鬓添丝。
文章事业何从说，依旧迂疏不入时。

廿载光阴驹隙驰，思亲泪眼黯凄其。
幽冥默慰无他语，梅有清标鹤有姿。

廿载光阴驹隙驰，浮生若梦欲何之。
处穷自有安闲术，夜共寒灯互咏诗。

——《秋庐杂咏》

七十述怀
现代·蒋吟秋

耽书习字兴无穷，籀篆隶分爱好同。
健笔一枝长不老，碑题淮海记丰功。

——《秋庐杂咏》

八十寿言
现代·蒋吟秋

忝作人师学未专，自夸黉舍蔚到贤。
薄今厚古新鲜意，贻误青年永抱怨。

——《秋庐杂咏》

拙政园诗（三首）
现代·蒋吟秋

咏拙政园

拙政名园好景多，池塘屈曲漾晴波。
远香堂外清如画，四面凉风万柄荷。

咏紫藤

拙政名园访紫藤,繁花密叶一层层。
衡山手植资回念,盘旋神龙势欲腾。

咏山茶

梅村诗好久留传,拙政山茶写笔颠。
十八曼陀罗尚在,宝珠色相永春妍。

——《平江区志》第二十三卷

孔付司巷,位于凤凰街中段东侧。古代,巷中立有孔圣坊,巷称"孔圣里"。巷内有孔夫子庙,俗称"孔夫子巷"。孔夫子,即孔丘(前551—前479),字仲尼,鲁国陬邑(今山东曲阜东南)人。春秋末期思想家、教育家,儒家创始者。现存《论语》二十篇,为早期儒家思想的主要资料。

后称"孔付司巷",与明代右副都御史孔镛居此有关。孔镛(1427—1489),字韶文,长洲(今江苏苏州)人。景泰五年(1454)进士,历任都昌知县、高州知府、广西按察使、左布政使、右副都御史等职。他长期在边陲工作,触瘴成疾。弘治二年(1489),召为工部右侍郎,死于进京道中。后人将他所居之巷称为"孔副使巷"。"副"与"付"同音,"使"与"司"同音,现作"孔付司巷",误。

巷内有无梦园。《百城烟水·卷三·长洲》载:"无梦园,在孔夫子巷。陈太史芝台讳仁锡公别墅,其自署斋联云'流水之间心自得,浮云以外梦俱无'。中有息浪、见龙峰诸胜。"

辛酉秋同重其过访陈尔兴于无梦园

清·徐崧

自别元方后,相过廿载心。
爱才诗独赏,话旧酒频斟。
榻卧缘香水,楼观拥茂林。
昨宵尤可异,先向梦中寻。

——《百城烟水》卷三

醋库巷,位于凤凰街南端西侧。南宋时在此建有醋库,因而得名。宋代,醋、酒、茶均由国家统一管理,政府建立醋库,用以储醋。宋大观四年(1110),朝廷规定:"卖醋毋得越郡城五里外,凡县、镇、村并禁。"

南宋状元黄由府第在此巷内。黄由（1150—1226），字子由，自号盘野居士。长洲（今江苏苏州）人。淳熙八年（1181）状元。这是宋代220多年来苏州出的第一位状元。消息传来，上下轰动。平江知府专门为他竖立牌坊，名"黄状元坊"，以表其闾，这也是苏州第一座状元坊。黄由官至正奉大夫，后因得罪权贵被罢官。妻子胡与可是位才女，善作文吟诗，尤精于琴棋书画，擅画竹，长草书，自号惠齐居士。黄由老家在吴江松陵，《吴都文粹续集》录有他的多首诗作，今选数首如下：

共乐堂
宋·黄由

才到松陵即是家，满堂佳客满园花。
看花揖客须清赏，休向人间俗子夸。

——《吴都文粹续集》卷十七

茆堂观弈
宋·黄由

才到松陵即是家，茆堂万竹绿交加。
午窗垂起无他想，坐看围棋到日斜。

——《吴都文粹续集》卷十七

登拥书楼有感
宋·黄由

才到松陵即是家，楼高不管绿杨遮。
有书万卷时翻弄，千古兴亡几叹嗟。

——《吴都文粹续集》卷十七

无题
宋·黄由

才到松陵即是家，休论恬淡与荣华。
古来颜跖俱尘土，自有时贤定等差。

——《吴都文粹续集》卷十七

睦邻
宋·黄由
才到松陵即是家,民间何处不桑麻。
欣欣老稚迎门笑,斗酒相欢亦孔嘉。

——《吴都文粹续集》卷十七

醋库巷44号为古典园林柴园。园主姓柴名安圃,浙江上虞人,光绪年间购得此园后重修扩建。柴园造型精巧,装饰精美,有鸳鸯厅、楠木厅、旱船、水榭曲廊等。主厅留余堂,悬联云:"只看花开落,不问人是非。"

柴园小憩
清·沈金鳌
城市山林已誉传,园名何憾失芳妍。
两厅异趣无高下,一舫居中度后先。
拾级假山缭而曲,漫沾林翠湿相连。
此间自有花开落,留得春光看大千。

——《苏州文物古迹诗选》

公园路,位于苏州公园东侧。元代,路南处建有正觉寺,俗呼"竹堂寺"。入其寺,竹树茂密,鸟声上下,如在山林中,不知其为城市也。明代,沈周、唐伯虎、祝枝山等常在此聚会、读书。

竹堂寺与李敬敷、杨启同观梅(节选)
明·沈周
竹堂梅花一千树,晴雪塞门无入处。
秋官黄门两诗客,珂马西来花为驻。

——《石田诗选》卷九

"秋官""黄门",皆为古代官名,此处指入寺游览的诗人。可见竹堂寺梅花之盛。

唐伯虎家境穷困,经济拮据。某年除夕,有钱人家采办年货,举办丰盛的家宴,而唐伯虎家无钱过年,冷冷清清,如何消遣这个除夕呢?到竹堂寺去看梅花吧。

竹堂看梅和王少傅韵
明·唐寅

黄金布地梵王家，白玉成林腊后花。
对酒不妨还弄墨，一枝清影写横斜。

——《唐伯虎全集·补辑》卷三

吴衙场，位于葑门内百步街西。因明代太仆寺少卿吴之佳居此而得名。吴之佳（1548—1605），字公美，长洲（今江苏苏州）人。万历八年（1580）进士。初为襄阳知县，后授刑科给事中，天启初赠太仆寺少卿。他以敢谏著名，与太常少卿张栋（昆山人）、光禄寺少卿叶初春（吴县人）并称为"吴中三谏"。宅内有红豆树。其处有桥，名"吴衙场桥"。

吴衙场桥
当代·潘君明

桥边品茗话桑麻，吴地谏官海内夸。
红豆亦知相思意，年年故地绽新花。

——《苏州诗咏一千首》

清代吴县经学家惠周惕亦居此巷。惠周惕（1641—1694），原名恕，字元龙，号砚溪、红豆主人。吴县（今江苏苏州）人。康熙三十年（1691）进士。官密云知县。其家有红豆树，称"红豆山庄"。

自题红豆新居图（五首）
清·惠周惕

三间湫隘草元亭，不置勾栏不作屏。
好是吾庐无一物，教君何处着丹青。

辋川虽好图难肖，履道虽佳画不存。
何似阿侬红豆宅，东涂西抹便成村。

吾家小小著墙东，指似新图约略同。
一事比渠差过分，琅玕多占两三弓。

东邻红豆无人爱，我得闲吟载酒过。

多事诗人添故事，长洲桃李妒如何。

三见中都陌上春，芒鞋踏破软红尘。
披图今日真成笑，何物茅斋独坐人。

——民国《吴县志》卷三十九

又赋《红豆诗》十首，和者有二百余家。

其子惠士奇（1671—1741），字仲儒，号半农居士。学者称其为"红豆先生"。其孙惠栋（1697—1758），字定宇，号松崖。人称"小红豆先生"。祖孙三代，以"红学"（专写红豆文章）闻名。至今，惠宅内的红豆树依然存在，并开花结果，受到文物部门保护。

惠氏爱读书、藏书。钱大昕《惠先生栋传》："先生自幼笃志向学，家多藏书，日夜讲诵。雅爱典籍，得一善本，倾囊弗惜。或借读手钞，校勘精审，于古书之真伪，了然若辨黑白。"

藏书纪事诗
清·叶昌炽

红豆新移选佛场，蓟田北去有书庄。
一廛负郭三分水，四世传经百岁堂。

——《藏书纪事诗》卷四

阔家头巷，位于苏州市带城桥路北段东侧。巷内有圆通寺，曾称"圆通巷"。清同治《苏州府志》作"阔街头巷"。因居于巷内者多为贵人，出手阔绰，故名。

巷西端为网师园，始建于南宋时期。原为宋代藏书家、吏部侍郎史正志的万卷堂故址。万卷堂前有一座花园，名为"渔隐"，后废。清乾隆年间，光禄寺少卿宋宗元购此并重建，定名"网师园"。宋宗元死后，园大半倾圮，至乾隆末年被太仓富商瞿远村（一说瞿远春）购得，增建亭宇，叠石种树，重现网师旧观，有梅花铁石山房、小山丛桂轩、月到风来亭、竹外一枝轩、云冈诸胜。瞿远村巧为运思，使网师园"地只数亩，而有纡回不尽之致；居虽近廛，而有云水相忘之乐"。园仍旧名，又称"瞿园""蘧园"，园布局即奠定于此时，至今，总体保持着瞿氏当年造园的结构与风格。

网师园以它精致的造园手法、深厚的文化底蕴、典雅的园林气息，当之无愧地成为江南中小型古典园林的代表，被誉为"小园极则"，引得不少文人骚客寄情其中，留下诗作。

网师园二十韵为瞿远村赋
清·潘奕隽

金阊苦喧阗，南城喜闲敞。
网师宋家园，兴废一俯仰。
俗士驰纷华，高情爱疏爽。
摧颓改前规，缔构寄新赏。
修廊卧晴波，幽馆施疏幌。
叠巘排玲珑，虚亭面滉漾。
树密凉荫浓，涧深暗溜响。
曲折奥旷兼，远近心目放。
开轩延古欢，埽径招吾党。
是时夏之初，气和天澄朗。
繁葩送幽馨，微禽弄清吭。
境静合元虚，神怡荡尘坱。
翰墨缘契今，管弦兴殊曩。
伊余秉微尚，泉石结遐想。
秋风澧水帆，细雨飞云辋。
归耕守一廛，济胜阻修广。
兹焉涤烦襟，佳景诚无两。
为乐当及时，古人岂我罔。
涂迴宜巾车，濠通可理榜。
不速期同心，风流庶来往。

——《三松堂集》卷十

网师园牡丹盛开，即席有作
清·鳌图

网师园中何所有？半亩牡丹大如斗。
美人睡起绣被堆，妃子歌残小垂手。
日照赤城霞散绮，双成在前飞琼后。
须臾蹬上锦屏开，万点明星落窗牖。
腰支瘦损倩风扶，薄醉盈盈一回首。
主人好客列华筵，琥珀光凝杯上口。

金裙玉珮洛中花，云合星聚人间友。

晋卿雅集图长留，太白春游文不朽。

名花名园以人传，风流我辈终不负。

——《晚晴簃诗汇》卷九十四

冬日网师园宴集
清·吴嘉洤

江湖小集系人思，高会欣逢到网师。

各有传家富文字，可无吟社与支持。

远林欲雪倪迂画，老树初花退听诗。

谁共山公常载酒？风流未减习家池。

——《沧浪区志》第四卷

网师园
现代·程小青

网师小筑证沧桑，却喜今朝淡淡妆。

射鸭廊低存古意，樵风径曲接方塘。

一泓清水湔尘俗，半亩彩篁扬翠苍。

月到风来亭里坐，细看红鲤绕莲房。

——《沧浪区志》第四卷

游网师园
现代·陈从周

城东十日小勾留，信步网师作暂游。

我为名园曾作主，苔痕分绿到西州。

——《沧浪区志》第四卷

清代诗人沈德潜居于巷内。沈德潜（1673—1769），字确士，号归愚，长洲（今江苏苏州）人。乾隆四年（1739）进士，改庶吉士。其时，沈德潜已67岁，乾隆称他为"江南老名士"。后迁内阁学士，官至礼部尚书。沈德潜为清代著名诗人，早年以论诗、选诗闻名，为乾隆皇帝校《御制诗集》，深受赏识。所选《古诗源》《唐诗别裁》，是研究古诗发展的重要著作。御赐匾额"诗坛耆硕"，荣极一时。他的诗作题材十分丰富，今选录描写苏州风物诗若干首。

姑苏怀古（选一首）

清·沈德潜

今古英雄东逝波，张吴事业竟如何。
未能请吏同钱俶，漫欲称尊比赵佗。
北面庆云天子气，西风黄叶小儿歌。
故宫回首闲凭吊，陂陇荒凉蔓草多。

——《归愚诗钞》卷十五

吴中棹歌（选二首）

清·沈德潜

湖上春风太作颠，湖边女儿试春船。
十三娇小能摇橹，一声划破水中天。

官船峨峨来往过，看侬打桨听侬歌。
尽日风波共摇荡，不知人世有风波。

——《归愚诗钞》卷十九

登莫厘峰

清·沈德潜

东山突兀此峰尊，缥缈相望似弟昆。
杖底白云千叠起，袖边红日一丸奔。
鱼龙积气常屯聚，涛浪穿空互吐吞。
隋代荒坟虚想象，清樽何处酹忠魂？

——《归愚诗钞》卷十八

望星桥北堍，位于望星桥北堍东侧。望星桥，原名"望信桥"，跨城内第四直河。古代，桥堍是客船的集中处，旅人常在此盼望家信，故名。18号原为历史悠久的仁济堂殡仪馆。23号为现代著名侦探小说家程小青宅第，他以自身的积蓄，购得此"与鬼为邻"之地。程小青（1893—1976），原名青心，号茧翁，吴县（今江苏苏州）。曾任东吴大学附中国文教授，毕生致力于侦探小说创作，翻译侦探小说《福尔摩斯探案全集》等，创作《霍桑探案》《大树村血案》等，在文坛上享有盛名。

一剪梅·萤庐（咏家园）
现代·程小青

桥畔幽居鲜水西，曲岸风微，小巷人稀，向阳庭院有花蹊，春日芳菲，秋日纷披。　　高阁窗前绿树低，晓接朝曦，暮送斜晖，闲来读画更吟诗，家也怡怡，国也熙熙。

——《萤庐诗词遗稿》

官太尉桥，位于干将东路白显桥南堍。巷北端东侧有官太尉桥，故名。清后期，诗人袁学澜购得此处，营造住宅花园，因靠近双塔，题名"双塔影园"。宣统《吴县志稿》云："双塔影园，在官太尉桥西，诸生袁学澜所居，自为记。"双塔影园内有轿厅、客厅、花篮厅、堂楼、书房等。园内种花植树，叠石掇山，设亭置廊，幽深雅静。袁学澜（1804—1879），又名景澜，字文绮，号春巢，元和（今江苏苏州）人。诸生。能诗，著声吴下，著有《姑苏竹枝词百首》《吴郡岁华纪丽》《苏台揽胜百咏》等。今选录若干，以见一斑。

姑苏新年竹枝词（三首）
清·袁景澜

红帖朝来满路飞，千门爆竹报春归。
长生殿里人如海，簇拥华妆看打围。

合沓红尘沸广场，地铃丝鹞遍朱庄。
戒幢律院人稀到，谁点新年十庙香。

松虎春幡插满头，拜年亲族聚绸缪。
相期岁忏觇新婿，同向开元寺里游。

——《吴郡岁华纪丽》

南园菜花（选四首）
清·袁景澜

探胜南园复北园，菜畦风煖蝶蜂喧。
携樽重访钱吴迹，乔木清池绕断垣。

露桃烟柳作清明，被埦香尘扑面迎。
肠断一堤芳草色，红妆随着踏青行。

放鸢风软响鸣弦，盘马东庄草似烟，
瞥见绿杨楼阁好，粉墙高出画秋千。

梵宇琳宫到处开，春风裙屐聚城隈。
花光纯作黄金色，引得游人逐队来。

——《吴郡岁华纪丽》

虎阜龙舟词（选四首）
清·袁景澜

新歌水调按红腔，尽启玻璃四面窗。
划桨黄头分二八，十番箫鼓下胥江。

双橹争摇水辔头，金钱空向野芳投。
瓷瓶花鸭争泅取，胜会年年聚虎邱。

画舫相衔七里塘，沿隄停泊唤排当。
龙舟近处繁歌吹，云鬓风吹茉莉香。

无限黄金锅底销，前船歌曲后船箫。
顾侬双手颓唐甚，只好从人看夺标。

——《吴郡岁华纪丽》

守岁
清·袁景澜

椒花献春瑞，除夕人皆醉。
不寐守寒灯，坐待新年至。
小儿喜长成，逐伴堂前喜。
老翁感衰颓，暗惜韶光异。
悠悠年复年，无日无尘事。
纵极一宵欢，难偿终岁累。
流光真迅速，如电掣金蛇。
停灯坐守岁，岁去仍难遮。
即为终夕乐，所得能几何？
东邻纵博闹，西舍传杯哗。

家人酌酒劝，醉听更鼓挝。
残宵看向尽，风帘烛影斜。
盛年不容再，往日空蹉跎。
长成添意气，只让儿童夸。

——《吴郡岁华纪丽》

九如巷，位于五卅路南段。清代称"钩玉巷"，又称"钩玉弄"，俗讹"狗肉巷"。民国时改今名。原巷名历来有三说：一说为元末吴王张士诚埋葬宫女的地方，一说为张士诚宫女埋玉处，另一说为巷形弯若玉钩。后钩玉巷改名为"九如巷"，取自《诗经·小雅·天保》：

天保定尔，亦孔之固。俾尔单厚，何福不除？
俾尔多益，以莫不庶。天保定尔，俾尔戬谷。
罄无不宜，受天百禄。降尔遐福，维日不足。
天保定尔，以莫不兴。如山如阜，如冈如陵，
如川之方至，以莫不增。吉蠲为饎，是用孝享。
禴祠烝尝，于公先王。君曰卜尔，万寿无疆。
神之吊矣，诒尔多福。民之质矣，日用饮食。
群黎百姓，遍为尔德。如月之恒，如日之升。
如南山之寿，不骞不崩。如松柏之茂，无不尔或承。

诗中的"如山如阜""如冈如陵""如川""如月""如日""如南山""如松柏"等即为"九如"。

王长河头，亦作"王杖河头"，位于凤凰街中段东侧。此处原有小河，名"王长河"，巷用河名。3号为现代作家周瘦鹃故居。周瘦鹃（1894—1968），原名祖福，字国贤，署紫罗兰主人。早年爱好文学，历任《申报》《新闻报》等编辑，著有《周瘦鹃短篇小说选》《花花草草》《花木丛中》等。

周瘦鹃喜玩盆景，一生写有许多首"花卉盆景诗"，今选录若干如下：

凌霄花（二首）
现代·周瘦鹃

春风摇曳宝花垂，花下仙人住翠微。

一夜新枝香焙暖，旋熏金缕绿罗衣。

山容花意各翔空，题作凌霄第一峰。
门外轮蹄尘扑地，呼来借于一枝筇。

——《花木丛中》

紫罗兰（三首）
现代·周瘦鹃

幽葩叶底常遮掩，不逞芳姿俗眼看。
我爱此花最孤洁，一生低首紫罗兰。

艳阳三月齐舒蕊，吐馥含芬却胜檀。
我爱此花香静远，一生低首紫罗兰。

开残篱菊秋将老，独殿群芳密密攒。
我爱此花能耐冷，一生低首紫罗兰。

——《花木丛中》

桂花
现代·周瘦鹃

小山丛桂林林立，移入古盆取次栽。
铁骨金英枝碧玉，天香云外自飘来。

——《花木丛中》

梅花（二首）
现代·周瘦鹃

冷艳幽香入梦闲，红苞绿萼簇回环。
此间亦有巢居阁，不羡浦仙一角山。

屋小屏深膝可容，隔帘花影一重重。
日长无事偏多梦，梦到罗浮四百峰。

——《花木丛中》

桂花老树盆栽
现代·周瘦鹃

小山丛桂林林立，移入盆中取次栽。
铁骨金英枝碧玉，天香云外自飘来。

——《花木丛中》

梅桩翻盆（二首）
现代·周瘦鹃

不事公卿不辱身，翛然物外葆天真。
长年甘作花奴隶，先为梅花忙一春。

或象螭蟠或虎蹲，落离光怪古梅根。
华堂经月尊彝供，返璞归真老瓦盆。

——《花木丛中》

十全街，位于人民路南端东侧。原名"十泉街"。清同治《苏州府志》云："十泉街，旧传有古井十口，故名。"相传，清乾隆皇帝南巡，驻跸于带城桥下塘织造府行宫，进出要经过十泉街。乾隆在位六十年，自以为文治武功，卓有政绩，身体又很健康，自号"十全老人"，故而将十泉街改称"十全街"。111号原为辛亥革命老人李根源之曲庐精舍，亦称"阙园"。李根源（1879—1965），字印泉，又字养溪、雪生，云南腾越九保乡（今属梁河）人。早年追随孙中山参加革命，与蔡锷等人举兵起义，领导云南光复，与朱德有师生之谊。黎元洪当总统时，李根源曾出任陕西省省长。1923年反对曹锟贿选总统，愤而退出北洋政府，即定居苏州。

阙园
现代·李根源

彝香室已毁，莳上堂亦荒。
处处长榛莽，四顾余败墙。
历代古碑刻，零落仆路旁。
花木昔成荫，岁寒溢芬芳。
我母手自植，参差半枯僵。
名园今废园，中心岂不伤？
欲稍补葺之，财力绌难当。

况余贫且老，后顾复茫茫。
言诫儿与孙，保之勿相忘。
娱亲雅言在，足供天地长。

——《苏州文物古迹诗选》

木杏桥，位于羊王庙前，跨南园河。河边多植杏树，名桥，弄以桥名。东边农田、桑地间，为清代名医薛雪故居。薛雪（1681—1770），字生白，号一瓢。传说因与同代名医叶天士斗气，取斋名为"扫叶庄"。他专治温湿病，为该学派代表人物之一，兼习诗文，也精拳术，著有《薛生白医案》《一瓢诗话》《一瓢斋诗存》等。今选诗数首如下：

东山逢徐灵胎
清·薛雪

相值东峰下，相看鬓欲霜。
年华共流转，意气独飞扬。
四座惊瞻顾，连城且蕴藏。
如余空说剑，无路扫欃枪。

——《一瓢斋诗存》卷三

过先师分湖故宅又至横山别墅
清·薛雪

一日孤怀两世情，横山分水各心惊。
文章先后仍声价，涕泪沧江竟死生。
巷冷何人还驻马，柳荒无主断鸣莺。
居人指点冈头地，午梦春深草色平。

——《一瓢斋诗存》卷四

寄杜太史云川（二首）
清·薛雪

美人芳草思飘然，分水新城两谪仙。
今日风骚谁继绝，江南犹有杜云川。

抛残别泪阳关曲，酸尽闲心子夜歌。

莫向乌丝阑上写,隔江烟火断肠多。

——《一瓢斋诗存》卷六

旧时,木杏桥畔多植杏树,春日花开如霞,形成美景。

木杏桥
当代·潘君明

夹岸人家尽杏花,画桥倒影动龙蛇。
春风昨夜吹花落,铺就青溪数里霞。

——《苏州诗咏一千首》

带城桥下塘,位于凤凰街南端东侧,因在带城桥北、第三横河北岸,故名。清代称"织造府场"。顺治三年(1646),工部侍郎陈有明奉旨总管苏州织造,选本街明朝外戚嘉定伯周奎的旧宅,兴建苏州织造局,占地50亩,规模壮观,体制宏敞,有厅堂、楼阁、庙宇、机房400余间,并有园池亭台。因在城南,称"南织造局",简称"南局",与北局(明代织染局)相对。

买陂塘·甲寅初夏,吴恩裕先生过访吴门,同游织造局旧圃
现代·钱仲联

葑门西,苍烟乔木,余春和梦归早。七襄当日机声里,曾否补天人到?钗凤杳。剩一角红楼,装点沧桑稿。云荒地老。看水涸方塘,苔封败砌,何况不周倒。　　畸笭叟,逢尔定呼同调。零编收拾多少?飘然青埂峰头过,犹有幻尘能道。歌好了。为稗史旁搜,踏遍吴宫草。巢痕试扫。正双燕飞来,不应还问,王谢旧堂好。

——《梦苕庵诗文集·梦苕庵词存》

康熙四十三年(1704),于西花园建造行宫。康熙、乾隆两帝南巡,曾驻跸于宫内。园内有"花石纲"遗物瑞云峰,为苏州峰石之冠。《红楼梦》作者曹雪芹的祖父曹寅、舅舅李煦曾先后任苏州织造。曹寅(1658—1712),字子清,号荔轩,又号楝亭。满洲正白旗包衣。母孙氏,曾是康熙皇帝的乳母。曹雪芹在孩提时代,曾同康熙帝一起玩乐。故红学家们认为,曹雪芹可能出生在这里,或与祖父、舅舅一起生活过。曹寅著有《楝亭诗钞》《楝亭诗别集》,其中有咏阊门、虎丘、石湖、沧浪亭诗多首,今摘录若干如下。

十六夜登虎丘作（二首）

清·曹寅

虎丘深夜上，寒月似晴花。
出定无僧看，同游有客夸。
阁门弹指见，石片席茵斜。
路熟来如梦，轻舟信是家。

树杪浮鸳瓦，罘罳望处明。
葳蕤寒不锁，铃铎夜微鸣。
人散星千点，天高雁一声。
吴烟正皓颢，绝顶可同行。

——《楝亭诗钞》卷二

阊门开帆口号

清·曹寅

斟酌桥边雨乍晴，阊间城外片帆轻。
梅花逐客春无主，谁信东风不世情。

——《楝亭诗钞》卷三

自润州至吴门，行将北归，杜些山、程令彰作诗见寄奉和二首

清·曹寅

迟客能无酒，长游不出吴。
风涛宜此世，花鸟合为区。
划指千人和，浮香一榜孤。
向来真草率，白恰漫江湖。

莽莽开帆雨，初残见月生。
山前无定宅，箧里尽长城。
活火谙泉味，清眠称橹声。
尊羹吾岂厌，未拟换桃笙。

——《楝亭诗别集》卷二

穿心街，位于锦帆路中段西侧。清末，巷内为驻军三标司令部的驻地，称"中军衙门"。民国十年（1921），原江苏巡抚程德全出资买下中军衙门，

改建报国寺。报国寺原在三元坊文庙西,被程德全下令没收,改建植园。程德全退官后信仰佛教,故出资重建报国寺。2年后,印光法师来寺内闭关,修辑《四大名山志》,流传于世。《百城烟水》的作者徐崧与禅师交好,常去寺内拜访,并有诗咏之。

甲辰夏日,过报国寺访介为和尚

清·徐崧

三十年来院已空,重看此日振宗风。
石坛寂寂烽烟外,蔬圃青青雨露中。
钓落五湖余赤鲤,琴鸣一曲送飞鸿。
从兹戒席弥增重,岂独龙池正脉通。

——《百城烟水》卷二

报国访诚敬和尚

清·徐崧

西园曾几过?报国忽重逢。
地癖支新岁,年衰变旧容。
鸟鸣三会录,叶落一声钟。
丈室清风起,深居似翠峰。

——《百城烟水》卷二

1997年,苏州佛教博物馆在此成立,这是江苏省第一个佛教博物馆。馆内陈列八个部分:一、历代寺院,展示自三国吴以来的历代寺院的概貌。二、佛像与藏经,有宋代的血经、明代的金银书、清代的大藏经等。三、高僧大德,介绍自三国以来十五位高僧和居士的生平成就。四、法物法器。五、弘扬利生事业。六、大殿佛像的供奉方式。七、印公关房。八、弘化社。

大石头巷

三、西南片

伍子胥弄，位于胥门内吉庆街北端东侧。据史籍记载：春秋时，吴国大夫伍子胥住宅在此，故名。伍子胥（？—前484），名员，楚国人。其父伍奢，因向楚平王直谏而被杀。他避难逃奔到吴国，辅助吴王阖闾整顿军队，攻灭楚国，后又辅助吴王夫差打败越国，受任为大夫，参赞国事。之后，越王勾践请和，夫差许之。伍子胥苦苦劝谏，惹怒了夫差。太宰伯嚭乘机诬陷，夫差就赐属镂剑令伍子胥自刎。伍子胥死后，苏州百姓十分怀念，在他的住宅建祠，名"伍相祠"，弄称"伍相祠弄"，后改今名。在盘门内、胥口亦建有伍相庙（伍相祠、伍员庙）。

历代诗人墨客到庙（祠）内祭祀，写下的诗作甚多，这里且举数例。

伍员庙
宋·张咏

胥也应无憾，至哉忠孝门。
生能酬楚怨，死可报吴恩。
直气海涛在，片心江月存。
悠悠当日者，千载只惭魂。

——《吴郡志》卷十二

伍员庙
宋·杨备

出境鞭尸报父仇，吴兵勇锐越兵忧。
忠魂怨气江云在，日见炉香烟上浮。

——《吴郡志》卷十二

胥王庙
明·吴伟业

伍相丹青像，须眉见老臣。
三边筹楚越，一剑答君亲。

云壑埋忠愤，风涛诉苦辛。
平生家国恨，偏遇故乡人。

——《梅村集》卷十

题子胥庙
明·唐寅

白马曾骑踏海潮，由来吴地说前朝。
眼前多少不平事，愿与将军借宝刀。

——《唐伯虎集》卷二

今伍子胥弄、盘门伍相祠、胥口胥王庙均尚在。

庙湾街，位于东大街南端，西接窥塔桥。明卢熊《苏州府志》作"庙湾巷"。也称"庙桥湾"。《宋平江城坊考》云："庙湾巷，今庙湾街……在瑞光寺东，直接司前街。"窥塔桥，古名"庙桥"，因桥北有伍相庙，桥南有孙坚庙（后称"土地庙"），故亦称"双庙桥"。伍相公，即伍子胥。孙坚，即三国东吴孙权之父。

祀伍相庙
梁·萧绎

石城宁足拒，金阵讵能追。
楚关开六塞，吴兵入九围。
山水犹萦带，城池失是非。
空余寿宫在，日暮舞灵衣。

——《古诗纪》卷八十一

盘门
元·虞堪

南两庙前霜柏，阖庐城下寒潮。
风雨扁舟经过，伤心无复吹箫。

——《希澹园诗集》卷二

胥门内大街，位于胥门内。胥门，亦称"姑胥门"。宋《吴郡志·卷三·城郭》云："胥门，伍子胥宅在其傍。《吴地记》云：'石碑见在，今亡。'"《祥符图经》云："子胥家于此,后抉目悬于门,因名。"

唐代诗人张籍,故居在胥门。他在诗中怀念胥门旧宅。

送陆畅
唐·张籍

共踏长安街里尘,吴州独作未归身。
贵门旧宅今谁住?君过西塘与问人。

——《张司业集》卷七

张籍故居即用籍韵二首(选一首)
清·姚承绪

十载韩门步后尘,莺花吴苑滞归身。
诗名郊岛同寒瘦,谁过西塘问此人。

——《吴趋访问古录》卷二

张籍旧宅究竟在何处,史无明文,现已难寻了。

张籍与白居易、韦应物交好,回家后总要去看望他们,离别时作诗相赠。

苏州江岸留白乐天
唐·张籍

银泥裙映锦障泥,画舸停桡马簇蹄。
清管曲终鹦鹉语,红旗影动薄寒嘶。
渐消酒色朱颜浅,欲话离情翠黛低。
莫忘使君吟咏处,女坟湖北武丘西。

——《张司业集》卷五

别韦苏州
唐·张籍

百年愁里过,万感醉中来。
惆怅城西别,愁眉两不开。

——《张司业集》卷六

张籍在京任职,忆友人白乐天,即作诗寄之。

寄苏州白二十二使君
唐·张籍

三朝出入紫微臣,头白金章未在身。
登第早年同座主,题诗今日异州人。
阊门柳色烟中远,茂苑莺声雨后新。
此处吟诗向山寺,知君忘却曲江春。

——《张司业集》卷五

胥门
宋·王安石

误襥云巾别故山,抵吴由越两间关。
千家渔火秋风市,一叶归舟暮雨湾。
旅病惜惜如困酒,乡愁脉脉似连环。
情知带眼从前缓,更恐颠毛自此斑。

——《吴都文粹续集》卷二

民国二十七年(1938),开辟新胥门,拆迁民房,始筑此路。时称"新胥门口""新马路"。1980年统用今名。

莲花池巷,原位于司前街东端,即今之三多巷。《宋平江城坊考》云:"莲花池巷,今杉渎巷也。"相传,这里有一个大的莲花池,为春秋时吴王赏莲之处,俗称"采莲泾"。每当盛夏莲花开放和秋天结莲蓬的时候,吴王与西施及宫娥彩女,到此观赏莲花和采摘莲蓬,以尽欢娱。巷名由此而得。

后来,在莲花池四边建有民房,形成小巷,巷名以莲花为本,冠以方位,称"东采莲巷""西采莲巷""南采莲巷""北采莲巷"。

采莲泾
清·姚承绪

采莲美人貌如花,红裳绰约香云遮。
沙棠之楫木兰桨,锦帆十里迎潮上。
君王笑倚碧霞窗,采得芙蓉正涉江。
踏歌一路放舟去,惊起鸳鸯不知处。

——《吴趋访古录》卷三

莲花池巷
现代·范广宪

莲池如镜静无波,白点花稀奈巷何。
诗作吴声新水调,谩人说是采莲歌。

——《吴门坊巷待辂吟》

西采莲巷
现代·范广宪

东去采莲几许多,西来更唱采莲歌。
采莲人杳歌声寂,只有秋风怅逝波。

——《吴门坊巷待辂吟》

西美巷,位于道前街中部北端。宋名"和丰坊"。范成大《吴郡志·卷六·坊市》:"和丰坊,米行。"故又名"米巷"。明王鏊《姑苏志》作"西米巷",因有东米巷之故,且注:"在和丰(坊)。"民国《吴县志》:"西米巷,在和丰坊,米或作美。"《姑苏图》《苏州城厢图》《苏州图》均标作"西美巷"。史载,晋代顾辟疆园在此巷内(另有辟疆园在潘儒巷或甫桥西街一说)。《吴郡志·卷十四·园亭》:"任晦园池……皮日休云:'有深林曲沼,危亭幽(砌)物。'陆龟蒙诗云:'吴之辟彊(疆)园,在昔胜概敌。不知佳景在,尽付任君宅。'"皮、陆两人为诗友,各有长诗咏之。

任晦亭园
唐·皮日休

任君恣高放,斯道能寡合。
一宅闲林泉,终身远嚚杂。
尝闻佐浩穰,散性多偒偕。
欻尔解其绶,遗之如弃靸。
归来乡党内,却兴亲朋洽。
开溪未让丁,列第方称甲。
入门约百步,古木声霎霎。
广槛小山欹,斜廊怪石夹。
白莲倚栏楯,翠鸟缘帘押。
地势似五泻,岩形君三峡。
猿眠但腽肭,兔食时啑喋。

拨荇下文竿，结藤萦桂楫。
门留医树客，壁倚栽花锸。
度岁止褐衣，经旬唯白帢。
多君方闭户，顾我能倒屣。
请题在茅栋，留坐于石榻。
魂从清景逼，衣任烟霞裛。
阶墀龟任上，枕席鸥方狎。
沼似颇黎镜，当中见鱼贬。
杯杓悉杉瘤，盘筵尽荷叶。
闲卦不置罚，闲奕无争劫。
闲日不整冠，闲风无用箑。
以斯焉思虑，吾道宁疲薾。
衮衣竞璀璨，鼓吹争鞈鞳。
欲者解挤排，诟者能訆譅。
权豪暂翻覆，刑祸相填压。
此时一圭窦，不肯饶闾阖。
有第可栖息，有书可渔猎。
吾欲与任君，终身以斯愜。

——《吴郡志》卷十四

奉和袭美二游诗·任诗
唐·陆龟蒙

吴之辟疆园，在昔胜概敌。
前闻富修竹，后说纷怪石。
风烟惨无主，载祀将六百。
草色与行人，谁能问遗迹。
不知清景在，尽付任君宅。
却是五湖光，偷来傍檐隙。
出门向城路，车马声轊轹。
入门望亭隈，水木气岑寂。
壅墙绕曲岸，势似行无极。
十步一危梁，乍疑当绝壁。
池容淡而古，树意苍然僻。

鱼惊尾半红，鸟下衣全碧。
斜来岛屿隐，恍若潇湘隔。
雨静挂残丝，烟消有余脉。
竭来佳公子，摆落名利役。
虽得禄代耕，颇爱巾随策。
秋笼支遁鹤，夜榻戴颙客。
说史足为师，谭禅差作伯。
君多鹿门思，到此情便适。
偶荫桂堪帷，纵吟苔可席。
顾余真任诞，雅遂中心获。
但喜醉还醒，岂知玄尚白。
甘闲在鸡口，不贵封龙额。
即比自怡神，何劳谢公屐。

——《吴郡志》卷十四

顾辟疆园
明·高启

江左风流远，园中池馆平。
宾客已寂寞，狐兔自纵横。
秋草犹故绿，春花非昔荣。
市朝亦屡改，高台能不倾。

——《百城烟水》卷二

顾辟疆园
清·裴天锡

日落吴宫噪夕乌，顾家园子但荒涂。
当年结构心何限，魂魄能游此地无？

——《百城烟水》卷二

巷内31号为况公祠，始建于清道光六年（1826）。况钟在明宣德至正统年间，曾三次任苏州知府，时间长达十三年。他爱护百姓，被百姓称为"况青天"。正统六年（1441），况钟任满离苏，他对苏州百姓怀有深厚的感情，临行前感慨万分，写诗以纪之。

诀别诗（二首）
明·况钟

清风两袖去朝天，不带江南一寸绵。
惭愧士民相饯送，马前酾酒蜜如泉。

父老牵衣话别间，空烦扶杖出重关。
相逢知是何年事，珍重无忘稼穑艰。

——《沧浪区志》第二十二卷

后来，两万余名苏州百姓联名上书，请求让况钟第三次担任苏州知府，获准。两袖清风的况钟，最后卒于苏州知府任上，终年六十一岁。

况太守钟挽诗
明·杜琼

天产英豪弼圣君，又来吴下福吴民。
十年威令能移俗，百道封章不顾身。
生受国恩期作相，死当庙食定为神。
苏台重见羊公石，未读遗文泪满绅。

——《吴都文粹续集》卷五十一

况太守像为乔太守题
清·冯桂芬

况公之去四百有余年，至今万口呼青天。
公之英灵在眼前，公之政迹垂史编。
大藩财赋甲天下，何事嗷鸿满四野。
变醨养瘠公之功，后比周罗前比夏。
公起刀笔跻黄堂，科目诸公走且僵。
固知西京数循吏，江夏何必非贤郎？
郡人感公刻公像，褒鄂须眉同飒爽。
偶然小劫罹风霜，藓蚀苔侵付尘鞅。
表章幸有贤太守，一瓣心香心向往。
君不见，民之父母留穹碑，后贤事事前贤师，
行见衢讴巷祝千里登春熙。

——《显志堂稿·梦奈诗稿》

东大街，位于盘门城内。北宋前，此处为进出盘门的必经之地，十分热闹。11号为开元寺，后唐同光年间由吴越王钱镠所建，规模宏大，香火极盛。

题开元寺门阁
唐·杜荀鹤

一登高阁眺清秋，满目风光尽胜游。
何处画桡寻绿水，几家鸣笛咽红楼。
云山已老应长在，岁月如波只暗流。
唯有禅居离尘俗，了无荣辱挂心头。

——《吴郡志》卷三十一

游开元寺
唐·韦应物

夏衣始轻体，游步爱僧居。
果园新雨后，香台照日初。
绿阴生昼静，孤花表春余。
符竹方为累，形迹一来疏。

——《吴郡志》卷三十一

开元寺石
唐·李绅

此寺多太湖石，有峰峦奇状者，顷年多游寓于此。及太和七年，往来皆不复到寺中，石大半亦无也。

十层花宇真毫相，数仞峰峦闷月扉。
攒立宝山中色界，散周香海小轮围。
坐隅咫尺窥岩壑，窗外高低辨翠微。
难保尔形终不转，莫令偷拂六铢衣。

——《吴郡志》卷三十一

开元寺笋园
唐·皮日休

园锁开声骇鹿群，满林鲜箨水犀文。
森森竞泫林梢雨，嶷嶷争穿石上云。
并出亦如鹅管合，各生还似犬牙分。

折烟束露如相遗，何胤明朝不茹荤。

——《吴郡志》卷三十一

奉和袭美闻开元寺开笋园寄章上人
唐·陆龟蒙

春龙争地养檀栾，况是双林雨后看。
迸出似豪当垤塿，孤生如恨倚阑干。
凌虚势欲齐金刹，折赠光宜照玉盘。
更待锦包零落后，粉环高下揭烟寒。

——《吴郡志》卷三十一

南段有普济禅院，后名瑞光禅院，建于三国时东吴赤乌年间。孙权为报母恩，建十三层舍利塔，后毁。现存的瑞光塔为北宋景德元年（1004）所建。塔身七级八面，楼阁式结构，是宋代南方砖木混合结构的代表作。无梁殿，建于三国赤乌年间，供奉无量寿佛，称"无量殿"。因该殿纯以磨光砖嵌缝纵横拱券结构，不用木构梁柱檩椽，故称"无梁殿"。

无梁殿
清·袁景澜

凭虚不用栋梁材，运甓功成绀宇开。
七女宫殿森宝地，九莲菩萨布金台。
西来白马藏经典，南极红羊辟火灾。
三百年朝馀蔓草，贵妃遗构尚崔嵬。

——《盘门》

后经多次兵燹，尤其是金兵入侵，烧杀抢掠，此地渐荒。元末，朱元璋派兵攻城，盘门战事惨烈，街市被焚毁，几成一片废墟。清兵入城，从盘门杀入，烧成一片废墟。因而，东大街一片荒凉，除了菜地和荒冢，行人稀少，十分冷落，有"冷水盘门"之称。

续咏姑苏州竹枝词百首（选一）
清·袁景澜

一树垂杨一画楼，盘门烟户本来稠。

自从元末遭兵劫，寥落居民冷水流。

——《姑苏竹枝词》

三国东吴年间，孙权母吴夫人舍宅建开元禅寺，由永禅师开山，名"通玄寺"。寺内有石佛、石钵。

题石佛
明·史弱翁

二像谁雕琢？相传沪渎浮。
神光明昼夜，衣折类凫鸥。
牲醴迎偏去，灯幡供并留。
不知移此地，是陆是行舟？

——《百城烟水》卷二

石像
释智琨

石像当年自现来，等闲坐断绝疑猜。
从今日出天如洗，何必踌躇到几回？

——《百城烟水》卷二

新中国成立后，尤其是改革开放以后，已将盘门地段的古盘门、吴门桥、瑞光塔建成名为"盘门三景"的旅游景点，对外开放，供游人游览。

朱家园，位于吉庆街中段东侧。宋代，运送"花石纲"的朱勔在此建造私家花园，故名。朱勔（1075—1126），苏州人。父亲朱冲做药材生意，后依靠奸相蔡京起家，父子俩冒名入童贯军籍，由此做官。宋徽宗赵佶昏庸无能，爱好游乐，在京城内造艮岳，要各地进贡奇花异石。朱勔在苏州设立应奉局，搜罗奇花异石，搜到后装上大船，运往京城，名曰"花石纲"。朱勔受到皇帝的赏赐，升官晋爵，又乘机掠夺民财，占为己有。他在苏州孙老桥南占领民地，大兴土木，建造了一座规模宏大的私家花园，名为"同乐园"，俗称"朱家园"。靖康之难时，应朝野呼声，皇帝下令将朱勔"羁之衡州，徙韶州、循州，遣使即所至斩之"（《宋史·朱勔传》），并没收他的全部家产，园林成为废墟。当时有谑词云：

做园子，得数载，栽培得那花木，就中堪爱。特将一个保义劳，反做了今日灾害。诏书下来索金带,这官诰看看毁坏。放牙笏便担屎担。却依旧种菜。

——《中吴纪闻》卷六

又云:

叠假山,得保义,幞头上带著百般村气。做模样,偏得人憎,又识甚条制。今日伏惟安置,官诰又来索起。不如更叠个盆山,卖八文十二。

——《中吴纪闻》卷六

同乐园荒废后,此地几移其主,重建园林,更名"绿水园""泌园""云庄别墅"等。清末太平军败退苏州时,园被毁于一炬,残屋历经坎坷,至今已难寻踪迹。

绿水园宴集
明·高启

平居寡良会,艰哉况兹时。
幸逢金闺英,中筵接光仪。
名园过修禊,景丽春阳熙。
绿芷荣曲沼,朱华敷广墀。
情宣寄高文,忧襟为之披。
觞来不敢诉,虑此朋欢亏。
何以淹返斾,颓光愿迟迟。

——《大全集》卷六

同乐园
清·袁学澜

谷雨名花万树香,楼台九曲水中央,
彩棚红映金牌字,御笔黄封花石纲。
酒食春邀迷路女,诰书荣到盖园郎。
一朝事去成荒囿,种菜人来话夕阳。

——《沧浪区志》第二卷

朱家园
当代·潘君明

花石起家顿暴发，驱民掠地没王法。
一朝事败罪难饶，百姓毁园倾力砸。

——《苏州街巷史话》

侍其巷，位于司前街南端西侧。宋时称"难老坊"。宋枢密院直学士蒋堂居此巷内，因蒋家有芝草之瑞，故改称"灵芝坊"。宋《吴郡志·卷二十五·人物》云："蒋堂，字希鲁，本宜兴人，徙于苏。祥符五年进士，任侍御史……出为淮南发运使，荐部吏二百员。累迁枢密直学士，历知应天、河中府，洪、杭、益、苏州。后十二年，再守苏，遂谢事，以礼部侍郎致仕。"他所居之隐圃，有岩扃、烟萝亭、风篁亭、香岩峰诸景。有自咏隐圃十二景之诗。

隐圃十二咏（选录三首）
宋·蒋堂

雅得菟裘地，清宜隐者心。
绿葵才有甲，青桂渐成阴。
独曳山屐往，无劳俗驾寻。
湛然常寂处，水月一庵深。

野意本自遂，兹溪称独醒。
云萝环静室，水石照疏棂。
杀竹编书古，纫兰作佩馨。
王通昔不偶，时亦坐汾亭。

危台竹树间，湖水伴深闲。
清浅采香径，方圆明月湾。
放鱼随物性，载石作家山。
自喜归休早，全胜贺老还。

——《吴郡志》卷十四

绝笔诗
宋·蒋堂

归来深隐太湖滨，天与扶持百岁身。

虽是浮云隔双阙,丹心爱戴在君亲。

——《吴郡志》卷二十五

隐圃
清·姚承绪

两守名邦爱土风,别营溪馆隐诗翁。
一庵水月三生梦,四壁烟萝十亩宫。
颇忆桐乡葬朱邑,欲教汾上老王通。
菟裘计逐岩扉敞,留与灵芝特地红。

——《吴趋访古录》卷二

明代,善士侍其沨居此。侍其沨(1006—1066),字国纪,祖上自高密(今属山东)迁至吴地。他勤奋好学,精通四书五经,善作诗文,但屡次赶考都名落孙山。于是,他在住地开设学馆,收受门徒。侍其沨为人好善重义,有人遇到困难求助于他,他总是不避艰险,帮助别人解决困难。殁后,门人私谥他为"夷晦先生",并将灵芝坊改名为"侍其巷",作为纪念。

仓米巷,位于人民路饮马桥北塊西侧。原名"仓后巷",因在苏州府仓之后,附近有仓后桥,故名。宋、明时期,在巷南设有府仓(今苏州市立医院本部及周围之地)。宋时,苏州有常平仓、归仁仓、报功仓和义仓等,用于储存粮食,以备急需。本巷在仓储之地,故名。

24号为半园,清同治十二年(1873),由布政使史伟堂所建,因占地一隅,不求其全,甘守其半,故名"半园"。入门有一联云:"事若求全何所乐,人非有品不能闲。"主屋为半园草堂,有风廊、月榭、君子居、四宜楼诸胜。为与白塔东路的半园相区别,俗呼"南半园"。

游半园偶成
现代·张荣培

何须土木广经营,好处都由得半成。
泉石安排三亩小,亭台结构十分精。
几株老树天然古,一路游人水样清。
我羡主翁风雅甚,曲园记内早知名。

——《苏州文物古迹诗选》

半园即景（二首）
现代·乐痴女士

名园日涉趣偏长，竹韵松声夏景凉。
池馆清幽尘虑绝，薰风时送煮茶香。

四围绿树草堂幽，竟日徘徊任我游。
诸老新诗题满壁，羡他儒雅自风流。

——《苏州文物古迹诗选》

后园渐废。新中国成立后，在园内办厂。1982年被列为苏州市文物保护单位。2013年9月修复。近年来，市政府又规划拨款，参考旧图，重建半园，几乎恢复旧观。

泮环巷，位于盘门内东大街北段东侧。宋时名"蒲帆巷"，后称"东蒲帆巷"。又名"东泮环巷"，俗呼"东半爿巷"。后改称"泮环巷"，因其地近苏州府学。府学，古称"泮宫"。"泮宫"，原为西周诸侯所设的大学，后泛指学宫。巷在府学之西，有环绕府学（泮宫）之意，故名"泮环巷"，很有读书意味。"文革"后改名"潘环巷"，显系误写。巷内有泮环禅院，建于清顺治年间，延木言圆禅师开山。

题泮环庵
清·朱峻

傍屋清池涨水痕，城居偏爱似山村。
行经老圃蔬畦径，来叩闲僧竹院门。
静有禅宗深可悟，幽于诗律细堪论。
几围古柳同只树，长者佳名久自存。

——《百城烟水》卷二

过泮环庵
清·宋实颖

茅庵结得近盘关，半是人家半水湾。
到此尘喧都隔断，桃源原不远人间。

——《百城烟水》卷二

过古浦庵口占
清·李圣芝

参天高柳有啼鸦，照槛澄潭发荇花。
如此风光谁省得，幽栖输与衲僧家。

——《百城烟水》卷二

寄题浦帆禅院
清·过于飞

桑柳阴中卜净居，茗烟舟舟定香徐。
道人记得放生处，一缕新泉注活鱼。

——《百城烟水》卷二

念珠街，位于道前街西端南侧。宋代名"孙老桥巷"，桥在本巷之北接道前街。原名"白头桥"，因白居易修建而得名。南宋绍定二年（1229），孙冕知苏州，他重修白头桥，遂更名"孙老桥"。巷名随桥名而改。明王鏊《姑苏志》云：孙冕，字伯纯，新淦（今江西新干）人。天禧中，知苏州。治狱不滥，断讼如神，吏畏而民爱之。宋时桥南立有"孙君坊"牌坊。

清末民初，用石子砌街，砌成条形如珠串，如念珠状，故名。

过白头桥诗
宋·梅挚

白头桥奈白头何，旧德如存故老歌。
不特舆梁起遗爱，大都才美服人多。

——《宋诗纪事》卷十二

元代，总管道童复加修建，道童号白岩，故又改称"白岩桥"。
笔者读后颇有感慨，谁修桥即改名，私心如此，何必呼。

孙老桥诗
当代·潘君明

一水横陈阻要津，跨虹颓圮断人行。
修桥只为与民便，何必桥名更换频。

——《苏州诗咏一千首》

清末民初，用石子砌街，砌成条形，如念珠状，更名为"念珠街"。

书院巷，位于人民路南端西侧。唐代称"南宫坊"，因地近南园，宋时称"南园巷"。宋嘉熙元年（1237），理宗赐魏了翁宅第于南园巷，并设鹤山书院，后废。元代，其曾孙魏起在此重建鹤山书院，巷遂称今名。魏了翁毕生从事理学研究与传播，在新儒学的发展史上有着重要地位。他将所讲授的思想与方法贯穿在政事中，针砭时弊，忧国忧民。在那个风雨飘摇的年代，他用实际行动展现了对国家与人民命运的关注。

送安同知赴阙五首（选一首）
宋·魏了翁

忧民白发三千丈，报国丹心十二时。
独倚长空望红日，满帘风雨燕喃呢。

——《鹤山先生大全文集》卷八

书院巷
当代·潘君明

赫赫衙门仍旧容，石狮一对尚威雄。
行人路过多胜慨，话语悄悄说了翁。

——《苏州街巷史话》

金狮巷，位于饮马桥南堍西侧。唐宋时称"同仁坊"。《吴郡志·卷六·坊市》云："同仁坊，金狮巷。"明清时称"金狮子巷"。《宋平江城坊考》有一段按语云："狮，疑当作'师'。金师巷，疑与黄师巷同一体裁。古'狮'作'师'，则'狮''师'同字，而易于沿误也。"清代，巷内有状元石韫玉府第。石韫玉（1756—1837），字执如，号琢堂，晚号独学老人，别署花韵庵主人。乾隆五十五年（1790）恩科状元，授翰林院修撰，官至山东按察使。辞官后主讲于杭州紫阳书院、江宁尊经书院、苏州紫阳书院等。总纂《苏州府志》，著有《独学庐诗文集》《花韵庵诗余》等。他的诗描写苏州风物，佳作颇多。举例如下：

虎邱寺
清·石韫玉

古塔出林杪，高峰结梵宫。
花飞经藏雨，木落剑池风。

红日隐檐底，青山藏寺中。
下方城郭晚，苍霭满秋空。

——《独学庐初稿》卷一

山塘种花人歌

清·石韫玉

江南三月花如烟，艺花人家花里眠。
翠竹织篱门一扇，红裙入市花双鬟。
山家筑舍环山寺，一角青山藏寺里。
试剑陂前石发青，谈经台下岩花紫。
花田种花号花农，春兰秋菊罗千丛，
黄瓷斗中沙的皪，白石盆里山玲珑。
山农购花尚奇种，种种奇花盛箧笼。
贝多罗树传天竺，优钵昙花出蛮洞。
司花有女卖花郎，千钱一花花价昂。
锡花乞得先生册，医花世传不死方。
双双夫妇花房宿，修成花史花阴读。
松下新泥种菊秧，月中艳服栽莺粟。
花下老人号花隐，爱花直以花为命。
谱药年年改旧名，艺兰月月颁新令。
桃花水暖泛清波，载花之舟轻如梭。
山日未上张青盖，湖雨欲来披绿蓑。
城中富人好游冶，年年载酒行花下。
青衫白袷少年郎，看花不是种花者。

——《独学庐初稿》卷一

呈石太史琢堂先生

清·王之佐

分占蓬瀛第一仙，清才秩福更兼全。
栖迟胜地装公墅，陶写闲情谢傅年。
载酒门生同入社，披云老衲与谈禅。
主持文献非无意，天要先生著述传。

——《种竹山房》

清代学者何焯住本巷赍砚斋。何焯（1661—1722），字屺瞻，号茶仙，学者称"义门先生"。长洲（今江苏苏州）人。康熙皇帝南巡至苏州，巡抚李光地推荐何焯，康熙皇帝赐他为举人，后又赐进士。选庶吉士，侍读皇八子。后授编修，直武英殿修书。家有藏书万卷。著有《义门先生集》等。全祖望《长洲何公墓志铭》："公笃志于学，读书茧丝牛毛，必审必核。吴下多书估，公从之访购宋元旧椠及故家钞本，细雠正之，一卷或积数十过，丹黄稠叠。而后知近世之书脱漏伪谬，读者沉迷于其中而终身未晓也。"

藏书纪事诗
清·叶昌炽

向秀书为郭象窃，葛洪纪亦吴均编。
乃知赍尔敬游研，未必真出方瞳仙。

——《藏书纪事诗》卷四

金狮巷西口有金狮桥，原为石拱桥，日寇侵占苏州时，改建为平桥，更名"濑川桥"。

金狮桥
当代·潘君明

巨狮昏睡受人欺，桥畔扯扬残照旗。
耻辱八年励壮志，图强奋发赶熊罴。

——《苏州诗咏一千首》

大石头巷，位于柳巷东侧。传说因旧时有天坠陨石而得名。张紫琳《红兰逸乘》卷一曾有记载："乐桥之南大石头巷，不知大石所在。一日，值其巷口人家葺屋，始见石在屋中，正方如八仙桌，其石质粗砂石耳，俗传孙吴时自空中堕下者也。"石上刻有"古坠星石"四字，上款"大石之二里名因之"，下款"大明崇祯壬午地主骠骑将军施英琢记"。现大石尚在。

大石头巷
当代·潘君明

夜深陨石落天空，祥物降临倍敬崇。
石上刻书留岁月，至今犹在草丛中。

——《苏州街巷史话》

《浮生六记》作者沈复自述，他曾居住在仓米巷，后门为大石头巷，即今之吴宅。1940年由沈延令售与沪商吴南浦，从此被称为"吴宅"，内有一座苏州保存最完好、最精致的"四时读书乐"砖雕门楼。门楼蔚为壮观，中枋字碑镌刻楷书"鹰翔凤游"四字，左右兜肚雕琢分别以"柳汁染衣"和"杏花簪帽"为题。上枋和下枋满施雕镂。下枋以元代翁森《四时读书乐》诗句为题，自东而西雕四组人物，构图取园林背景，分别镌有《春时读书乐》诗"绿满窗前草不除"，《夏时读书乐》诗"瑶琴一曲来薰风"，《秋时读书乐》诗"起弄明月霜天高"，《冬时读书乐》诗"数点梅花天地心"。四组画面意境虽分，布局则合而为一，犹如山水人物长卷，且有明版书木刻插图风味。《四时读书乐》组诗如下：

四时读书乐·春
元·翁森
山光拂槛水绕廊，舞雩归咏春风香。
好鸟枝头亦朋友，落花水面皆文章。
蹉跎莫遣韶光老，人生唯有读书好。
读书之乐乐何如？绿满窗前草不除。

四时读书乐·夏
元·翁森
新竹压檐桑四围，小斋幽敞明朱曦。
昼长吟罢蝉鸣树，夜深烬落萤入帏。
北窗高卧羲皇侣，只因素稔读书趣。
读书之乐乐无穷，瑶琴一曲来薰风。

四时读书乐·秋
元·翁森
昨夜前庭叶有声，篱豆花开蟋蟀鸣。
不觉商意满林薄，萧然万籁涵虚清。
近床赖有短檠在，及此读书功更倍。
读书之乐乐陶陶，起弄明月霜天高。

四时读书乐·冬
元·翁森

木落水尽千岩枯,迥然吾亦见真吾。
坐对韦编灯动壁,高歌夜半霜压庐。
地炉茶鼎烹活火,一清足称读书者。
读书之乐何处寻?数点梅花天地心。

——《钦定四库全书·宋诗纪事》

植园,位于孔庙西侧。此地原为报国禅院,始建于宋咸淳年间,占地40余亩,有房数百间,为江南巨刹之一。清咸丰年间遭兵燹,成为荒冢之地。清末,江苏巡抚陈启泰命苏州知府何刚德在此开辟公园,种有松、杉、槐、柏等各类林木两万余株,名曰"植园"。植园旁有尼姑庵——凤池庵,因发生桃色事件,江苏巡抚程德全将庵产没收,拓展植园,分为农田区、园林区,规模可观,面貌一新。何刚德写有多首诗作,举数首如下:

梦游植园
清·何刚德

因为余守苏时所创,诗中所叙皆园中实景。

梦中忘却卸朝衫,游眺芳园眼尚馋。
唼渌群鱼贪饼饵,放青五马脱辔衔。
分区佳植攒梅杏,夹道新阴拥桧杉。
美政明农惭过誉,苍生托命失长镵。

——《盘门》

又有两诗,序云:"于野自苏州来,谈及植园旧种树木荟萃可观,梅花一丛,枝干高耸,竟有参天之势,书此志感。"

十年树木本因时,今日荫成慰梦思。
夹道绿杉梁栋选,交柯翠柏雪霜姿。
杏林经雨光逾艳,梅干参天事更奇。
荒冢手民认梨枣,游人指点漫相疑。

禁中剪伐似当时,不尽邦人系去思。

已见千章留美阴，悬知廿载转春姿。
岁深群享乘凉福，土沃应惊敏树奇。
他日重寻鸿爪迹，讨春尚质耳闻疑。

——《盘门》

守苏州时，因厉行新政，在"园内植树二万余株，大者桧、柏、椿、杉及罗汉松五种，皆夹道分行，余以散种桑秧为多。花则梅及桃李为苏之美产，每种划地数亩，各种小秧数百株，杂树尚不计数，非专意种梅也，于野所见特指其盛者言耳。此外，丛冢一区划为刻字匠丛葬之所，手民吁请保护，因周围种枣梨，以志其处，事隔二十年，未知荣翠乎何耳"。

植园小山
清·何刚德

意期庙貌肃观瞻，岂许蓬蒿迹久淹。
因冢成山青不断，贴泥蓄草翠如黏。
燹余枯骨心常悭，岁久残魂惠共沾。
一篑未成原有愧，权宜亦自喜沾沾。

——《盘门》

有文献记载："植园创始，因文庙左近为燹余丛冢，大府力促修治而惮于迁葬，乃度地得二百一十四亩，缭以园墙，相其丛莽疏密地势，绘成山形，然后锄地面瓦砾，堆积于上，加以土抷，逐一掩盖，一雨之后，草活泥匀，苍翠可观，燹馀残魂居然青山埋骨矣。于野谈次以树木已成，而山不数仞为憾，未知当日经营之苦也。"

游吴门植园
刘慎诒

跨街炎氛中，寻园傍斜郭。
入门照清漪，瓜芋散篱落。
耽此野趣饶，幽构宜简约。
一亭翼林丘，四山献云壑。
冥冥桑柘交，塔势凌鹳鹤。
稻肥绿如云，坐想试镰锷。
微闻邦吏贤，买地资共醵。

荒秽变膏壤，循阡督耕作。
日斜骑马来，飘髯一冠舄。
都人拜清风，豆棚围茗酌。
贵贱无町畦，翛然忘名爵。
珍羞五鼎前，何如菜根嚼。
新翻种树书，物理穷奥博。
讲明利导之，庶以起贫弱。
举国苟皆然，何畏强邻博。

——《盘门》

植园竹枝词（选六首）

清·病蝉

勤耕太守号循良，话到桑麻兴味长。
民瘼关心勤穑事，不将五马耀黄堂。

学圃岂真圣道乖，农家辛苦费安排。
英雄事业销磨尽，种菜浇园亦大佳。

冰簟湘帘不染尘，茶铛香沸碧螺春。
白玫瑰酒柠檬水，喜热贪凉悉便人。

位置天然陆地舟，开宴一笑酒盈瓯。
沼池水暖多肥鸭，馋煞老饕涎涌喉。

天然浅草又平沙，放胆争驰脚踏车。
一个倒栽葱样跌，痛郎何事着皮靴。

芰荷一角绕银塘，出色娇红绝色妆。
最好道山亭子坐，衣香鬓影晚风凉。

——《盘门》

日寇入侵苏城以后，植园沦为日军马场，马踏人伐，遭到严重破坏，到抗战胜利时，园内林木殆尽。后为民房所用。本弄为植园一隅之地，故以"植园"名之。

新市路，位于人民路南端东侧。宋称"昼锦坊"。志载：宋元丰中，晏知止守吴郡，祝程师孟新第落成。其新第左两寺，右两园，而坊本无名。晏知止有和程师孟诗，朱伯原亦步其韵。

次韵司封使君和程给事
唐·朱长文

胜地宽闲旧卜邻，耆老得意辟高门。

中吴昼锦如君少，好作坊名贲故园。

——《乐圃余藁》卷五

诗中有"中吴昼锦"，遂将"昼锦"作坊名。"昼锦"，出自《汉书·项籍传》：项羽入关，屠咸阳。有人劝其留居关中，他说："富贵不归故乡，如衣锦夜行。"由此，古人称富贵不回乡为"衣锦夜行"，称富贵回乡为"衣锦昼行"，省称"昼锦"。

宋《吴郡志·卷二十五·人物》云："程师孟，字公辟，郡人。其高祖思，为钱氏营田使，遂居吴。师孟居南园侧，号昼锦坊。景祐元年，举进士。累迁判三班院给事中、判将作都水监。历知楚、遂、洪、福、广、越、青州……喜为诗，效白乐天而尤简直。至老不改吴语。累官光禄大夫，致仕，年七十八。"著有《续会稽掇英录》《长乐集》等。朱伯原，即朱长文（1039—1098），号乐圃，学者称其为"乐圃先生"。吴县（今江苏苏州）人。嘉祐四年（1059）进士，因坠马伤足不仕。元祐间因苏轼推荐，为苏州州学教授。后召为太常博士，迁秘书省正字。家有藏书二万余册，著有《吴郡图经续记》等。

民国《吴县志》作"碑记街"，注云："府学前，一作'篦箕街'，谓砌石形如篦箕也。"民国时期，因巷道狭小，住户不多，十分冷落。

新中国成立初期，开辟南门，拓宽街道，整修路面，在此举办过多次城乡物资交流会，成为一个热闹的集市市场，遂名为"新市路"。

郑长巷

四、东北片

　　临顿路，位于干将东路中段北侧。《吴郡志·卷五十·杂志》云："阖闾十年，国东有夷人侵逼吴境，吴王大惊，令所司点军，王乃宴会亲行。平明出城十里，顿军憩息，今憩桥是也。王曰：'进军。'所司又奏，食时已至，令临顿吴军宴设之处，今临顿是也。"为纪念那次出征，将那里的一座桥命名为"临顿桥"。路随桥名而称之。

　　史载，唐代著名诗人陆龟蒙宅在临顿路。《吴郡志·卷九·古迹》云："临顿，旧为吴中胜地，陆龟蒙居之，不出郭郭，旷若郊墅。"陆龟蒙（？—约881），字鲁望，吴郡（今江苏苏州）人。考进士不第，曾任苏、湖两郡从事。他与诗人皮日休友好，同负盛名，时称"皮陆"。两人都过着隐居生活，诗酒唱和，得诗十首。

临顿为吴中偏胜之地，陆鲁望居之。不出郭郭，旷若郊墅，余每相访，款然惜去。因成五言十首，奉题屋壁（选四首）

唐·皮日休

一方潇洒地，之子独深居。
绕屋亲栽竹，堆床手写书。
高风翔砌鸟，暴雨失池鱼。
暗识归山计，村边买鹿车。

篱疏从绿槿，檐乱任黄茅。
压酒移溪石，煎茶拾野巢。
静窗悬雨笠，闲壁挂烟匏。
支遁今无骨，谁为世外交。

闭门无一事，安稳卧凉天。
砌下翘饥鹤，庭阴落病蝉。
倚杉闲把易，烧术静论玄。
赖有包山客，时时寄紫泉。

缓频称无利,低眉号不能。
世情都大薄,俗意就中憎。
云态不知骤,鹤情非会征。
画臣谁奉诏,来此写姜肱。

——《吴郡志》卷九

陆龟蒙收到皮日休的诗后,即作诗答之。

袭美见题郊居十首,因次韵酬之(选四首)
唐·陆龟蒙

近来惟乐静,移旁故城居。
闲打修琴料,时封谢药书。
夜停江上鸟,晴晒箧中鱼。
出亦图何事,无劳置栈车。

故山空自掷,当路竟谁知。
只有经时策,全无养拙资。
病深怜灸客,炊晚信樵儿。
谩欲陈风俗,周官未采诗。

强起披衣坐,徐行处暑天。
上阶来斗雀,移树去惊蝉。
莫问盐车骏,谁看酱瓿玄。
黄金如可化,相近买云泉。

野入青芜巷,陂侵白竹门。
风高开栗刺,沙浅露芹根。
逆鼠缘藤桁,饥乌立石盆。
东吴虽不改,谁是武王孙。

——《吴郡志》卷九

临顿里诗
明·周南老

吴馆曰临顿,里巷因馆名。

地偏足佳胜，卜构居幽贞。
琴书乐萧散，轩墀谢骄荣。
鹿门隐同癖，松陵诗屡赓。
于今揽闾阎，独有桥庚庚。
过者为欷歔，犹能慨高情。

——《吴郡文粹续集》卷十八

临顿桥
当代·潘君明

雷鼓隆隆震大城，吴王统帅赴东征。
临时停顿赏军士，留个桥名万古恒。

——《苏州诗咏一千首》

20世纪90年代进行街坊改造，为拓宽路面，东面房屋落地重建，粉墙黛瓦，高低错落，富有古典意味；西面沿河房屋尽行拆除，开辟绿化带，种花植树，环境优美。

齐门路，位于齐门内。原名"齐门弄"，1937年拓宽马路后改今名。齐门，阊闾古城八门之一。《越绝书·越绝外传记吴地传第三》："齐门，阖庐伐齐，大克，取齐王女为质子，为造齐门，置于水海虚，其台在车道左、水海右，去县七十里。齐女思其国死，葬虞西山。"又，《吴郡志·卷三·城郭》云："齐门，齐景公与吴战，不胜，以少女嫁吴太子终累，所谓'涕泣而女于吴'者。终累，阖闾长子，夫差兄也，早亡。齐女思家，吴王于此作九层飞阁，令女登以望齐，故名。"《吴越春秋》云："（阖闾十年），复谋伐齐，齐侯使女为质于吴。吴王因为太子波聘齐女。女少思齐，日夜号泣，因乃为病。阖闾乃起北门，名曰'望齐门'。"

浣溪沙·雨中由枫桥至齐门
清·陈维崧

料峭春寒恰未消，鹁鸪啼急水迢迢，半船微雨过枫桥。　　荠菜绿平齐女墓，梨花雪压伍胥潮，柳枝和恨一条条。

——《迦陵词全集》卷二

齐女门竹枝词（二首）

清·张芬

晚风吹散钿车尘，花落东郊怨暮春。
空把吴门号齐女，谁怜齐女属吴门？

子规啼到旧吴宫，齐女怀乡恨自同。
二十四番风信缓，魂随春色滞江东。

——《姑苏竹枝词》

齐门路北端，原为齐门城门，城门门外为外城河，筑有吊桥，后称"虹桥""大宁桥"。20世纪50年代，拆除城楼。1968年，拆除水城门，保留齐门桥。现桥为1997年扩建。

齐门桥

当代·潘君明

两国联姻非为亲，千金人质免刀兵。
可怜少妇登楼怨，怅望吊桥难出行。

——《苏州诗咏一千秋首》

百家巷，位于东北街西段东侧。相传，东汉时期，巷内住着一大户人家，户主顾训，一家五代同堂。全家百口，尊卑有序，非常和睦，因为人口多，挂在衣架上的衣服多得不能辨认，但相互尊重，决不乱穿。每逢岁朝集会，子孙满堂，依次饮酒，很有秩序。就是三岁的小孩，也知道自己坐的位置，遵守礼节。因顾家是百口之家，实属少有。巷边有座木桥，原无名，后来被命名为"百口桥"。巷名取自桥名。明代，百口桥依然存在。

百口桥

明·王宾

百口桥边春日斜，旧时开遍紫荆花。
山东人说张公艺，此是吴中顾训家。

——《姑苏志》卷十九

《吴门表隐》云：百家巷内旧有迎春坊，当时苏州官府在此举办迎春活动。

萧家巷，位于临顿路南段东侧。又名"周将军巷""九曲墙巷"。传东吴大将周瑜曾居住在苏州，故居即在萧家巷内。宋代名将周虎也曾寓居该巷。有传南朝齐梁时代萧氏贵族居此，这是萧家巷巷名的由来。

巷内多深宅大院，古迹也多，能人辈出，除了武将，还有文人画家。清代学者、藏书家姚觐元曾侨居萧家巷十年，好博览古籍，其藏书处为"咫进斋"。民国《吴县志》记载："咫进斋，在萧家巷。归安姚方伯觐元罢官后寓此。子慰祖。父子皆好藏书，有晋石厂。"姚觐元刻有《咫进斋丛书》，其子刻有《晋石厂丛书》等流传于世。

藏书纪事诗
清·叶昌炽

老子韩非竟同传，孙公乐令每清谈。
藏书倘补吴兴录，海屋流风晋石厂。

——《藏书纪事诗》卷三

中国近代图书馆事业奠基人、中国近代教育事业的先驱者之一缪荃孙与姚觐元为莫逆之交，对其甚为崇敬，曾作诗以赞。

别姚观察觐元用陆祁生别阮太傅韵三首（其一）
清·缪荃孙

斯文久沦寂，大雅谁扶持。
诸子并百家，异说犹纷驰。
拘者困桎梏，健者矜权奇。
方矩用勿错，明镜照勿疲。
东南树坛坫，异色生旌旗。
我亦性嗜古，返躬心勿疑。
敢希建轮狄，愿从谋野裨。

——《艺风堂诗存》卷二

丁家巷，位于干将路甫桥北侧、临顿路南端东侧，古称"丁晋公巷"，因宋代晋国公丁谓居此而得名。丁谓（966—1037），字谓之，后改字公言。长洲（今江苏苏州）人。淳化三年（992）进士，为大理评事、饶州通判。后为右谏议大夫、权三司使。天禧三年（1019），以吏部尚书复参知政事，排挤寇准出相，升任同中书门下平章事、昭文馆大学士，监修国史。复加门下侍郎兼太子少傅,乾兴元年(1022)封晋国公。苏州人在朝廷位至相位者,始于丁谓。著有《丁谓集》等,皆佚,仅存《丁晋公谈录》一卷。

丁谓深受宋真宗赏识,被重用,宋真宗常赠诗。

真宗皇帝御制赐平江军节度使丁谓诗并序
宋·赵恒

懿词硕画播朝中,造膝谘谋礼遇丰。
文石延登彰美顺,高才前道表畴庸。
书生仗钺今尤贵,旧里分符古罕逢。
昼锦买臣安敢比,黄枢早日接从容。

——《吴都文粹》卷三

丁谓次韵
宋·丁谓

白麻初降紫宸中,簪组相惊帝泽丰。
骤陟将坛知遇偶,久成台席愧材庸。
桑榆便觉人间别,旌戟犹疑梦里逢。
已是都城耸荣观,更颁天唱耀戎容。

——《吴都文粹》卷三

真宗皇帝复赐
宋·赵恒

践历功皆著,谘谋务必成。
懿才符曩彦,佳器贯时英。
俾展经纶业,旋升辅弼荣。
嘉亨忻盛遇,尽瘁罄纯诚。
均逸明恩洽,畴劳茂典行。
白麻三殿晓,红旆九衢平。
虽彻严凝任,尤增倚注情。
拥旄辞帝阙,顿辔望都城。
风景高秋月,烟波几舍程。
想卿怀感意,常是梦神京。

——《吴都文粹》卷三

丁谓复次韵
宋·丁谓

叨窃逢嘉会，孤单荷曲成。
高车陪上宰，密室侧群英。
步武清华地，优游侍从荣。
勤劬期薄效，忠谨誓明诚。
方畏官箴失，俄惊宠命行。
冒恩心易感，恋圣意难平。
未副宵衣念，宁安昼锦情。
摇摇千里棹，眷眷九重城。
茜斾辉登路，琼章耀去程。
子年牵望处，金阙玉为京。

——《吴都文粹》卷三

薛家园，位于闾邱坊之南。相传园内原有梁武帝之女妙严公主墓，俗称"薛娘墓"，故有"薛家园"之称。清代，为吏部员外郎顾予咸之子顾嗣协所得，建依园，与父之雅园（位于史家巷）相依而得名，有话雨轩、学诗楼诸胜。后因薛家园重名较多，遂并入闾丘坊巷。

依园杂咏（二首）
清·顾嗣协

自得贫居趣，箪瓢亦可安。
客逢无揖让，性懒畏衣冠。
窗月生诗思，庭花助酒欢。
近来差免俗，种竹一千竿。

一室容高卧，推窗面面开。
庭闲知昼永，心静觉风来。
竹影低冰簟，桐阴落酒杯。
片云消暑尽，更喜报轻雷。

——《百城烟水》卷三

辛酉夏日同犀月过访顾逸圃留饮夜宿依园(二首)

清·徐崧

谁似依园里，犹留胜迹妍？
吟能通七子，饮便集群贤。
爱月庭中坐，看花石上眠。
才高情烂熳，羡尔正青年。

始过随留宿，禽鸣晓梦余。
林深迷雾雨，昼永弄琴书。
剥啄门频启，蒙茸草不除。
木瓜才累累，谁为报琼琚？

——《百城烟水》卷三

大井巷，位于富仁坊巷北侧。明卢熊《苏州府志》作"大酒巷"。唐之前，这里只有高高低低的土堆，地名"黄土曲"。唐代，有个富豪买下这块土地，建房造屋，并堆假山，筑亭子，挖水池，种花植树，使之成为一座花园。他还开设酒店，出售美酒，生意十分兴隆。据古籍记载，苏州出美酒，著名的有五酘酒。白居易任苏州刺史时，曾尝过这种美酒，并写诗称赞。

钱湖州以箬下酒李苏州以五酘酒相次寄到无因同饮聊咏所怀

唐·白居易

劳将箬下忘忧物，寄与江城爱酒翁。
铛脚三州何处会，瓮头一盏几时同。
倾如竹叶盈尊绿，饮作桃花上面红。
莫怪殷勤最相忆，曾陪西省与南宫。

——《白香山诗集》卷二十

由于黄土曲那里出售名酒，就取名叫"大酒巷"。

宋代，都官员外郎分司南京的龚宗元，罢官后在大酒巷造了中隐堂，"中隐堂"之来历，源于白乐天诗。

中隐(节选)

唐·白居易

大隐住朝市，小隐入邱樊。

邱樊太冷落，朝市太嚚喧。
不如作中隐，隐在留司官。

——《白香山诗集》卷二十二

龚宗元与屯田员外郎陈适、太子中允陈之奇相互交往，安度晚年，时人称其为"三老"。苏州话中，"酒""井"是谐音，后讹成"大井巷"。

观前街，位于苏州古城中心，是苏州古城内最热闹的一条街巷。街名来历与玄妙观有关。玄妙观，创建于西晋咸宁二年（276），曾名"真庆道院""开元宫""玉清道院""天庆观"等。元元贞元年（1295），始名"玄妙观"。清代，为避康熙帝玄烨讳，更名"圆妙观"。玄妙观占地面积5.5万平方米，建有30多座楼阁，著名的有正山门、三清殿、弥罗宝阁、财神殿、文昌殿、褒衣真人殿、雷尊殿、慈航殿、三官殿等。三清殿为玄妙观主殿，重檐歇山式，青灰筒瓦顶，面阔九间，约45米；进深六间，约25.6米；高度约27.5米。建筑结构富有宋代特色，此殿之斗拱结构，为全国现存最古之实例。历代题诗甚多，今举数例。

伤开元顾道士

唐·皮日休

协晨宫上启金扉，诏使先生坐蜕归。
鹤有一声应是哭，丹无余粒恐潜飞。
烟凄玉笋封云篆，月惨琪花葬羽衣。
肠断雷平旧游处，五芝无影草微微。

——《吴都文粹》卷七

莘老葺天庆观小园，有亭北向，道士山宗说名与诗

宋·苏轼

春风欲动北风微，归雁亭边送雁归。
蜀客南游家最远，吴山寒尽雪先晞。
扁舟去后花絮乱，五马来时宾从非。
惟有道人应不忘，抱琴无语立斜晖。

——《东坡全集》卷四

咏何立事
元·张昱

宋押衙官何立,秦太师差往东南第一峰,恍惚引至阴司,见太师对岳飞事,令归告夫人,东窗事犯矣。复命后即弃官学道蜕骨,今在苏州玄妙观为蓑衣仙。

旧作衙官身姓何,阴司归后记仙魔。
视身已是闲躯壳,一领蓑衣也是多。

——《可闲老人集》卷二

元妙观
元·吴全节

榴皮画壁走龙蛇,池上芭蕉叉见花。
北阙恩承新雨露,西湖光动旧烟霞。
春风日长元都树,秋水星回碧汉查。
修月功成三万户,蕊珠宫里诵南华。

——《元妙观志》卷六

玄妙观的当家施亮生,是有名的大法师,喜与文人交友,故文人留下的与之有关的诗作较多,现略举数首。

元妙图赠亮翁度师
清·宋实颖

寥阳宝殿已蒿莱,赖有真人建法台。
翠柏阴阴藏日月,长松落落起风雷。
集仙鹤驭来天界,侍卫龙烟涌上台。
前度刘郎还在否?碧桃重见观中开。

——《元妙观志》卷七

奉赠亮老施大法师
清·张适

物外看君骨髓青,襟期历落御云輧。
囊携玉笈藏符秘,鼎炼丹砂养性灵。
授法松窗云自护,谈经竹院虎为扃。

名山普建千秋业，行满功高已勒铭。

——《元妙观志》卷七

赠惠虚中炼师六十
清·彭启丰

偶携瓢笠偶安家，漫拟蓬莱水一涯。
金匮有书依柱下，濠梁无语契南华。
屡排灵琐祈甘雨，闲诵黄庭佩紫霞。
笑谢山中猿与鹤，元都随处种桃花。

——《元妙观志》卷七

玄妙观
明·李圣芝

羽客闲谈化鹤年，朒霄惟藉玉炉烟。
星坛药灶依然在，炼得丹房几个仙？

——《百城烟水》卷三

壬寅六月十五夜，同吴正始游玄妙观，时施亮生度师祈雨
清·徐崧

恒雨昔既苦，恒阳今更难。
千人喧月殿，十日炙雷坛。
道法非无验，天心未肯宽。
吾侪宜畏惧，勿作冶游看。

同王筑岩登弥罗宝阁
清·徐崧

岁暮遇仙观，巍然宝阁雄。
灯光摇碧落，香雾霭寒空。
迥出三清上，回看一郡中。
森罗都在眼，谁不叹神工？

——《百城烟水》卷三

西花桥巷，原名"花桥巷"，位于临顿路北端西侧。《吴门表隐》云："花桥，每日黎明，花缎织工群集于此。"唐时，花桥一带十分热闹，建有水阁，

可供人品茗小憩，是里人消闲之处。苏州刺史白居易常去花桥游览，花桥对他的影响很深，他在扬州时，梦里也到花桥去游览。

梦苏州水阁，寄冯侍御
唐·白居易

扬州驿里梦苏州，梦到花桥水阁头。

觉后不知冯侍御，此中昨夜共谁游。

——《白香山诗集》卷二十七

嘉庆二年（1797），在那里又建魁星阁，增一景观。

西北街，位于人民路北段东侧，西段原名"天后宫大街"。东段原名"北街"。民国《吴县志》云："宗伯韩世能宅在北街，今名'韩衙潭子头'，左右皆有跨街牌坊。"1980年，天后宫大街并入，统称"西北街"。16号原为宝光寺，传为三国时郁林太守陆绩故宅，后陆绩舍宅为寺。陆绩（188—219），字公纪，吴郡（今江苏苏州）人。陆绩博学多识，三国时，孙权征以为奏曹掾，后出任郁林太守。明卢熊《苏州府志》云："吴郁林太守陆绩宅门有巨石，初，绩仕郁林，罢归无装舟，轻不可越海，取石为重，人称其廉，号'郁林石'，世保其居。"郁林石，后称为"廉石"，成为廉洁的象征。现此石仍保存完好，放置在文庙内。110号为天妃宫。明洪武中，开拓郡城，将寺变为军营，遂废。其后多次重修。清康熙三年（1664），僧人通瑞重修。

郁林石
清·张大纯

陆绩家吴郡，廉名诵不休。

郁林归过海，巨石压轻舟。

岁久埋墙下，官清徒道周。

竿旌多过此，欲使劝前修。

——《百城烟水》卷三

廉石行
清·吴林

君不见郁林太守史称贤，金珠不载载石还。

航海归吴恐颠覆，载将巨石知其廉。

公居城东临顿里，清名至今在人耳。
石留民家岁久湮，过者犹能识其址。
谁使此石出泥中？绣衣御史推樊公。
表扬先哲急移取，役夫曳立官衙东。
建亭镌字示臣节，观者如蚁足不绝。
口碑传诵非徒然，志士摩挲心独折。
呜呼！闻说南中有贪泉，较之此石诚天渊。
试令墨吏坐其下，能不赧颜俯首思其愆？

——《百城烟水》卷三

因果巷，位于乔司空巷北侧。原名"乘鲤坊"。民国《吴县志》载："乘鲤坊巷，俗名'鹦哥巷'。"后写成"因果巷"，显系谐音所致。

巷东端，旧时有都南张公祠。民国《吴县志》云："都南张公祠，在县南状元坊，祀宋平江路通判张日中。同治《府志》按：乾隆《志》云：公字尚丰，建昌军南城人。端平朝进士。初任平江，倡义卫民，政绩大著。寻迁兴化军，闻文信国公开督府勤王，率师以应。信国公师溃……公奋力拒战，身受数创，犹刃十余敌，被执，死。信国公哭之，有'绝域耻为吴地辱，封疆甘作宋忠臣'之句。子洛居吴，因建祠。"

巷内有忠烈祠，祀文天祥。《百城烟水·卷三·长洲》云："忠烈祠，在乘鲤坊，祀宋丞相、信国公、前平江知府文天祥。"

恭谒文山先生祠
清·李振裕

宋家陵谷等尘埃，相国残碑历劫灰。
举世几人祠下拜？寒山片石夕阳开。
孤忠自可存今古，遗庙何妨付草莱？
谩说春秋犹飨祀，一林风雨闭荒台。

——《百城烟水》卷三

恭谒文山先生祠
清·何栋

天维东倾宋祚移，谁言一木堪相支？
文山正气自千古，索市碧血留余悲。
吴中石像瞻奇迹，南渡冠裳俨如昔。

颓垣老树闹昏鸦，一片丹心照空碧。

——《百城烟水》卷三

恭谒文山先生祠
清·许定升

吴都瞻石像，燕市叹南冠。
血作千年碧，心留一寸丹。
谁言填海易？不信补天难。
剑佩今犹昔，庭空白日寒。

——《百城烟水》卷三

狮林寺巷，位于狮子林南侧，因狮林寺而得名。元至正二年（1342），天如禅师惟则的弟子为奉其师所造，初名"狮子林寺"。也作"师子林"，古文"师""狮"通用。后易名"普提正宗寺""圣恩寺"。狮子林原是寺的一部分。清康熙皇帝巡游至此，赐额"狮林寺"。后乾隆皇帝曾多次游览狮子林，先后赐"镜智圆照""画禅寺"及现存"真趣"等额匾。古今描写狮子林的诗词众多，略举如下：

师子林即景十四首（选四首）
元·释惟则

乌啼花落屋西东，柏子烟青芋火红。
人道我居城市里，我疑身在万山中。

万竿绿玉绕禅房，头角森森笋稚长。
坐起自携藤七尺，穿林络绎似巡堂。

素壁光摇眼倍明，隔林风树弄新晴。
树根蛙鼓鸣残雨，恍惚南山水落声。

指柏轩中六七僧，尘忘忽怪异香尘。
推窗日色暖如火，蘑葡花开雪一棚。

——《平江区志》第二十三卷

过狮子林兰若
元·倪瓒

密竹鸟啼邃，清池云影闲。
茗雪炉烟袅，松雨石苔斑。
心静境恒寂，何必居在山。
穷途有行旅，日暮不知还。

——《百城烟水》卷三

晚过师子林
明·道衍

无地堪逃俗，乘昏复到林。
半山云过磬，深竹雨留禽。
观水通禅意，闻香去染心。
叩门警有客，想亦为幽寻。

——《平江区志》第二十三卷

游师子林次倪云林韵
明·高启

吟策频入院，道人知我闲。
寻幽到深处，啼鸟竹班班。
林下不逢客，城中俄见山。
床敷有余地，钟动暮催还。

——《高太史大全集》卷四

游师子林
清·彭启丰

远携灵鹫入窗前，石笋攒空一径穿。
欲断仍连峰顶路，将穷忽转洞中天。
携筇待月堪乘兴，扫地焚香合坐禅。
回首十年游迹在，古松鳞鬣更翛然。

——《芝庭诗稿》卷十四

题师子林图
清·潘世恩

福地林泉胜，高人翰墨缘。
画图今杳矣，松竹故依然。
妙手追前辈，宗风启后贤。
问梅还指柏，莫傍小乘禅。

——《平江区志》第二十三卷

徐琢珊秀才邀游狮子林作
清·舒位

到此洞门开，不觉俯而入。
小山宫大山，风雨通呼吸。
仄径蚁曲穿，幽岩虫渐蛰。
低引一泉流，险凿四壁立。
何殊循墙走，颇欲择木集。
百转百丘壑，一步一阶级。
缩地无近谋，漏天有余涩。
云林老画师，笔笔不相袭。
凝神惨经营，弹指妙结习。
狮以石粼粼，龙以松粒粒。
咫尺顷刻间，尔我不暇给。
入山何必深，入林何必密。

——《瓶水斋诗集》卷七

邾长巷，位于平江路南段东侧。清乾隆《苏州府志》、民国《吴县志》均作"朱张巷"，俗名"朱长巷""朱丈巷"。元代有逸民朱、张两家居此而得名。《吴郡续志稿》记元代海运事云："元起海运，朱清、张瑄出焉。两家第宅遍吴中，今朱张巷其故基也。"《经世大典》云："至元十九年……立运粮万户府三，以南人朱清、张瑄、罗璧为之。初，岁运四万余石，后累增及二百万石，今增至三百余万石。"朱、张既垄断专利，如此宜其富也。《草木子》云："元朝初，朱、张二万户以通海运功，上宠之，诏赐钞印，令自造行用，自是富倍王室。"可见，朱、张是两个姓，两家在此建造广厦府第，故名"朱张巷"。后来，朝廷见朱、张富可埒国，虑有变，则用法诛之，二人死于京都。朱、张死后，有人以诗吊之曰：

祸有胎分福有基，谁人识破这危机。
酒酣吴地花方笑，梦断燕山草正肥。
敌国富来犹未足，全家破后始知非。
春风只有门前柳，依旧双双燕子飞。

——《草木子》卷四

后人不究原意而写成"邾长巷"，误。

闾邱坊巷，位于因果巷北面，因宋朝议大夫闾邱孝终居此而得名。苏轼与闾邱孝终交往甚密，友谊深厚，经苏州，必定来此处造访闾邱孝终。

苏州闾邱江君二家雨中饮酒二首（选其一）
宋·苏轼

小圃阴阴遍洒尘，方塘激激欲生纹。
已烦仙袂来行雨，莫遣歌声便驻云。
肯对绮罗辞白酒，试将文字恼红裙。
今宵记取醒时节，点滴空阶独自闻。

——《东坡全集》卷六

浣溪沙·赠闾邱朝议，时过徐州
宋·苏轼

一别姑苏已四年，秋风南浦送归船，画帘重见水中仙。
霜鬓不须催我老，杏花依旧驻君颜，夜阑相对梦魂间。

——《东坡词》

闾邱孝终宅
清·姚承绪

不见黄州守，重寻马步桥。
投诗曾玉局，换酒又金貂。
白傅尊前泪，红裙月下箫。
香风吹燕寝，几许绮情撩。

——《吴趋访古录》卷三

南宋时，巷内有藏春园，为保宁军节度使、兼治苏州的孟忠厚所建之宅园,有静寄堂、清沁亭、万卷堂等。孟忠厚(？—1157),字仁仲,为昭慈圣献太后之侄。靖康元年(1126)知海州。康王即位后,以保宁军节度使判平江(即苏州),改绍兴浙东安抚使。

静寄孟运管招客,皆藏春侍郎故人,因与花翁孙季蕃话旧有感
宋·戴复古

来访藏书宅,因登静寄堂。
异香薰宝鼎,清乐送瑶觞。
穿竹过花所,寻梅岁海棠。
白头思往事,无语立斜阳。

——《石屏诗集》卷四

清代,顾嗣立在闾邱坊建了一处草堂,供自己读书之用,名"秀野草堂",取自苏东坡诗"花竹秀而野"句意。顾嗣立(1665—1722),字侠君。康熙五十一年(1712)进士,选庶吉士。朱彝尊在吴地时,几次到闾邱坊拜访顾嗣立,对秀野草堂赞誉有加,并为秀野草堂题诗。

饮顾孝廉秀野堂同周吉士赋
清·朱彝尊

秀野堂深曲径通,巡檐始信画图工。
小山巢石屋高下,清露戎葵花白红。
已许糟丘成酒伴,不妨蠹简借邮筒。
入秋准践登舻约,吟遍江桥两岸枫。

——《曝书亭集》卷十九

可惜"曲径通"的秀野草堂,如今影迹全无。

顾嗣立喜读书、藏书、编书,著有《元诗选》。朱彝尊《秀野堂记》:"于是插架以储书,叉竿以立画,置酒以娱宾客,极朋友昆弟之乐。暇取元一代之诗甄综之,得百家焉。"

他藏书丰富,颇有影响,故《藏书纪事诗》将他收入词条,并有诗咏之。

藏书纪事诗
清·叶昌炽

坊南花竹秀而野,插架青红屋高下。

梦中昨见古衣冠，或立而盱或拜者。

——《藏书纪事诗》卷四

北园路，位于齐门路中段东侧。北园，原为农村，有聚居点三处，名"东蒋家场""西蒋家场"和"北园"。农民皆以种菜为业。相传张士诚在苏州称王时，曾开辟南、北两园，种植水稻，获取粮食，养活城内百姓。晋时有隐士戴颙宅。唐时有司勋陆郎中宅，后舍宅为寺。明王鏊《姑苏志》云："北禅讲寺，在齐门内，晋戴颙宅也。唐司勋陆郎中居此。后以为寺，号'北禅院'。"宋祥符初，赐名"大慈寺"，屡毁于兵。明洪武中重建寺，寺有大通阁、观堂、雨华堂、禁蛙池等。

游北禅寺
唐·皮日休

连延花蔓映风廊，岸帻披襟到竹房。
居士即今开梵处，先生曾是草玄堂。
清尊林下看香印，远岫窗中挂钵囊。
今日有情消未得，欲将名理问恩光。

——《百城烟水》卷三

寒夜同皮日休访寂上人
唐·陆龟蒙

月楼风殿净沉沉，披拂霜花访道林。
鸟在寒枝栖影动，人依古堞坐禅深。
明时尚阻青云步，半夜犹追白石吟。
自是海边鸥伴侣，不劳金偈更降心。

——《百城烟水》卷三

寄北禅佑讲主洪武初应高僧召
明·释来复

云霞剪作佛袈裟，草座长年静结跏。
礼罢六时天送供，讲来三藏雨添花。
象龙曾赴高僧会，羊鹿谁乘稚子车？
随处溪山可埋老，不愁无地埋金沙。

——《百城烟水》卷三

北园，原为农村，多种菜花。花开时，金黄一片，为观赏菜花最佳处。

吴歈百绝（选一）
清·蔡云

北园看了菜花回，又趁春残设饯杯。
此日无钱看买酒，半壶艳色倒玫瑰。

自注：菜花惟北园为盛，游人集焉。立夏日酒家以酒送近邻。

——《清嘉录》卷三

旧学前，位于临顿路中段西侧，旧名"弦歌里"。宋代，长洲县学设于此，县学前有街，即称"学前街"。同时，宋长洲县衙设于此处。《吴郡志·卷三十七·县记》："长洲县，在府治之北三里……本朝王禹偁尝为之宰，哦咏最多，邑望益高。"王禹偁来长洲上任时，曾写诗以纪。

移任长洲诗五首
宋·王禹偁

移任长洲县，舟中兴有余。
篷高犹见月，棹稳不妨书。
雨碧芦枝亚，霜红蓼穗疏。
此行纡墨绶，不是为鲈鱼。

移任长洲县，孤帆冒雨行。
全家随逆旅，一夜泊江城。
身世漂沦极，功名早晚成。
惟当泥尊酒，得丧任浮生。

移任长洲县，穷秋入水乡。
江涵千顷月，船载一篷霜。
竹密藏鱼市，云疏漏雁行。
故园渐迢递，烟浪白茫茫。

移任长洲县，辞亲泪落衣。
折腰虽未晚，首搔欲何归？
晓月霜华重，晴山栗叶飞。

江头鸥鸟在，应怪不忘机。

移任长洲县，沿流渐入吴。
见碑时下岸，逢店自微酤。
野庙连荒冢，江禽似画图。
高堂从别后，应梦宿菰蒲。

——《吴郡志》卷三十七

这五首诗将路上的风景和心中的思绪写出来，从"冒雨行""入水乡"到"渐入吴"。诗人带着家眷，一路风霜，日夜兼程，看见眼前的风景，不免想起辞亲泪落的情景，远别高堂，含有离别之情。

宋时，长洲县学设于此，县学迁移后，设忠烈祠，祀文天祥。明嘉靖二十年（1541），县学迁至新址，此处即称"旧学前"。同年，由苏州巡抚饶天明倡议，将长洲县学旧址改建为忠烈祠，祀南宋丞相、信国公、前平江府知府文天祥。祠内墙壁上嵌有文天祥的《正气歌》，系文徵明所书。万历四十三年（1615），知县胡士容与文徵明的曾孙文震孟协商，将祠堂修葺一新。清乾隆三十一年（1766），御赐"正气成仁"匾额。光绪十四年（1888），重修信国公祠碑。

忠烈祠

清·张大纯

燕市宁如吴市宽，南冠岂复羡皇冠。
只今庙祀还如旧，要与千秋烈士看。

——《百城烟水》卷三

调丰巷，位于宫巷南端西侧。明卢熊《苏州府志》作"条坊巷"。同治《苏州府志》云："调丰巷，宫巷西，旧名'条坊巷'。""条"，绳子也。旧时，打草绳是吴中的家庭手工业，巷内居民业此者较多，故称"条坊巷"，后讹"调丰巷"。南宋时，诗人郑思肖居此巷内。郑思肖（1241—1318），字忆翁，号所南，福州连江（今属福建）人。太学生。宋亡后，改名和字号，寓不忘宋室之意。终身不娶，隐居苏州，其额曰"本穴世界"。以"本"字之"十"置"穴"中，即大宋，号三外野人。郑思肖精于画兰，入元后，他画的兰花均不画根，以示国土被夺。所作诗歌，多怀念宋室，浮沉而悲凉。著有《一百二十图诗集》《郑所南先生文集》《国香图卷》等。

德祐元年（1275）十二月，他作《陷虏歌》（又名《断姿歌》），记载了元军攻陷苏州城后的罪行,成为一首血泪诗史。

陷虏歌(节选)
宋·郑思肖

德祐初年腊月二,逆臣叛我苏城地。
城外荡荡为丘墟,积骸飘血弥田里。
城中生灵气如蛰,与贼为徒廿六日。
……
我忆我父教我者,日夜滴血哭成颠。
我有老母病老病,相依为命生余生。
欲死不得为孝子,欲生不得为忠臣。
痛哉擗胸叫大宋,青青在上宁无闻。

——《心史·大义集》

元兵攻陷苏城后,不久即新春,他写了《德祐二年岁旦二首》(题下自注:"时逆虏未犯行在")。

德祐二年岁旦二首
宋·郑思肖

力不胜于胆,逢人空泪垂。
一心中国梦,万古下泉诗。
日近望犹见,天高问岂知?
朝朝向南拜,愿睹汉旌旗。

有怀长不释,一语一酸辛。
此地暂胡马,终身只宋民。
读书成底事?报国是何人?
耻见干戈里,荒城梅又春。

——《心史·大义集》

他写了一辑《锦钱余笑》古风诗,计二十四首,每首都是五言八句。大量运用口语、方言入诗,饶有风趣。有的作品对诗人的自我形象作了生动写照。

锦钱余笑二十四首（选二首）
宋·郑思肖

晚年阒闷国，侨寓陋巷屋。
屋中无所有，事事不具足。
终不借人口，伸舌觅饭吃。
从此大恣纵，骂人笑吃吃。

佯狂真佯狂，踏碎东风影。
一任东风吹，花意乱不定。
闹闹人丛中，人人唤不应。
借问老先生，莫教是姓郑？

——《所南诗集》

郑所南宅
清·姚承绪

所南古遗民，大节在心史。
侨寓乐桥巷，旧迹不可指。
江山汉腊存，歌哭楚骚似。
兰草思灵均，深用践土耻。
风雨蔽一橼，寄食半竺氏。
盟言大义申，中兴纪甲子。
所惜孤臣心，枯如瞽井水。
同时陆谢张，艰难存赵祀。
崖山捻冷灰，海角一息视。
完璧计难全，攀髯情曷已。
先生较诸公，曾未膺禄仕。
慷慨矢奇节，哀音杂变徵。
倘假尺寸权，定建义旗起。
文山正气歌，与君同不死。

——《吴趋访古录》卷三

卫道观前，位于平江路中段西侧。明卢熊《苏州府志》作"会道观巷"。16号即卫道观，一名"会道观"，巷以观名。史载：卫道观，始建于元代初，为蜀人邓道枢游吴时所建。明弘治中，由法师张复淳重建，祝枝山有记。嘉靖二十年（1541），由邑令吴世良重建，更名"卫道观"，严讷有记。清康熙五年（1666），法师周弘教重开山，扩建堂宇，鼎建三清大殿，东为东华堂，为申文公（时行）读书处；西为西华堂，由王太常时敏书额。卫道观颇具规模，为苏州九观之一。

申时行（1535—1614），字子默，号瑶泉，晚号休休居士。长洲（今江苏苏州）人。明嘉靖四十一年（1562）状元。授修撰，掌翰林院事。官至吏部尚书、建极殿大学士，成为朝廷首辅。他为相九年，太平无事，世称"太平宰相"。

申时行做官后，多次重访卫道观，留有诗作。

重游卫道观
明·申时行

青毡忆昔傍丹丘，此日重来胜地幽。
别去不知金灶冷，归来仍伴赤松游。
萤囊照夜看犹在，鹤驭乘云逝不留。
漫为朱颜求大药，且教白首卧沧洲。

——《百城烟水》卷三

重过卫道观悼周云岫法师
清·徐崧

五千传后玄言尽，谁与人间一指迷？
月到讲台钟渐歇，春来仙院鸟频啼。
白云影里挥松尘，翠岫光中曳杖藜。
今日重游君不见，洞房尘锁草萋萋。

——《百城烟水》卷三

七姬庙弄，北接前庙巷，因巷内有七姬庙而得名。七姬庙，建于明代。相传，吴王张士诚之婿潘元绍，有妾七人，即程氏、翟氏、徐氏、罗氏、卡氏、彭氏和段氏，皆姿容绝世，工词章，善刺绣。朱元璋攻打苏州，兵临城下，潘元绍自知即将败亡，遂用语言激励诸姬，说："敌兵攻城，城破奈何？"诸姬为保全名节，愿一起死于夫前。段氏先自缢死，其余六人也自缢身亡。明嘉靖年间，由知府胡缵宗建庙，塑七人像以祀之，名"七姬庙"。庙门外有"七姬一节"匾。明嘉靖四年（1525），知府胡缵宗题联曰"三吴昭七烈，一死足千秋"。尚书吴宽题匾额"气凛璇晖"。清康熙二十四年（1685），巡抚汤斌题联曰："死者不愧,转怜其生;一姬难见,而况有七。"郡绅贝墉辑有《七姬咏林》行世。

吊七姬冢
明·高启

叠玉连珠弃草根,仙游应逐马嵬魂。
孤坟掩夜香初冷,几帐留春被尚温。
佳丽总伤身薄命,艰危未负主多恩。
争妍无复呈歌舞,寂寂苍苔锁院门。

——《大全集》卷十五

吊七姬墓
清·盛锦

烽烟一夕逼金阊,列屋蛾眉尽洗妆。
大义分明归视死,小星三五夜争光。
魂游月榭常联袂,花发春坟有众香。
却恨降幡他日树,九原无处觅潘郎。

——《吴王张士诚载记》卷五

七姬庙弄
当代·潘君明

兵压苏城元绍慌,巧言逼迫七姬亡。
可怜妇女重贞节,缕缕香魂入庙堂。

——《苏州街巷史话》

海红坊,位于西麒麟巷北面,又名"海弘坊",因巷内曾有海弘寺而得名。明卢熊《苏州府志》作"海红花巷"。据传,巷内曾有海棠树,十分名贵,名"海红",故以巷名。

相传,明末清初文学批评家金圣叹曾住海红坊。因一场"哭庙案",他被送入死牢中。行刑当日,金圣叹神色自若,高声吟道:

天悲悼我地亦忧,万里河山带白头。
明日太阳来吊唁,家家户户泪长流。

吟罢刀光一闪,才华横溢、不畏权贵的一代文坛巨星陨落了,随后便是全家充军,包括海红坊住所在内的财产被悉数充公。

传芳巷,位于娄门内娄门横街西。相传,明代文学博士方孝孺曾居此巷内。方孝孺(1357—1402),字希直,一字希古,号逊志。人称"正学先生"。浙江宁海人。洪武二十五年(1392)以荐擢汉中教授。惠帝即位,召为翰林侍讲学士,后为文学博士。修《太祖实录》,为总裁。建文四年(1402),燕王朱棣入京即帝位(成祖),要他起草即位诏书,他拒不草诏并以丧服哭殿。成祖大怒,杀之,并诛其十族。百姓很敬重他,将他所居之巷名"传芳巷",意谓"方(芳)"要流传百世。方孝孺著有《逊志斋集》。今选录其诗若干首如下:

谈诗五首
明·方孝孺

举世皆宗李杜诗,不知李杜更宗谁。
能探风雅无穷意,始是乾坤绝妙词。

前宋文章配两周,盛时诗律亦无俦。
今人未识昆仑派,却笑黄河是浊流。

发挥道德乃成文,枝叶何曾离本根。
末俗竞工繁缛体,千秋精意与谁论。

大历诸公制作新,力排旧习祖唐人。
粗豪未脱风沙气,难诋熙丰作后尘。

万古乾坤此道存,前无端绪后无垠。
手操北斗调元气,散作桑麻雨露恩。

——《逊志斋集》卷二十四

感旧九首(选三首)
明·方孝孺

雄文不见林公辅,病眼荒荒何处开。
将相亦输天上乐,多情莫向世间来。

杯酒论心有几人，天台张谷旧相亲。
近来诗句多奇语，书比藏真更绝伦。

精通八法杨文遇，暗诵五经陈用中。
挥翰天庭应独步，忍饥村巷欲成翁。
——《逊志斋集》卷二十四

史家巷，位于临顿路北段西侧。《吴门表隐》云："史家巷，明乡贤史鉴宅。"史鉴（1434—1496），字明古，吴江人。于书无所不读，尤熟于史，并深究钱谷水利之事。家居水竹幽茂，亭馆相通，十分雅致。客人来了，他拿出秦汉时代的器物，以及唐宋以来的书画名品，共同欣赏把玩。他爱穿古代服饰，拖着布鞋，摇着拂尘，望之如若神仙。他着力于诗文写作，雄深古雅，别具风格，人称"西村先生"。著有《西村集》《西村杂言》。史氏喜藏书。《池北偶谈》云："史兆斗，字辰伯，吴江人。处士明古（鉴）之后，徙居长洲。博雅多藏书……康熙初卒，年八十余。汪苕文曰：'此翁死，吴中文献绝矣。'"

藏书纪事诗
清·叶昌炽

亭馆相通旁五湖，衣冠如见列仙图。
自从西史薪传歇，文献飘零怅我吴。
——《藏书纪事诗》卷二

大儒巷，位于临顿路南段东侧。古名"大木巷"，又名"大树巷"。清同治《苏州府志》："大儒巷，因王敬臣得名。"王敬臣在家开馆讲学，先后收有门生四百余人，桃李满天下，是个极具风采的人物。

巷内有古昭庆寺，创建于元天历元年（1328），明代洪武初并归北禅寺，后废败为王姓庭园。清光绪三十三年（1907）在此设立元和县高等小学堂。经修复后，成为苏州市控保建筑，现为苏州图书馆姑苏区昭庆寺分馆。

病中怀吴中诸寺七首·昭庆寺寄守山
明·文徵明

搔首长安望阖闾，风烟漠漠九秋余。
正思黄叶南朝寺，忽把飞云慧远书。
东壁磨碑知有待，北窗悬榻竟何如。

自怜白首无裨补,虚弃闲缘卧直庐。

——《甫田集》卷十

复昭庆寺·调寄天仙子

明·黄承圣

慨自名蓝当日废,算来百载沧桑异。庵居尚有石台存,芰乱竹,经营始,爱憩十围银杏树。　三四衲僧携供具,佛火经声斜照里。茶烟翠映竹间房,乘愿力,分明是,试看虞黄两碑记。

——《百城烟水》卷三

东北街,位于娄门内。178号为拙政园。其地原为元代的大弘寺。明正德四年(1509),御史王献臣在此建拙政园。王献臣(1469—?),字敬止,号槐雨,吴县(今江苏苏州)人。弘治六年(1493)进士,授职行人,迁为监察御史。因官场失意,罢官后回到苏州,精心营建这座园林,取晋代潘岳《闲居赋》"筑室种树,逍遥自得。池沼足以渔钓,春税足以代耕。灌园鬻蔬,以供朝夕之膳……此亦拙者之为政也"之意,名"拙政园"。

拙政园占地面积5.195万平方米,规模宏大,为全国四大名园之一。园分东、中、西三个部分。总体布局以水池为中心,各式楼阁亭轩,皆临水而建,清新幽雅,平淡自然,如诗如画,境界深远。共有堂、楼、亭、轩等31景,形成以水为主,疏朗平淡、近乎自然的风格。嘉靖十二年(1533),文徵明依园中景物绘图31幅,各有配诗,并作《王氏拙政园图记》。王献臣死后,其子一夜豪赌,将园林输与他人。此后,园林屡易其主,以致荒废。1952年整修后对外开放。1997年,拙政园作为苏州古典园林典型例证,被联合国教科文组织列入《世界遗产名录》。

文徵明绘有《拙政园三十一景图》,各有配诗。今选六首:

若墅堂,在拙政园之中,园为唐陆鲁望故宅,虽在城市而有山林深寂之趣。昔皮袭美(袭美即唐代诗人皮日休)尝称,鲁望所居,"不出郛郭,旷若郊墅",故以为名。

会心何必在郊垧,近圃分明见远情。
流水断桥春草色,槿篱茅屋午鸡声。
绝怜人境无车马,信有山林在市城。
不负昔贤高隐地,手携书卷课童耕。

梦隐楼，在沧浪池之上，南直若墅堂，其高可望郭外诸山。君尝乞灵于九鲤湖，梦隐的"隐"字，及得此地，为戴颙、陆鲁望故宅，因筑楼以识。

> 林泉入梦意茫茫，旋起高楼拟退藏。
> 鲁望五湖原有宅，渊明三径未全荒。
> 枕中已悟功名幻，壶里谁知日月长。
> 回首帝京何处是，倚栏惟见暮山苍。

倚玉轩，在若墅堂后，傍多美竹，有昆山石。

> 倚楹碧玉万竿长，更割昆山片玉苍。
> 如到王家堂上看，春风触目总琳琅。

小飞虹，在梦隐楼之前，若墅堂北，横绝沧浪池中。

> 雌蜺连蜷饮洪河，落日倒影翻晴波。
> 江山沉沉时未雯，何事青龙忽腾骞。
> 知君小试济川才，横绝寒流引飞渡。
> 朱栏光炯摇碧落，杰阁参差隐层雾。
> 我来仿佛踏金鳌，愿挥尘世从琴高。
> 月明悠悠天万里，手把芙蓉照秋水。

待霜亭，在坤隅，傍植柑橘数本，韦应物诗云"洞庭须待满林霜"，而右军《黄柑帖》亦云："霜未降，未可多得。"

> 倚亭嘉树玉离离，照眼黄金子满枝。
> 千里勤王苞贡后，一年好景雨霜时。
> 向来屈傅曾留颂，老去韦郎更有诗。
> 珍重主人偏赏识，风情原许右军知。

嘉实亭，在瑶圃中，取山谷古风"江梅有嘉实"之句，因次山谷韵。

> 高人夙尚志，脱冠谢名场。
> 中心秉明洁，皎然秋月光。

有如江梅花，枝槁心独香。
人生贵适志，何必身岩廊。
不见山木灾，牺樽漫青黄。
所以鼎中实，不受时世尝。
曾不如苦李，贪生衢路旁。
恻恻不忍置，悠悠心自伤。

寄王侍御敬止
明·王宠

宫袍错落紫麒麟，曾是先皇侍从臣。
海外文章传谏草，天南魑魅识星辰。
荆蛮流寓真吾土，燕赵悲歌见右人。
绿水名园春更好，挈壶花下伴垂纶。

——《雅宜山人集》卷六

园内有山茶花，极为名贵，花开鲜妍，远近闻名，诗人多咏之。

咏拙政园山茶花
清·吴伟业

拙政园，故大弘寺基也。其地林木绝胜，有王御史者侵之，以广其宫。后归徐氏最久。兵兴，为镇将所据。已而海昌陈相国得之，内有宝珠山茶三四株，交柯合理，得势争高；每花时，钜丽鲜妍，纷披照瞩，为江南所仅见。相国自买此园，在政地十年不归，再经谴谪辽海，此花从未寓目。余偶过太息，为作此诗。他日午桥、独乐，定有酬唱，以示看花君子也。

拙政园内山茶花，一株两株枝交加。
艳如天孙织云锦，颓如姹女烧丹砂。
吐如珊瑚缀火齐，映如蟢蛛凌朝霞。
百年前是空王宅，宝珠色相生光华。
长养端资鬼神力，优昙涌现西流沙。
歌台舞榭从何起，当日豪家擅同里。
苦夺精蓝为玩花，旋抛先业随流水。
儿郎纵博赌名园，一掷留传犹在耳。
后人修筑改池台，石梁路转苍苔履。
曲槛奇花拂画楼，楼上朱颜娇莫比。

千条绛蜡照铅华，十丈红墙饰罗绮。
斗尽风流富管弦，更谁瞥眼闲桃李。
齐女门边战鼓声，入门便作将军垒。
荆棘从填马矢高，斧斤勿剪莺簧喜。
近年此地归相公，相公劳苦承明宫。
真宰阳和暗回斡，长安日日披薰风。
花留金谷迟难落，花到朱门分外红。
独有君恩归未得，百花深锁月明中。
灌花老人向前说，园中昨夜零霜雪。
黄沙渐渐动人愁，碧树垂垂为谁发？
可怜塞上燕支山，染花不就花枝殷。
江城作花颜色好，杜鹃啼血何斑斑！
花开连理古来少，并蒂同心不相保。
名花珍异惜如珠，满地飘残胡不扫？
杨柳丝丝二月天，玉门关外无芳草。
纵费东君着意吹，忍经摧折春光老！
看花不语泪沾衣，惆怅花间燕子飞。
折取一枝还供佛，征人消息几时归？

——《梅村集》卷七

游吴氏园（二首）

清·石韫玉

携杖寻春到北园，无边芳草绿温暾。
偶然一树桃花发，便有游蜂不住喧。

平湖相国挂冠还，小筑幽栖北郭闲。
猿鹤莫嫌冠盖客，士师原在逸民班。

——《独学庐四稿》卷四

游复园

清·朱临

开径风流几度经，诛茅新辟此园亭。
环池曲水当春绿，叠石苔纹遇雨青。
坐近好花香不散，客来娇燕语初停。

凭栏忘却栖尘市，一任斜阳下竹扃。

——《平江区志》第二十三卷

王献臣家亦藏书。王氏败后，书籍散失。《平津馆鉴藏书籍记》云："《经籍考》，有'吴门王献臣家藏书印''诗礼传家''王氏图书子子孙孙永宝之''虞性堂书画印'四朱记。"

藏书纪事诗
清·叶昌炽

萱荜何如打马图，可怜一喝未成卢。
空为子子孙孙计，已共名园付博徒。

——《藏书纪事诗》卷二

悬桥巷，位于临顿路中段东侧。清末民初作"苑桥巷"。悬桥，旧作"县桥"，因在长洲县治之东，故名。明王鏊《姑苏志》云："县桥，长洲旧县治东，故又名'县东桥'。"俗名"石底桥"。民国《吴县志》云："悬桥巷，古名'迎春巷'。"《宋平江城坊考》案："迎春巷，一名'初春巷'，明万历中，有初亭者尝任吴县主簿，见《职官表》，特不知同居此里之春氏为何许人耳。"

巷内多深宅大院，官宦人家。明崇祯举人郑敷教居此巷内。郑敷教（1596—1675），字士敬，号桐庵。长洲（今江苏苏州）人。曾入复社，与杨廷枢齐名。著有《周易广义》《郑桐庵笔记》等。

27、29号原为晚清状元洪钧故居。洪钧（1839—1893），字陶士，号文卿，吴县（今江苏苏州）人。同治七年（1863）状元，授翰林院修撰。曾出使俄、德、荷、奥等国，是清代著名的外交官。官至兵部左侍郎，总理各国事务衙门行走。洪钧曾娶名妓赛金花（原名赵彩云、傅彩云）为妾，并带她出使外国。他们共同生活了约六年时间，清末四大谴责小说之一《孽海花》，即以他俩的生活经历为依据演义而成。

44号原为回真观，宋咸淳二年（1266）建，供奉吕祖。吕祖即吕洞宾，自称回道人。后增建三元阁、文昌阁、关帝殿。

赠周友莲炼师
明·李实

古圣没已久，三教多失真。
区区学步徒，识者为酸辛。

吾善友莲子，心虔致明神。
仙宫耀金碧，海鹤栖松筠。
祷雨雨弥野，催花花散茵。
期分洞天液，会我同千春。

——《百城烟水》卷三

寄怀友莲师
明·申诒芳

餐霞子，香案臣，谪来人世苦埃尘。
蓬岛觅伴不可得，仙侣乃在咫尺之回真。
须眉郁苍茂叔裔，目若悬珠曼倩伦。
身披紫烟衣，头着华阳巾。
有时掩户云垂幕，有时卧石花铺茵。
醉我中山千日酒，不顾帝傍玉女嗔。
一朝鸾鹤瑶京至，两人拍手大笑同飞身。

——《百城烟水》卷三

清代藏书家黄丕烈居此巷内。黄丕烈（1763—1825），字绍武，乾隆五十三年（1788）举人。喜藏书，室曰"百宋一廛"，有《百宋一廛书录》一卷。同治《苏州府志》记载黄丕烈购得宋刻本百余种，"学士顾莼颜其室曰'百宋一廛'"。

藏书纪事诗
清·叶昌炽

得书图共祭书诗，但见咸宜绝妙词。
翁不死时书不死，似魔似佞又如痴。

——《藏书纪事诗》卷五

曹家巷，位于中街路北段高师巷北侧。《宋平江城坊考》引冯《志》云："文温州林宅，在三条桥西北曹家巷，中有停云馆。子待诏徵明亦居此。所勒《停云馆》十二种，世甚珍之。"文徵明（1470—1559），初名壁，字徵明，以字行，号衡山居士。长洲（今江苏苏州）人。明正德末，以岁贡生赴吏部试，授翰林院待诏，不久即辞官归里。文徵明善诗文书画，工行草，精小楷，亦善花卉、人物。他名重当代，学生甚多，形成了"吴门画派"，与沈周、唐寅、仇英合称为"明四家"。他能诗善文,与唐寅、祝允明、徐祯卿合称"吴中四才子"。著有《甫田集》。

重葺先庐履仁有诗奉答一首
明·文徵明

基构百年谋,依然四壁秋。
庭阴分柳色,檐影带云流。
客到从题凤,余生本类鸠。
稍令供燕祭,此外复何求?

——《文氏五家集》卷五

自文徵明建停云馆后,一直由他的孙辈居住。文徵明玄孙文枏,有诗纪之。

复归停云故里
明·文枏

问讯今何夕?依然是旧庐。
虽无三径竹,尚有半床书。
老桂香犹在,幽兰叶未疏。
深思当日事,此后复何如?

——《百城烟水》卷二

停云馆植有牡丹,牡丹盛开时,文人雅士观者甚多。

停云馆看牡丹同灌溪李侍御
明·金俊明

宿雨初收酿绿阴,停云旧馆共招寻。
名花还悦高人目,静对已殊酣赏心。
几度饯春常此日,独余新月照微吟。
筵前却喜无歌舞,不遣香魂叹夜深。

——《百城烟水》卷二

白塔东路,位于古城东部,东至东园,西至临顿路。原为东白塔子巷,东有白塔子桥。《红兰逸乘》:"白塔子巷,有白塔,雕刻佛像,今在人家壁中。"由此名"白塔子桥",巷以桥名。清乾隆《苏州府志》作"东白塔子巷"。民国

《吴县志》复作"白塔子巷"。后改今名。

白塔东路60号为北半园,即陆氏半园,始为清顺治年间沈世奕所筑,咸丰年间道台、安徽人陆解眉扩建,取名"半园"。有半亭、半波舫,且住为佳等景观。因在古城之北,为与仓米巷史氏半园作区别,故称"北半园"。半园中有怀云亭,不同于苏州园林中的诸多半亭,多是倚靠一墙而建,这座亭子建在两墙相交的角部,实在是"半中之半"。

秋过怀云亭访周雪客·调得踏莎行
清·徐崧

径点苍苔,墙遮翠柳。闲亭面面开疏牖。不知城市有山林,谢公丘壑应无负。　　为叩名园,欢寻良友。十年梦寐今携手。麈谈相对欲披襟,庭花细落茶香后。

——《百城烟水》卷三

《题北半园》(三首)
当代·潘君明

题半亭

半隙泥丸半靠墙,半张石桌飘茶香。
半亭面对半园竹,半是清风半是凉。

题半波舫

半塘池水半波舫,半是敞开半隐藏。
半解缆绳为那般,留恋老巢不开航。

题且住为佳

莫看简陋数间房,几净窗明日月光。
且住为佳心意足,遮风避雨即安康。

南显子巷,位于临顿路南段东侧。古代,这里为显贵居住的地方,故有此名。

明嘉靖年间,归湛初建园,俗称"归氏园"。后归胡汝淳,取名"洽隐山房",又称"洽隐园"。园内多美石,有"小林屋洞"之誉,石洞幽深,玲珑剔透,可与环秀山庄的假山相媲美。清顺治六年(1649),为韩馨所得,重加修葺,取名"洽隐园"。同治年间,李鸿章抚苏,置为安徽会馆,取名"惠荫园",

有惠荫八景,即柳荫系舫、松荫眠琴、屏山听瀑、林屋探奇、藤崖仁月、荷岸观鱼、石窦收云、棕亭霁雪。

游洽隐园(二首)
清·袁学澜

虎窟尘兵战斗回,名园重认劫余灰。
图书散佚倪清闲,松石流传社党魁。
槐国衣冠成幻梦,云台勋绩着奇才。
于秋俎豆留吴苑,甲马灵旗月夜来。

屡楼不隔远山青,往事开寻草满庭。
三友名高争绮角,半州豪去散谭邢。
壶觞时集浓春赏,花石犹余战血腥。
无限虫沙沉浩劫,一庵香火奉神灵。

——《苏台揽胜百咏》

惠荫花园
现代·蒋吟秋

园称惠荫费经营,水里假山最有名。
入洞下垂钟乳石,登高一线指光明。

——《吴中耆旧集续编》

民国时期,惠荫园为从云小学,由侠女施剑翘任校长。施剑翘(1906—1979),安徽桐城人。父施从滨,曾任山东省军务帮办兼第一军军长,为军阀孙传芳所害。她为报父仇,刺杀孙传芳后被捕,自料必死,写有绝笔诗。

狱中吟七绝(二首)
现代·施剑翘

血染佛堂经染腥,身投法院甘受刑。
亲仇已报无遗憾,犹想萱堂老寿星。

得报亲仇恨已消,芳兰总有一时凋。
从今拜剐萱堂去,一点灵犀上九霄。

——天津《益世报》1935年12月10日

后由宋庆龄等设法将她救出。"文革"中,园景遭到破坏。2003年修复,现由苏州市第一初级中学校使用并保护。

小新桥巷,位于娄门内仓街北端东侧。其处有小新桥,巷用桥名。清末,安徽巡抚、署两江总督沈秉成辞官后来到苏州,营建宅第,名"耦园"。俞樾《安徽巡抚沈公墓志铭》曰:"侨寓吴中,购得娄门某氏废园而修葺之,有泉石之胜。时继配严夫人已来归,工丹青,娴词赋。公遂名其园曰'耦园',相与啸咏其中,有终焉之志。"

耦园占地8000平方米,建成东西两园及中部住宅区。耦通"偶",园名由沈秉成诗"何当偕隐凉山麓,握月担风好耦耕"句意。景点有:留云岫、桃屿、城曲草堂、受月池、宛虹杠、山水间水阁、听橹楼、魁星阁等。沈秉成与妻严永华均能诗,两人常相唱和。

耦园落成纪事
清·沈秉成

不隐山林隐朝市,草堂开傍阃同城。
支窗独树春光锁,环砌微波晚涨生。
疏傅辞官非避世,阆仙学佛敢忘情。
卜邻恰喜平泉近,问字车常载酒迎。

——《晚晴簃诗汇》卷一百五十五

耦园落成和韵
清·严永华

小歇才辞黄歇浦,得官不到锦官城。
旧家亭馆花先发,清梦池塘草自生。
绕膝双丁添乐事,齐眉一室结吟情。
永春光下春长在,应见蕉阴老鹤迎。

——《清代闺阁诗集萃编·纫兰室集》

题沈仲复秉成同年鲽砚庐图
清·李鸿裔

十二轻鸾卅六鳞,江东渭北证前因。
玉堂试草翻新样,镜槛簪花出富春。
虹月一窗书博士,鸥波三绝管夫人。

不烦汉洗徵嘉语,文猱联翩见凤麟。

——《苏邻遗诗》卷下

南石子街,位于平江路中段东侧。原为泥土路,用碎石子铺街后得名。12号原为清军机大臣潘祖荫故居。潘祖荫(1830—1890),字伯寅,号郑庵,吴县(今江苏苏州)人。状元宰辅潘世恩之孙。父潘曾绶,官至内阁侍读,封光禄大夫。潘祖荫咸丰二年(1852)进士,官至军机大臣。他学问广博,涉猎百家,精通经史,工书法,懂金石,还是位文学家、藏书家。家中珍宝分室存放,署额有"滂喜斋""攀古楼""澄怀堂""金石录十卷人家"等。所藏图书、金石之富,甲于吴中,名闻南北。著有《滂喜斋读书记》《滂喜斋丛书》等。后裔潘承厚(1905—1943),字温甫,号少卿、蘧庵。喜观赏古董字画。与其弟潘承弼(字良甫,号景郑)从事搜集图书工作,持续十余年,达三十万卷,将藏书楼取名"宝山楼",为全国近代著名藏书家之一。编有《明清藏书家尺牍》《明清两朝画苑尺牍》等。画作有《蘧庵遗墨》等。

藏书纪事诗

清·叶昌炽

雷塘弟子追成录,雪苑宾僚忆赋诗。
犹是羽陵亲到处,不堪东阁再窥时。

——《藏书纪事诗》卷六

东麒麟巷,位于平江路北段东侧。古名"骑龙巷"。有两种传说:一说附近有一深潭,曰"龙潭"。潭内有数百条鲤鱼来朝,在神话传说中,鲤鱼可化为龙,人可乘龙上天,故名"骑龙巷"。另一说明洪武年间,潭中有孽龙为患,里人沈道基延承天寺名僧驱之,并在潭前建水神庙,以镇孽龙。后因谐音关系,将"骑龙"误为"麒麟",俗名"麒麟巷"。巷内原有寄叶庵,清康熙初,释等轮舍宅建,郑敷教、金俊明皆有记。

寄叶善达禅师发愿起殿延允持法师演法华过访有赠

清·徐崧

扩宅为兰苦,禅林出一枝。
巷偏流水近,门旷夕阳迟。
养母心能了,谈经句合知。

法华如转得，会见叶如滋。

——《百城烟水》卷三

巷内有顾氏藏书处。《藏书纪事诗》引《棠阴比事》："藏试饮堂顾氏。顾名珊，号听玉。余素与之好，其所藏间亦归余。"许廷鏶《顾可潜先生墓志铭》："先生讳若霖，字雨时，别号可潜。诗歌古文外，兼工书法绘事。晚年留心内典，喜谈禅，又号不淄道人。"其孙于山，皆喜藏书。

藏书纪事诗
清·叶昌炽

唐书宰相世系表，史游姓氏急就篇。
华阳仙裔牵连录，犹及斯文未坠年。

——《藏书纪事诗》卷四

西麒麟巷，位于长春巷之北。原名"许蕴子巷"。同治《苏州府志》云："许蕴子巷，在陆侍郎桥东，今名'麒麟巷'。"许蕴子，宋人，名洞，字洞天，蕴子是其号。许为乡里名贤，以文辞称于吴，尤精《左氏春秋》。宋人笔记《中吴纪闻·卷第一·许洞》云："许洞，太子洗马仲容之子，登咸平三年（1000）进士第。平生以文章自负，所著诗篇甚多，当世皆知其名。欧阳文忠公尝称其为'俊逸之士'。所居惟植一竹，以表特立之操。吴人至今称之曰：'许洞门前一竿竹。'"后因平江路上有东麒麟巷，此巷即称"西麒麟巷"。巷内古迹较多，旧有月驾园，为明人皇甫汸构筑，有亭沼林石之胜。还有祇园庵。

祇园（二首）
释本宏

吴国莲华寺，为园已寂寥。
阑残几片石，错落数闲寮。
凿岸通池水，接人设板桥。
暂来投破笠，物外得逍遥。

一从谋野处，渐喜远尘忙。
身老宜闲散，情空合混茫。
高梧荫井冷，小雨歇荷香。

饮啄外无事，石旁坐日长。

——《百城烟水》卷三

祇园童和尚分惠洞庭莼菜陆仲元闻而见过有述

清·杨炤

吾生老五湖，未尝识莼菜。
少读张翰传，早已留意内。
如何须眉白，洞庭阻汪濊？
陆二擅济胜，策杖登临再。
莼羹宜久尝，况乃宿世爱。
陡闻小祇园，此物适见贵。
投袂过草堂，请得一盼睐。
呼儿急进羹，肥滑箸不耐。
两碗顿时尽，故作贪饕态。
猗嗟其味美，羊酪岂流辈？
鸡㙡及麻姑，庶或可作配。
吴侬习腥膻，此物竟茫昧。
垂老食指动，因缘固有在。
恨不雇长年，时弄轻舟载。
童公持金杵，众生大舂碓。
不遗门外汉，有心示玄诲。
贻此作醍醐，灌顶醒昏愦。
何当味无味？其味更万倍。

——《百城烟水》卷三

阊门下塘

五、西北片

泰伯庙前，位于阊门内下塘街北端，1972年并入阊门内下塘街。泰伯庙也称"至德庙"，原在阊门外，汉桓帝时由太守糜豹所建。吴越王钱镠移于城内，盖以避兵乱也。泰伯，一作"太伯"，周太王长子。周太王晚年，欲传位于少子季历。他和弟弟仲雍一起，率部分周人奔往江南梅里（今江苏无锡东南），从当地习俗，并传授耕作、筑城等技术，被推为君长，号曰"勾吴"，并在梅里建都。周灭商后，封其三世孙周章，改称"吴"，列为诸侯。旧时，庙前有石碑坊，横额"至德坊"，为光绪二年（1876）巡抚吴元炳所书。另有"归化""开吴"等坊，古朴庄严。又有泰伯庙后，1972年并入混堂弄19号。

历代诗人尊崇泰伯，去泰伯庙瞻仰或祭祀，并留下许多佳作，今略举数首。

泰伯庙
唐·皮日休

一庙争祠两让君，几千年后转清芬。
当时尽解称高义，谁敢教他荠卓闻？

——《松陵集》卷六

和袭美泰伯庙
唐·陆龟蒙

故国城荒德未荒，年年椒奠湿中堂。
迩来父子争天下，不信人间有让王。

——《松陵集》卷六

苏州十咏·泰伯庙
宋·范仲淹

至德本无名，宣尼一此评。
能将天下让，知有圣人生。
南国奔方远，西山道始亨。

英灵岂不在，千古碧江横。

——《范文正集》卷四

谒泰伯庙
宋·杨简

三以天下让，先圣谓至德。
某也拜庙下，太息复太息。
三辞不难知，泰伯无人识。
胡为无得称，万象妙无极。

——《慈湖遗书》卷六

泰伯庙前
当代·潘君明

泰伯开创吴地天，中华美德孝为先。
庙堂共建年年祭，至德高风代代传。

——《苏州街巷史话》

专诸巷，位于景德路西端金门口北侧。曾名"穿珠巷"。史载，春秋时刺杀吴王僚的专诸居家于此，一说墓葬于此，故名。专诸，吴国堂邑（今江苏南京市六合区北）人。伍子胥逃奔到吴国后与他相识，见他有万夫不当之勇，即与他结为好友，并将其推荐给公子光。当时，公子光未得王位，心中愤懑，即与伍子胥、专诸共商夺位之策。由公子光在家设宴，请吴王僚赴宴，专诸扮作厨师，手托鱼盘送上宴席，将藏在鱼腹内的短剑抽出，刺杀吴王僚。专诸也为吴王僚卫士所杀。公子光夺得了王位，即吴王阖闾，为表彰专诸的功绩，封他为上卿，将其葬于阊门内。后墓地荒废，居民建房，形成小巷，即以专诸作巷名。

明隆庆元年（1567），苏州知府蔡国熙认为：专诸为谋杀之士，是凶恶的象征，用他的姓名作巷名，实在不妥，遂改称"迁善巷"。清末民初，眼镜业由阊门外转移至专诸巷，专诸巷成为眼镜业的集中地，前店后坊，有眼镜店二十多家。

专诸巷歌
清·缪锦宣

吴俗昔强悍，轻生性所偏。
嗟哉彼专诸，同巷今犹传。

匕首才一出，长戟空满前。
遂成阖闾篡，永愧延陵贤。
要离踵其风，肢体先自捐。
其为伍胥嗾，妻孥祸更延。
杀身而不仁，志士奚取焉。
嘉名贤守锡，易俗善可迁。

——同治《苏州府志》

吴城杂咏十首·专诸里
清·顾嗣立

霜锷水凝光耀雪，鱼肠脱芒点点血。
烈士许人何惜死，世上不平谁似此。
吴太子，能得士。进专诸，王僚殪。
窟室交铍埋碧土，伍胥耕野深心苦。

——《闾丘诗集》卷一

专诸巷
清·沈季友

烈士昔烹鱼，英风起故墟。
行人春巷口，犹自问专诸。

——《学古堂诗集》卷三

春秋时期的要离墓在专诸巷。《吴越春秋》载：要离，春秋时著名刺客。他奉阖闾之命，成功刺杀庆忌，被葬于专诸墓旁。《百城烟水·卷一·苏州》："要离冢，在专诸巷西城上。"

要离墓
元·杨维桢

金阊亭下路，春草没荒丘。
云是要离冢，令人生古愁。
侏儿三尺余，不佩双吴钩。
中包猛士胆，白日照高秋。
恶死屠骨肉，视身若蜉蝣。
荆轲不了恨，庆忌成身谋。

如何五噫客，死与尔同俦？

——《吴都文粹续集》卷三十七

要离墓
明·高启

弱夫杀壮士，谁敢婴其怒？
今日古城边，耕人肆侵墓。

——《吴都文粹续集》卷三十七

要离墓
明·王宾

当日要离投庆忌，甘从驱使计谋深。
何如豫让能明白，羞效人臣怀两心。

——《吴都文粹续集》卷三十七

要离冢
明·彭孙贻

鬼火秋坟百草荒，石人古墓抱干将。
坏垣老树樵相护，镯土寒花侠自香。
游客买松添马鬣，侠流酹酒祭鱼肠。
生平一片酬恩骨，明月青天白似霜。

——《茗斋集》卷三

汉高士梁鸿死后，葬于要离墓旁。《吴郡图经续记》："汉梁鸿墓，在县西四里，要离墓北。《后汉书》云：'梁鸿，字伯鸾，扶风平陵人。娶同郡孟光，字德耀，共至吴，依皋伯通。'"

梁高士墓
明·王宾

忧国心多赋五噫，君王清问合寻思。
埋身客土终佣保，正在东京盛治时。

——《吴都文粹续集》卷三十七

阊门西街，位于阊门内，名为阊门西街，实在阊门之东。阊门，伍子胥建造阖闾城时即命名,为阖闾古城八门之一。《吴越春秋》记载:"立阊门者以象天门,通阊阖风也。"故名"阊阖门",简称"阊门"。又名"破楚门"。元高德基《平江纪事》云:"阊门,旧名'阊阖门'。阖闾时所名也。旧有重楼隔道,吴之丽谯也。夫从此门出兵伐楚,改曰'破楚门'。吴属楚,遂名'阊门'。"阊门,后来也成为苏州的代称。西晋文学家陆机有《吴趋行》诗,其中说到阊门之雄伟:"吴趋自有始,请从阊门起。阊门何峨峨,飞阁跨通波。重栾承游极,回轩启曲阿……"

　　阊门是苏州城最为繁荣、热闹的地方,明代,唐伯虎写的"翠袖三千楼上下,黄金百万水西东",说的就是阊门。而王世贞的六言诗《江南乐》,则是从多方面来描写阊门的繁荣。

江南乐
明·王世贞

亚字城西沽酒,桃花坞头放船。
春城处处啼鸟,寒食家家禁烟。
榜枻飘来罗带,幂羅抛却珠钿。
么童摄客施粉,姹女当炉数钱。
隙日金鳞拥钓,柔风玉骢垂鞭。
五陵侠客空老,何似阊门少年。

——《弇州四部稿》卷三十二

　　诗中有沽酒的,有放船的,有妇女戴着华丽首饰的,有小童代客施粉的,有少女当炉收钱的,有空闲垂钓的,有骑马扬鞭的,就是"五陵侠客"也比不上"阊门少年"。"五陵"原指西汉及唐代五位皇帝的陵墓,其处多富豪、外戚居住,被称为"陵县"。诗人李白有"五陵年少金市东,银鞍白马度春风"之句。诗的比喻十分浪漫,说明了阊门的富庶,正是"江南乐"也。

　　但阊门的繁荣,也曾遭到战争的破坏。这里且举一例。清代咸丰年间,太平军与清军交战,致使阊门中市自西及东的专诸巷、吴趋坊、天库前、周五郎巷等处的房屋尽为煨烬。诗人雷浚写有二首阊门诗,可见一斑。

阊门
清·雷浚

几年梦绕阊门柳,今到翻疑是梦中。
附郭楼台都瓦砾,入城巷陌半蒿蓬。

要离冢畔夕阳瘦,太伯桥边烟水空。
一昨喧阗今阒寂,飘零万户各西东。
　　　　　　　　——《道福堂诗草》卷三

阊门
清·雷浚
三年前没劫灰中,又见阊门气象雄。
荆棘山川狐拜月,绮罗城市马嘶风。
人心不改天休问,世态依然我且穷。
咫尺伯通桥在望,为寻高士汉梁鸿。
　　　　　　　　——《道福堂诗草》卷三

　　阊门是苏州的代称,唐代诗人白居易曾任苏州刺史,他经常带着歌妓出阊门去虎丘游乐,故称"风流太守"。歌妓泰娘曾住在阊门皋桥处。诗人沈愚的《阊门竹枝词》,就描述了这一景况。

阊门柳枝词(二首)
明·沈愚
小蛮能唱白家词,笑把纤腰斗柳枝。
愁绝樽前春未老,风流太守鬓成丝。

枝枝摇翠绾香车,占断春风日未斜。
记得皋桥旧游处,绿烟深锁泰娘家。
　　　　　　　　——《明诗综》卷二十五

　　阊门内下塘街,位于阊门内东中市北塘岸,因在城内第一横河下塘,故名。132号为福济观,俗称"神仙庙"。始建于南宋,内供八仙之一的吕洞宾。吕洞宾,名岩,号纯阳子,相传为京兆(今陕西西安)人,一传为河中(今山西永济)人。吕洞宾遇钟离权授以仙丹,得道成仙,自称"回道人"。传说四月十四为吕洞宾生日。旧时,是日举行庙会,商摊鳞次栉比,乡人摩肩接踵,热闹异常,谓之"轧神仙"。是日所购之物,均冠以"神仙"两字,如"神仙花""神仙帽""神仙乌龟"等。轧神仙之习俗代代相传,经久不息。
　　明代,苏州有多位朝廷重臣、画家、诗人与观主友好,他们常去观内聚会,留下了许多佳作,今举数例。

送罗友鹤道士南还
明·吴宽

独鹤翩翩下玉京,霜空无际趁秋晴。
久为玄学惭方士,亲向仙班谒上卿。
水岸曲通三岛僻,夜坛频礼七星明。
榴皮绕壁题诗满,归舆回仙又庆生。

——《百城烟水》卷二

题福济观古桧
明·王鏊

翘然百尺欲凌空,老干年深铁石同。
寿木世间知不少,托根何似得仙宫。

——《百城烟水》卷二

答文衡山
明·周以昴

相逢林下两无猜,林馆萧闲径有苔。
落尽野桃休怅望,先生不为看花来。

——《百城烟水》卷二

题友鹤轩二首之一
明·陈蒙

谁共悠悠物外心,相亲惟有一胎禽。
半生诗苦形同瘦,九转丹成道已深。
夜绕香烟听蕊笈,晓随萝径候孤琴。
腰缠不作扬州计,只在三山珠树林。

——《百城烟水》卷二

同朱望子过福济观赠姚玉纬炼师
清·徐崧

友鹤餐霞客思通,碧桃花坞有神宫。
笙吹斗阁三天上,药捣丹台四月中。
云水谁知王省干,尘埃难辨吕仙翁。

看君好客娴风雅，竹杖纱巾自不同。

——《百城烟水》卷二

忆江南
清·沈朝初

苏州好，生日庆纯阳。玉洞神仙天上度，青楼脂粉庙中香。花市绕回廊。

——《吴郡岁华纪丽》卷四

姑苏竹枝词（选一首）
清·袁学澜

福济喧游四月天，笋鞋争踏运千年。
神仙轧处香尘满，剩有归人拾翠钿。

——《吴郡岁华纪丽》卷四

吴趋坊，位于景德路黄鹂坊桥西堍北侧。坊的得名，源于古代的《吴趋曲》，是吴地人民歌唱吴地风情的歌曲。晋代文学家陆机和梁元帝萧绎均写有《吴趋行》，尤其是陆机的《吴趋行》，长达三十多句，描述了吴郡建筑雄伟、物产丰富、风俗淳厚、人才荟萃的盛况。

丁巳八月既望，集曾青藜吴趋客舍各以姓为韵
清·黄周星

天水年年各一方，相逢谁不话沧桑？
虎丘月好蘋初白，茂苑风高桂正黄。
久客元龙翻类狗，无家老凤尚求皇。
沟头蹀躞浑闲事，何日南皮再举觞？

——《百城烟水》卷二

吴趋坊
明·钱澄之

旅舍开尊亦偶然，同声唱和早流传。
荆高慷慨还资酒，程李动名不直钱。
大抵浩歌多失志，即教豪兴总余年。
怜余甫自苕溪至，邻附群贤续卷编。

——《百城烟水》卷二

吴趋坊
清·吴懋谦

短篷斜日客三吴，踽踽狂吟声唾壶。
老眼秋花双鬓落，乡心寒雨一灯孤。
西山薇蕨容贫士，南浦凫鹥认酒徒。
独有故人劳梦想，白头萧瑟半江湖。

——《百城烟水》卷二

吴趋坊
当代·潘君明

吴地人民爱唱歌，吴趋一曲抒心窝。
坊名古曲两相合，你唱我和逐逝波。

——《苏州街巷史话》

汤家巷，位于景德路黄鹂坊桥东堍北侧。此为汤姓人家久居之地，故名。南北朝时，有诗人汤惠休居此。汤惠休早年出家为僧，诗文写得极佳。梁武帝知道后，命他还俗为官，任扬州刺史。汤惠休写诗，与当时另一诗人鲍照同有名声，时称"休鲍"。李白《赠僧行融》诗云："梁有汤惠休，常从鲍照游。"汤惠休的诗文大多散失，仅存诗十一首。今录数首如下：

江南思
南朝宋·汤惠休

幽客海阴路，留戍淮阳津。
垂情向春草，知是故乡人。

——《乐府诗集》卷二十六

秋 风
南朝宋·汤惠休

秋风袅袅入曲房，罗帐含月思心伤。
蟋蟀夜鸣断人肠，长夜思君心飞扬。
他人相思君相忘，锦衾瑶席为谁芳。

——《乐府诗集》卷六十

怨诗行
南朝宋·汤惠休

明月照高楼，含君千里光。
巷中情思满，断绝孤妾肠。
悲风荡帷帐，瑶翠坐自伤。
妾心依天末，思与浮云长。
啸歌视秋草，幽叶岂再扬。
莫兰不待岁，离华能几芳。
愿作张女引，流悲绕君堂。
君堂严且秘，绝调徒飞扬。

——《乐府诗集》卷四十一

汤家后代繁衍，较知名的有：汤仲友，字端夫，号西楼。工诗，常年浪迹江湖，著有《北游诗集》。汤弥昌，字师言，号碧山，初为长洲、昆山县教谕，历鄱江、清献两书院山长，建康路学教授，转瑞安州判，致仕卒。著有《碧山类稿》。《西湖游览志》载有汤仲友《西湖诗》。

西湖诗
宋·汤仲友

山色湖光步步随，古今难画亦难诗。
水浮亭馆花间出，船载笙歌柳外移。
过眼韶华如去鸟，恼人春色似游丝。
六桥几见轮蹄换，取乐休辞金屈卮。

——《西湖游览志》卷二

西中市，位于阊门内，原名"皋桥西巷"。《宋平江城坊考》云："皋桥西巷……今西中市。"皋桥，原为木桥，后毁。清乾隆二十五年（1760）重修。因汉谏议大夫皋伯通宅第在桥堍而得名。隐士梁鸿，字伯鸾，受业于太学，博览群书，但他的工作是入上林苑牧猪。梁鸿为当地人所敬，回乡后娶孟光为妻，以耕织为业。梁鸿过京城时作《五噫之歌》。

五噫之歌
汉·梁鸿

陟彼北邙兮，噫！

顾览帝京兮，噫！
宫室崔嵬兮，噫！
人之劬劳兮，噫！
辽辽未央兮，噫！

——《后汉书·梁鸿传》

该诗讥讽统治者奢侈。皇帝闻而大怒。他改名易姓，与妻子隐居于齐鲁之间，后又来到苏州，隐居于皋伯通家的廊下。梁鸿当佣工舂米，深得妻子孟光的敬仰。孟光"举案齐眉"，奉上饭食，被后世传为佳话。

适吴诗
汉·梁鸿

逝旧邦兮遐征，将遥集兮东南。
心惙怛兮伤悴，忘菲菲兮升降。
欲乘策兮纵迈，疾吾俗兮作谗。
竞举枉兮措直，咸先佞兮唌唌。
固靡惭兮独建，冀异州兮尚贤。
聊逍遥兮遨嬉，缵仲尼兮周流。
倘云睹兮我悦，遂舍车兮即浮。
过季札兮延陵，求鲁连兮海隅。
虽不察兮光貌，幸神灵兮与休。
惟季春兮华阜，麦含英兮方秀。
哀茂时兮逾迈，愍芳香兮日臭。
悼吾心兮不获，长委结兮焉究。
口嚣嚣兮余讪，嗟恓恓兮谁留。

——《古诗纪》卷十三

民国二十四年（1935）拓宽街道，称"阊门大街"。后改为今名。

皋桥为苏州著名桥梁，历代诗人吟咏甚多。

皋桥
唐·皮日休

皋桥依旧绿杨中，闾里犹生隐士风。

惟我到来居上馆，不知何道胜梁鸿。

——《吴都文粹续集》卷三十五

皋桥
唐·陆龟蒙

横绝春流架断虹，凭栏犹想五噫风。

今来未必非梁孟，却是无人继伯通。

——《吴都文粹续集》卷三十五

此后，诗作甚多，举数首如下。

春夕同林若抚黄奉倩徐松之过皋桥
明·蒋之翘

市桥醉踏月光中，感慨犹存吊古风。

独往城南此分手，依人我亦似梁鸿。

——《百城烟水》卷二

登皋桥客吴能诗者各以姓氏口占一绝
清·徐崧

吴趋此日伯通谁？徐步桥边岁晏时。

老我一生松柏似，悠悠天地欲何之？

——《百城烟水》卷二

皋桥
清·汪撰

梁鸿旧庑没蓬蒿，春水汪洋涨市桥。

谁复异乡长赁宅，百花三月雨萧萧？

——《百城烟水》卷二

皋桥
清·张远

薄俗更张忆古风，超然千古向谁同？

不辞杵臼春吴市，今日何人是伯通。

——《百城烟水》卷二

相传,著名歌妓泰娘居于皋桥处。唐代诗人、苏州刺史刘禹锡曾作《泰娘歌并引》,写序加以说明。

泰娘歌并引
唐·刘禹锡

泰娘,本韦尚书家主讴者。初,尚书为吴郡,得之,命乐工诲之琵琶,使之歌且舞,无几何,尽得其术。居一二岁,携之以归京师,京师多新声善工,于是又捐去故技,以新声度曲,而泰娘名字往往见称于贵游之间。元和初,尚书薨于东京,泰娘出居民间,久之,为蕲州刺史张愻所得。其后愻坐事,谪居武陵郡。愻卒,泰娘无所归,地荒且远,无有能知其容与艺者,故日抱乐器而哭,其音焦杀以悲。雒客闻之,为歌其事,以续于乐府云。

泰娘家本阊门西,门前绿水环金堤。
有时妆成好天气,走上皋桥折花戏。
风流太守韦尚书,路傍忽见停隼旟。
斗量明珠鸟传意,绀幰迎入专城居。
长鬟如云衣似雾,锦茵罗荐承轻步。
舞学惊鸿水榭春,歌撩上客兰堂暮。
从郎西入帝城中,贵游簪组香帘栊。
低鬟缓视抱明月,纤指破拨生胡风。
繁华一旦有消歇,题剑无光履声绝。
洛阳旧宅生草莱,杜陵萧萧松柏哀。
妆奁虫网厚如茧,博山炉侧倾寒灰。
蕲州刺史张公子,白马新到铜驼里。
自言买笑掷黄金,月堕云中从此始。
安知鹡鸰鸟座隅飞,寂寞旅魂招不归。
秦嘉镜有前时结,韩寿香销故箧衣。
山城少人江水碧,断雁哀猿风雨夕。
朱弦已绝为知音,云鬓未秋私自惜。
举目风烟非旧时,梦寻归路多参差。
如何将此千行泪,更洒湘江斑竹枝。

——《刘宾客文集》卷二十七

调笑令·泰娘
宋·毛滂

隼旟珮马阊门西，泰娘绀幰为追随。
河桥春风弄鬓影，桃花髻暖黄蜂飞。
绣茵锦荐承回雪，水犀梳斜抱明月。
铜驼梦断江水长，云中月堕寒香歇。

香歇，袂红皱，记立河桥花自折。隼旟绀幰城西阙，教妾惊鸿回雪。　铜驼春梦空愁绝，云破碧江流月。

——《东堂词》

泰娘
元·宋无

太守风流宠泰娘，歌成乐府属刘郎。
一般女子皋桥住，底事无人咏孟光。

——《宋元诗会》卷七十三

泰娘引
清·吴翌凤

风流太守翻隼旟，城西五马行踟蹰。
凤箫隐隐载后车，泰娘自是倾城姝。
铜驼梦冷箫声歇，罗袂销香玉梳折。
皋桥无人吊花骨，露柳千丝泣凉月。

——《与稽斋丛稿》卷十四

景德路，位于金门内，东至人民路察院场。巷内有景德寺，建于晋咸和二年（327），原为散骑常侍王珣和他弟弟王珉的宅第，后兄弟俩舍宅建寺。路名由此而来。今94号为苏州府城隍庙，规模甚大。有牌楼、仪门、大殿等。景德路原为五条小巷，今王天井巷至中街路一段，原名"朱明寺前"，因朱明舍宅建寺而得名。相传，朱明以孝义立身，家中富有，与弟同居。弟听信妻言，要与兄分家。朱明遂将财物全部给弟弟，仅留下空房。是夜狂风大作，将金银财物全部吹到朱明家。弟弟与其妻羞见乡邻，双双自缢。朱明将宅第建为寺，即名"朱明寺"。

朱明寺
清·张隽
断碑突兀出人间，孝义名犹托寺颜。
似有鬼神怜空宅，狂风一夕为吹还。

——《百城烟水》卷二

同徐松之家皇士过访三宜和尚
清·陈三岛
茂苑欣瞻振锡来，瑞灯移处讲堂开。
入门自觉嚣尘洗，接席应忘暮夜回。
万里津梁流半偈，一时龙象拥高台。
可怜宝界遗基在，更得重逢度世才。

——《百城烟水》卷二

题朱明寺
清·张大纯
东晋传闻事杳冥，重成殿阁户常扃。
娑罗井汲枝常绿，穗积碑遗壁半青。
莫道甲兵无佛力，须知风雨有神灵。
千秋犹识朱明寺，孝友人应永勒铭。

——《百城烟水》卷二

除了朱明寺前，另外四条街道是：一、今察院场口至王天井巷，名"郡庙前"。其处原为三国时周瑜故宅，后改建为苏州府城隍庙。二、中街路至黄鹂坊桥，名"申衙前"。明代宰相申时行故居在此。三、黄鹂坊桥至石塔横街，名"黄鹂坊桥弄"，因有黄鹂坊桥而得名。四、石塔横街西塝至石塔横街，名"葫芦弄"，其地原有石塔。民国十七年（1928），为便于交通往来，拓宽路面，五条巷合称为"景德路"。

景德路
当代·潘君明
景德长街胜迹多，园林寺庙堪规模。
二千余载姑苏地，文化精深待琢磨。

——《苏州街巷史话》

景德路西段有黄鹂坊桥，唐代诗人、苏州刺史白居易有"黄鹂巷口莺欲语"之句。桥西原有黄鹂坊桥弄。

黄鹂坊桥
当代·潘君明

金阊城内柳青青，叶隐黄鹂送好音。
犹忆诗人题佳句，凭栏指顾漫行吟。

——《苏州诗咏一千首》

永定寺弄，位于干将西路北侧，北至斑竹巷。曾名"永定寺巷"。因有永定寺而得名。唐《吴地记》、明《姑苏志》等记载：永定寺亦名"永定讲寺"。梁天监三年（504），由苏州刺史、郡人顾彦先舍宅而建。唐代诗人韦应物于贞元五年（789）任苏州刺史，史称"韦苏州"，罢官后曾寓居寺内，著有《韦苏州集》。

寓居永定精舍
唐·韦应物

政拙忻罢守，闲居初理生。
家贫何由往，梦想在京城。
野寺霜露月，农兴羁旅情。
聊租二顷田，方课子弟耕。
眼暗文字废，身闲道心精。
即与人群远，岂谓是非婴。

——《韦苏州集》卷八

与卢陟同游永定寺北池僧斋
唐·韦应物

密竹行已远，子规啼更深。
绿池芳草气，闲斋春树阴。
晴蝶飘兰径，游蜂绕花心。
不遇君携手，谁复此幽寻。

——《韦苏州集》卷七

唐乾符年间，赐额"永定普慈天台讲寺"，由陆鸿渐书。元代，僧声九皋作海印堂，取韦应物诗句命名"闲斋"。明代，由知府胡缵宗改为金乡书院，在东南一隅建理刑公署。万历年间，知县江盈科详请归还寺基，重建五贤祠，祀顾彦先、陆羽、韦应物、刘禹锡、白居易五人，并写有碑记。

永定寺次韦苏州永定精舍韵（节选）

清·姚承绪

古寺阅兴替，慨然感无生。
昔贤此高寄，身世证化城。
香火佛有缘，太上常忘情，
断碑蚀苔藓，留记古姓名。

——《吴趋访古录》卷二

范庄前，位于人民路中段西侧，与因果巷隔路相对。原名"芝草营巷"。芝草营为驻军营地，后因范仲淹在巷北创办义庄，故名"范庄前"。巷东口立有"文正范公之坊"牌坊。32号为范氏义庄旧址。《吴郡志·卷十四·园亭》："范文正公义宅，在雍熙寺后。"后在义宅内创办文正学院。《百城烟水·卷二·吴县》："文正书院，在禅兴寺桥西。即范文正公义宅也……乃即义宅立祠，以公大宗子孙奉祠事。元至正六年，总管吴秉彝奏公有道学功，请改祠为书院，行省上其事，诏从之，李祁为之记。"

文正书院

清·顾汧

忧乐本人性，惟人所用之。
如何文正公，先后乃异施？
惟忧在天下，乐乃能及时。
人生具此心，何患世不治？
公当盛宋朝，干济多良规。
先忧后乐意，历历人所知。
至今士林中，举作训励词。
吴地公所生，巍然建高祠。
千秋具俎豆，肃穆瞻威仪。
一言可风世，真乃百世师。

——《百城烟水》卷二

文正书院
清·王佶

古树寒烟鸟雀声，祠门重为剪荒榛。
传家有道千秋业，谋国无私盖代名。
举念已知周四海，出身原为济苍生。
当阶拜手瞻遗像，负荷从来不敢轻。

——《百城烟水》卷二

文正书院
清·张之桢

仰止高山七百年，得瞻书院诵遗编。
衣冠第宅传文献，孙子春秋奉豆笾。
负郭有田皆赡族，荫阶无树不参天。
经纶事业平生志，认取斋盐屋数椽。

——《百城烟水》卷二

吴殿直巷，位于养育巷南端东侧，因北宋中丞吴感居此，故名。吴感，字应之，天圣二年（1024）进士。官至殿中丞，即殿上值日官，时人称他为"吴殿值"。吴感以诗文名世，他有爱姬红梅，因筑居室曰"红梅阁"。

折红梅（其一）
宋·吴感

喜轻澌初泮，微和渐入、芳郊时节。春消息，夜来顿觉，红梅数枝争发。玉溪仙馆，不是个、寻常标格。化工别与、一种风情，似匀点胭脂，染成香雪。　　重吟细阅。比繁杏夭桃，品流真别。只愁共、彩云易散，冷落谢池风月。凭谁向说。三弄处、龙吟休咽。大家留取，倚阑干，闻有花堪折，劝君须折。

折红梅（其二）
宋·吴感

睹南翔征雁，疏林败叶，凋霜零乱。独红梅、自守岁寒，天教最后开绽。盈盈水伴。疏影蘸、横斜清浅。化工似把、深色胭脂，怪姑射冰姿，剩与红间。　　谁人宠眷，待金锁不开，凭栏先看。曾飞落、寿阳粉额，妆成汉宫传遍。江南风暖。春信喜、一枝清远。对酒便好，折取奇葩，爇清香重嗅，举杯重劝。

——《花草粹编》卷十二

词成后,"其词传播人口,春日郡宴,必使倡人歌之"(见《中吴纪闻·卷第一·红梅阁》)。一时和者甚众。吴感有个词友叫王琪,曾两任苏州知府,后调任歙州知府,作和诗云:"山花冷隔何堪折。"蒋堂亦有和诗云:"深锁烟光在楼阁,旋移春色入门墙。"

雍熙寺弄,位于景德路东段北侧。弄内原有雍熙寺,弄以寺名。史籍称:其地原为三国时东吴大将周瑜故宅,民间俗称"周将军巷"。南北朝梁时为太守陆襄宅。梁天监二年(503),陆襄舍宅建寺,由僧清闲开山,名"法水寺"。唐代时僧壁法重建。宋雍熙年间改今名。明洪武年间,其地为城隍庙,僧广宣在城隍庙左边重新建寺,以后历代均有修建。宋时,雍熙寺旁边原有河,建有雍熙寺后桥、雍熙寺西桥。

雍熙寺访友不遇
元·释良琦

暇日远相问,古寺幽且深。
青苔余花落,双树一莺吟。
炉存散微篆,茗熟独成斟。
明当持山酒,慰子客归心。

——《百城烟水》卷二

升平桥弄,位于学士街北端西侧,东起学士街,西至花船湾。升平桥始建于宋皇祐五年(1053),弄以桥名。1994年拓宽干将路时,巷并入,名消失。宋代诗人贺铸曾居此巷。贺铸(1052—1125),字方回,卫州(今河南卫辉)人。因仕宦不达,辞官后闲居苏州,与苏舜钦、梅尧臣诗酒唱和。他在升平桥堍筑有宅第,名"企鸿轩",又在横塘建一别墅,尝扁舟往来。曾赋《青玉案》词。

青玉案·横塘路
宋·贺铸

凌波不过横塘路,但目送,芳尘去。锦瑟华年谁与度。月桥花榭,琐窗朱户,只有春知处。　　飞云冉冉蘅皋暮,彩笔新题断肠句。若问闲情都几许?一川烟草,满城风絮,梅子黄时雨。

——《东山词》卷上

贺铸与妻子赵氏感情甚笃，来苏后不久，妻子去世，贺铸十分伤心，作《鹧鸪天》词。

鹧鸪天·半死桐
宋·贺铸

重过阊门万事非，同来何事不同归？梧桐半死清霜后，头白鸳鸯失伴飞。　　原上草，露初晞，旧栖新垅两依依。空床卧听南窗雨，谁复挑灯夜补衣。

——《东山词》卷上

贺铸是个藏书家。《墨庄漫录》卷五云："吴中曾旼彦和、贺铸方回二家书，其子献之朝廷，各命于官。"《建炎以来系年要录》云："（绍兴二年正月）甲子，诏平江府守臣市贺铸家所鬻书以实三馆。"《云麓漫钞》云："及中兴，重兴秘省，贺方回之子，首以献书得官。"

藏书纪事诗
清·叶昌炽

鉴湖不住住横塘，梅子江南总断肠。
一自渡江归秘府，小朝兼取蔡元长。

——《藏书纪事诗》卷一

文丞相弄，位于阊门内下塘。原名"文山寺前"，弄内有文山寺，为纪念南宋大臣、文学家文天祥而设。文天祥（1236—1283），字宋瑞，号文山，吉州庐陵（今江西吉安）人。宝祐年间进士。德祐元年（1275），文天祥闻元兵大举入侵，国家危在旦夕。他变卖家中所有财产作为军资，组织勤王兵士万人，入卫临安（今浙江杭州）。朝廷命他任平江知府。他到苏州任职，将家属安排在潮音寺（文山寺前身）内居住。后他以右丞相兼枢密使往元营谈判，因不肯屈服，被元军押至镇江。他设法逃脱，并与陆秀夫等在福州拥立益王赵昰为帝，升为左丞相。祥兴元年（1278），在广东五坡岭兵败被俘，于至元十九年十二月初九（1283年1月9日）被害。著有《文山先生全集》。

文天祥写下了大量诗篇，最为著名的有两首。其一为《过零丁洋》。

过零丁洋

宋·文天祥

辛苦遭逢起一经，干戈寥落四周星。
山河破碎风飘絮，身世浮沉雨打萍。
惶恐滩头说惶恐，零丁洋里叹零丁。
人生自古谁无死，留取丹心照汗青。

——《文山集》卷十九

其二为《正气歌》。文天祥被元朝统治者囚禁三年，受尽了各种折磨，经历了一切威胁利诱，但他毫不屈服，坚定地选择了杀身报国的道路。于是，他写下了这首五言古诗《正气歌》，共60句、300言。这是一首感情强烈、笔墨淋漓，充分反映他的性格和意志的好诗，字里行间，充满昂扬的战斗精神。该诗流传至今，脍炙人口。

"靖康之难"，金兵入侵苏州，烧掠抢劫，破坏严重。他路过苏州，目睹兵燹之害，百感交集，作诗一首。

平江府

宋·文天祥

楼台俯舟楫，城郭满干戈。
故吏归心少，遗民出涕多。
鸠居无鹊在，鱼网有鸿过。
使遂睢阳志，安危今若何！

——《文山集》卷十八

真是满城荒凉、百姓流涕，反映了苏城当时的凄凉景象。这是苏州历史上受战祸灾难最严重的一页，也是不能忘怀的。

文忠烈祠

清·石方洛

浩然正气满人寰，国破臣孤力不屠。
历数平江贤太守，士林第一说文山。

——《待辂集·桃坞百绝》

文丞相弄

当代·潘君明

家财变尽为勤王，卫国抗金意志强。

正气歌声传四海，中华谁不念天祥。

——《苏州街巷史话》

糜都兵巷，位于人民路嘉余坊北侧。现作"宜多宾巷"，误。明卢熊《苏州府志》、清乾隆《苏州府志》均作"糜都兵巷"。同治《苏州府志》作"糜都宾巷"。民国《吴县志》指出："糜都兵巷，嘉鱼坊北，同治《志》作'糜都宾巷'，误。"糜都兵，糜是姓，都兵是其官衔。史载，糜都兵，即宋代抗金名将糜登，字伯升，以祖荫入官，监无为军。宋端平三年（1236），北兵入侵，糜登练习骑射，训练士兵，修理器械，挂起旗帜，军容士气为之一振。由提举罗愚荐于朝廷。嘉熙二年（1238），糜登向朝廷上书军策，被擢升为进士第。因有政绩，转朝议大夫，封吴县开国男，年七十六卒。

巷内旧有集福庵，宋嘉定年间，名僧智明所建。后废为叶氏庭园。清顺治年间，释证研微购地重修，金之俊建藏经阁，改名"兴福庵"。

连环池赠雪奇上人

清·徐崧

闲园仍旧复精庐，水积池通印碧虚。

自是道人观化远，岂因玩好畜朱鱼？

——《百城烟水》卷二

林使君招同松之先生暨黄文硕饮兴福寓斋分赋

清·高简

天涯成偶集，一见尽相知。

白首怜同调，清尊不复辞。

炉余经宿火，花放傲寒枝。

细雨留春夜，分吟傍砚池。

——《百城烟水》卷二

徐朣庵高澹游黄文硕小集寓斋和澹游韵

清·林鼎复

放眼无余子，同心即故知。

深杯君不醉，多病我何辞？
鹏鹗须千里，鹪鹩且一枝。
风雷随笔底，墨沈涨临池。

——《百城烟水》卷二

同黄文硕高澹游集兴福庵和林天发使君韵
清·徐宾

多雨伤春事，花朝喜独晴。
江山开霁色，禽鸟变新声。
碧瓮依芳径，霜钟出化城。
不嫌来往数，真觉旅愁轻。

——《百城烟水》卷二

糜都兵巷
当代·潘君明

糜登忠勇抗金兵，卓越战功誉古城。
官修志书已纠错，都兵怎可作宜宾。

——《苏州街巷史话》

东蔡家桥，位于阊门内寥家巷北。宋隆兴元年（1136），桃花坞建有隆兴寺，祭祀蔡隆兴。在寺北有蔡庄，旧时有二座桥，东称"东蔡家桥"，西称"西蔡家桥"。东、西蔡家桥均与蔡隆兴有关。《宋平江城坊考》引《烬馀录》云："兀朮陷苏时，荼毒生灵，历古未有。小儿十岁以下，男子四十以上及四十以下不任肩负与识字者，妇女三十以下尚未裹足与已生产者，尽戮无遗。尤奇者，凡有书籍之民居，有簿记之店肆，必尽火其屋，尽杀其人，虽妇稚不遗。去时以一衾络一女一儿，使两男担之，大约裹挟以去者十万人。城中仅留有病妇女四千一百余人于南寨，使遗黎、邵、登、辙等四人守护之。留一万六千七百余人于北寨，亦有病妇人，使蔡隆兴等十人守护之。去前夕，封邵为千户、蔡为万户，并给金帛有差。所据全城，屋宇中男子病不能行者尽杀之，妇女或驱入寨，或亦杀之，谓之洗城。"又引卢图南《沼吴编》云："建炎庚戌，兀朮南寇。二月二十四日犯胥、盘、葑、娄四门，阊城居民糜集于城北土寨，夜五漏，兀朮破盘门入。二十六日未明，寨亦陷。先驱兵士戮寨外。次胁丁男归献金，金尽杀之。次斩老妇、婴儿于东北园，积薪焚尸。兀朮宴诸酋于天半楼，遂踞寨。三月朔，始出阊门去。初三日，诸军凯旋寨中、庆云庵、旃檀庵、报恩寺、杨柳楼台、张家祠、刘家祠、梅园、章园、孙园、蔡庄，以寇巢毁。妇女二万余人以从寇籍。蔡隆兴倡义瘗河中男尸五千余、女尸十一万一千余，暴露男尸六万二千余、女尸二万五千余，火化男女骨十五万七千余，赎回营妓二千三百余人……"因蔡隆兴之倡义，被金兵所杀之死尸得以火化归葬，故乡人建隆兴寺、命蔡家桥作纪念。

蔡庄
清·石方洛

广积阴功善有门，何堪地黑又天昏。
人心毕竟存公道，香火千秋妥怨魂。

注：兀朮去后，蔡隆兴倡瘗水陆男女尸三十六万有奇，赎回营妓二千三百余人。周宣抚陷以通寇骈于市。后里人于蔡庄筑庵祀之，即隆兴寺，亦曰"隆兴祠"。

——《待辂集·后桃坞百绝》

隆兴寺
清·石方洛

断碑久已没榛荆，石塔依然似削成。
两字隆兴人脍炙，不分年号与人名。

注：隆兴桥，宋隆兴元年建，寺亦建于其时。蔡隆兴居此后，里人即为祠。

——《待辂集·桃坞百绝》

桃花坞大街，位于人民路北段西侧，原名"桃花坞"。唐宋时，这里遍植桃树，故名。宋代，其地归太师章楶所有。章楶（1027—1102），治平二年（1065）进士，官至枢密院事。他在其地筑别墅，重新栽植桃花，成为一座花园，仍名"桃花坞"。金兵攻打苏州，章氏别墅毁于战火，成了废墟。

奉和袭美太湖诗二十首·桃花坞
唐·陆龟蒙

行行问绝境，贵与名相亲。
空经桃花坞，不见秦时人。
愿此为东风，吹起枝上春。
愿此作流水，潜浮蕊中尘。
愿此为好鸟，得栖花际邻。

愿此作幽蝶，得随花下宾。
朝为照花日，暮作涵花津。
试为探花士，作此偷桃臣。
桃源不我弃，庶可全天真。

——《甫里集》卷二

千秋岁·重到桃花坞
宋·范成大

北城南埭，玉水方流汇。青樾里，红尘外。万桃春不老，双竹寒相对。回首处，满城明月曾同载。　分散西园盖，消减东阳带。人事改，花源在。神仙虽可学，功行无过醉。新酒好，就船况有鱼堪买。

——《范石湖集·石湖词》

次韵杨廉夫冶春口号八首（选一）
元·顾盟

姑苏城北桃花坞，日日敲门去问春。
自是狂夫被花恼，求之不得亦愁人。

——《草堂雅集》卷十二

姑苏八咏·桃花坞
明·唐寅

花开烂熳满村坞，风烟酷似桃源古。
千林映日莺乱啼，万树围春燕双舞。
青山寥绝无烟埃，刘郎一去不复来。
此中应有避秦者，何须远去寻天台。

——《唐伯虎集》卷一

桃花坞
明·姜埰

西北高楼地，桃花满目芳。
平桥开野圃，乱水出金阊。
书画唐寅宅，香灯惠远场。
乌台吾老友，相见每颠狂。

——《敬亭集》卷三

赋得桃坞送别
明·高启

何地芳菲满，吴趋曲陌西。
藏金非汉垒，种树似秦溪。
未曙忽霞起，过春犹雪迷。
叶闻渡江唱，花忆映门题。
折时或傍水，游处每成蹊。
偶来因送客，肠断有莺啼。

——《大全集》卷四

桃花坞三首·为沈霍州莹作
明·皇甫汸

龙门万年树，潘县一丛花。
多少迷津客，皆因恋物华。

生长桃花坞，不识桃花树。
试问玄都人，已是春光暮。

卜地聊栖趾，成溪自不言。
只疑闾阖里，遥接武陵源。

——《皇甫司勋集》卷三十一

西大营门，位于阊门内桃花坞大街东段北侧。营是宋代军队的编制单位，营门为军队驻扎之地。民国《吴县志》："大营门，在阊、齐两门之中，相传，张士诚屯军于演武场，故名。"《吴门表隐》："娄门至宝城桥，国初顺治十六年（1659），将军祖大寿尽撤民房为满兵营，迎春坊为镇帅府，故而有'大营门'之名。"古代，此处也包含在桃花坞之内。

西大营门
清·石方洛

图分八阵独偏西，地介金阊与望齐。
但见阴燐墙外闪，营门无复夜鸣鼙。

——《待辂集·桃坞百绝》

53号原为五亩园,最早为汉代张长史隐居处。宋熙宁间,梅宣义在其地筑台治园,名"五亩园",亦名"梅园"。梅宣义的儿子梅灏在杭州作通判,与苏轼是同僚,苏轼曾以白石赠给梅氏,并作诗以赠。

寄题梅宣义园亭
宋·苏轼

仙人子真后,还隐吴市门。
不惜十年力,治此五亩园。
初期橘为奴,渐见桐有孙。
清池压丘虎,异石来湖鼋。
敲门无贵贱,遂性各琴尊。
我本放浪人,家寄西南坤。
敝庐虽尚在,小圃谁当樊,
羡君欲归去,奈此未报恩。
爱予幸僚友,久要疑弟昆。
明年过君西,饮我空瓶盆。

——《东坡全集》卷十八

五亩园
清·石方洛

独抱闲云野鹤心,官居省会亦山林。
桑株五百园五亩,自汲廉泉灌绿阴。

——《待辀集·后桃坞百绝》

张平子衣冠墓
清·石方洛

长史高风邈矣存,百年隐迹托吴门。
荒邱朽骨今何在?翁仲有知亦不言。

——《待辀集·桃坞百绝》

梅坞
清·石方洛

梅树坟前野色新,一抔黄土也宜春。

自从仙尉骖鸾去，剩有南昌脱蜕身。

——《待辖集·后桃坞百绝》

五亩园
清·张兆蓉

官仪汉代事茫茫，数典何曾祖敢忘。
老树已随斤斧尽，携锄补种短墙旁。

——《五亩园小志·五亩园题咏》卷一

梅坞
清·张恭寿

宣义当年此避哗，桃花坞里种梅花。
孤坟寂寞迷香雪，莫是林逋处士家？

——《五亩园小志·五亩园题咏》卷一

五亩园
清·杨桢

桑田沧海几纷更，长史张公旧有名。
五亩荒园何处是？摩挲残碣不分明。

——《五亩园小志·五亩园题咏》卷一

五亩园
清·俞樾

拜石台连碧藻轩，吴中五亩旧名园。
后人来往桃花坞，底事惟知唐解元。

——《五亩园小志·五亩园题咏》卷一

建炎时，金兵入侵，桃花坞毁为废墟。明弘治年间，画家唐寅买下此地部分废墟，建造住宅，广植桃树，取名"桃花庵"，筑有学圃堂、梦墨亭、蛱蝶斋等。唐寅与文徵明、祝枝山等常在此相聚，吟诗作画。唐寅死后，园渐荒废。唐寅（1470—1524），字伯虎，一字子畏，号六如居士、桃花庵主等。吴县（今江苏苏州）人。他与沈周、文徵明、仇英合称为"明四家"，与祝允明、徐祯卿、文徵明合称为"吴中四才子"。唐寅本人及历代诗人对桃花庵的题诗，多如繁星，难以计数。选录若干如下：

桃花庵歌

明·唐寅

桃花坞里桃花庵，桃花庵里桃花仙。
桃花仙人种桃树，又摘桃花换酒钱。
酒醒只在花前坐，酒醉还来花下眠。
半醒半醉日复日，花落花开年复年。
但愿老死花酒间，不愿鞠躬车马前。
车尘马足贵者趣，酒盏花枝贫者缘。
若将富贵比贫者，一在平地一在天。
若将贫贱比车马，他得驱驰我得闲。
别人笑我忒风颠，我笑他人看不穿。
不见五陵豪杰墓，无花无酒锄作田。

——《唐伯虎集》卷一

桃花庵与希哲诸子同赋（三首）

明·唐寅

石无刊刻古顽苍，名借平泉出赞皇。
合置宾筵铭敬德，从来沫郡戒沉荒。
屈原特立昭忠节，王绩冥逃入醉乡。
付与子孙为砥砺，岂因快适纵壶觞。

傲吏难容俗客陪，对谈惟鹤梦惟梅。
羽衣性野契偏合，纸帐更寒晓未开。
长唳九皋风渐渐，高眠一枕雪皑皑。
满腔清思无人定，付与诗篇细剪裁。

万叠奇峰一片云，纤纤鸟道合还分。
江山只在晴时出，笑语传从别处闻。
遥望尽疑蛟蜃气，近来每有鹿麋群。
登临未拟何时节，我欲一探星斗文。

——《唐伯虎集》卷二

唐丈伯虎桃花庵作
明·王宠

海内几词伯，当筵逢酒俦。
竭来桃花坞，披草成献酬。
夫子嵇阮辈，簸弄天地浮。
闭关嚼泥滓，袒裼参王侯。
或时舞长袖，回拂隘九州。
神龙不自惜，勺水甘垂头。
苍蝇顾营营，一日千里游。
萧疏竹林聚，宵窕柴门求。
形骸兀土木，辨难森戈矛。
贯穿穷百氏，驱驰蹙千秋。
气酣划感激，雪涕怀伊周。
老鹤志霄汉，雄剑奔兜鍪。
惜哉功名会，崒屼日月遒，
痛饮师古人，谈玄恣冥搜。
是时大火中，偃息宜林丘。
松萝在高户，菡萏披长流。
沉冥我辈事，河朔同悠悠。

——《雅宜山人集》卷一

过子畏别业
明·王鏊

十月心斋戒未开，偷闲先访戴逵来。
清溪诘曲频回棹，矮屋虚明浅送杯。
生计城东三亩菜，吟怀墙角一株梅。
栋梁榱桷俱收尽，此地何缘有佚材。

——《震泽集》卷五

简子畏
明·文徵明

落魄迂疏不事家，郎君性气属豪华。
高楼大叫秋觞月，深幄微酣夜拥花。
坐令端人疑阮籍，未宜文士目刘叉。

只应郡郭声名在，门外时停长者车。

——《甫田集》卷一

饮子畏小楼
明·文徵明

今日解驰逐，投闲傍高庐。
君家在皋桥，喧阗井市区。
何以掩市声，充楼古今书。
左陈四五册，右倾三两壶。
我饮良有限，伴子聊相娱。
与子故深密，奔忙坐阔疏。
旬月一会面，意勤情有余。
苍烟薄城首，振袖复踌躇。

——《甫田集》卷一

夜坐闻雨，有怀子畏，次韵奉简
明·文徵明

皋桥南畔唐居士，一榻秋风拥病眠。
用世已销横槊气，谋身未办买山钱。
镜中顾影鸾空舞，枥下长鸣骥自怜。
正是忆君无奈冷，萧然寒雨落窗前。

——《甫田集》卷一

过唐子畏故园
明·徐应雷

高人读书处，乃在桃花源。
何物不迎笑，成蹊断不言。
竟遭朋友忌，不废啸歌喧。
京兆烟霞气，王郎泉石魂。
相将天地外，肯受公卿援。
玩世生同醉，留名死并存。
他人横得誉，其故未须论。
杨子意无后，青莲似乏孙。

侍郎抚名迹，修葺酹清樽。

——崇祯《吴县志》卷二十三

疏影
清·蒋垓

斜阳古坞，恰望衡对宇，携杖延伫。闻说当年，一片芳菲，仿佛避秦佳处。兔葵燕麦年年发，悄不见、桃花千树。对春光、闲想闲吟，绝胜刘郎前度。　　犹忆风流唐子，诛茅曾筑宅，今在何许？昔是名区，今作荒畦，种菜老农来住。名心到此真消尽，更说甚、酒龙诗虎。只几番、渡口花飞，变尽沧桑今古。

——《清词综补》卷二

题桃花坞
清·爱新觉罗·弘历

年前立春已半月，气早昌昌生意勃。
孟月甫届下之浣，即见山桃花欲发。
虽以闰月定四时，盈缩长短原人为。
人为实不出天定，万物菀枯各自知。
闻之金阊亦有此，唐寅辈逞材华美。
四度南巡阙访曾，流水行云而已矣。

注：苏州阊门内有桃花坞，其地有桃花庵，即唐寅旧居。

——《御制诗四集》卷三十四

唐寅桃花庵图
清·爱新觉罗·弘历

吴中爱看吴人画，况是吴人画最高。
世上只期为散木，庵前疑复绽新桃。
松风寒处安茶铫，石冻春深试酒槽。
七字志怀颇见道，宁云溪壑兴堪陶。

——《御制诗三集》卷二十一

唐子畏桃花坞图四首
清·翁方纲

水田卖了种桃花，谁意香来宫相家。

日蓺檀薰瞻御印，蕉林漫诩玉鸦叉。

何处宽安梦墨亭，醉凭桃屝伴初醒。
底因壮岁携筇杖，气合江山放眼青。

仇英松下点芝颜，结想仙踪杳霭间。
不及先生麓著笔，萧萧石坞写空山。

春阴湿翠点云红，妙赏王甥有父风。
诗髓苏斋拈一笑，小桥流水月明中。

——《复初斋诗集》卷四十九

桃花坞
清·屈复

流水平桥望不迷，萋萋芳草自成蹊。
解元未遂琼林志，万树桃花莺乱啼。

——《弱水集》卷十四

桃花坞
清·潘曾绶

金榜才华第一人，卜居占得武陵春。
怜君已被风流误，莫向桃源更问津。

——《陔兰书屋诗集》卷一

桃花坞寻唐子畏桃花庵故处
清·潘奕隽

我来桃花坞，缅想桃花仙。
仙人今已远，故里空陌阡。
侧足步荒涂，披榛上平田。
落日凉风生，人家起炊烟。
才丰命故屯，身摈名堪怜。
花酒可藏身，逍遥终余年。
风流君已矣，寂寞余悲焉。

徘徊念前踪，含悽赋言旋。

——《三松堂集》卷一

桃花庵看桃花二首
清·唐仲冕

昨日横塘插柳来，小桃几树未曾开。
芳烟引入桃花坞，记得桃花自手栽。

闻说初栽半亩塘，曾经磨折小红羊。
此间不似元都观，付与东风自主张。

——《陶山诗录》卷十五

桃花坞歌
清·石钧

韶光百六真堪惜，燕语莺啼春脉脉。
红阑绿水桃花桥，入望花光炫晴色。
平生最爱踏莎行，春雨春风两屐轻。
处处桃花看不足，重来游冶徒多情。
当年才子声华重，绕庐爱把桃花种。
看花自号桃花仙，酒酣一枕花前梦。
幽怀曲曲写清歌，想象风流唤奈何。
独向桃花庵外立，数声清磬落花多。

——《清素堂诗集》卷四

桃花庵诗（二首）
清·王昙

百年红树已成尘，何事方坟又一新。
吾辈功名多鬼祸，君家文字两传人。
怜才守宰悲枯骨，薄命桃花哭替身。
仿佛长官题字处，荒蛙燐火旧时春。

真把青衫著老奇，十官身诰鬼何知。
清明野火唐衢血，黄土碑文幼女辞。
阑雨残风居士塔，衣香人影水仙祠。

从他塑土抟泥后，可做人间缱绻司。

——《烟霞万古楼诗选》卷一

和唐陶山明府重修桃花庵诗（选二）
清·归懋仪

遗祠重为拂埃尘，补种夭桃几树新。
红粉也知怜国士，青衫偏是困才人。
不逢良木宁求荫，肯为黄金便屈身。
纵酒伴狂聊玩世，笙歌队里老青春。

悔占江南第一名，遭他谗口玷冰清。
狂依花月为生计，闲藉云山写不平。
斗酒每为知己罄，双眸还对美人明。
英雄末路真无奈，甘就蒲团证此生。

——《绣余续草》

桃花坞吊唐六如墓
清·方肇夔

先生胸次海天宽，只爱桃花不爱官。
荒土一抔魂魄在，满溪红雨落春寒。

——《清诗别裁集》卷二十九

唐寅还是位藏书家，家中藏书甚丰。据《藏书纪事诗》所载，唐寅所藏之书，书上皆刻有藏书印。如"唐伯虎""梦墨亭""唐居士""唐子畏梦墨亭藏书""吴郡唐寅桃花庵中梦墨亭书"等。

藏书纪事诗
清·叶昌炽

皋庑来观覆瓿经，尊壶巾卷并充庭。
邢参寂默张灵笑，一醉同登梦墨亭。

——《藏书纪事诗》卷二

韩家巷，位于宜多宾巷西。巷内有韩文公祠，供唐代文学家、哲学家韩愈。4号为鹤园，清光绪三十三年（1907），由洪鹭汀始建，取俞樾所书"携鹤草堂"四字榜之,而名为"鹤园"。全园以水池为中心,水池平面为鹤状。园内东北长廊贯通全园,以四面厅居中,并与携鹤草堂相对。厅、堂之间有一个水池,环池叠石,配植花木,构成园内主景。另有桂花厅等诸景。清末诗人朱祖谋居此。朱祖谋(1857—1931),字古微,号沤尹,又号彊村。浙江归安(今湖州)人。光绪九年(1883)进士,改庶吉士,授编修,官至礼部侍郎。后告病去职,归隐吴中。辑刻唐宋金元人词为《彊村丛书》。

雨后游鹤园(二首)
现代·张培荣

为爱清游冒雨来,小园花木尽徘徊。
绿阴如洗苍苔滑,好鸟一声天忽开。

回廊曲折抱荷池,半榻茶烟老鬓丝。
消受清闲无事福,一枰棋局一囊诗。

——《苏州诗咏》

梵门桥弄,位于学士街北端西侧。明卢熊《苏州府志》作"梵门桥巷"。其地原有小河,名"梵门河",河上架桥,用三块石板组成,南北向。后河道淤塞,于1949年填河拆桥。

梵门桥西原有宝月庵。清宣统《吴县志稿》:"宝月庵,在西北隅梵门桥西,相传古法会庵基也。创自宋高宗时,名'宝志'。明万历初,大士殿毁而像独存,人咸异之,延僧性斋重建。以庵旁要离墓有池清浅,夜月印渠,因改名'宝月'。"明代及清康熙、雍正间修葺,后废。

宝月写怀
释普经

从来牛马任呼名,耿介尤难逐物情。
路熟千家堪寄食,烽传十载未休兵。
抚时每感身将老,行道深惭学未成。
回首夕阳斜入路,笑看蛛网各经营。

——《百城烟水》卷二

赠在德禅师掩关宝月庵

清·徐崧

欲识关中主，林空白鹤栖。
老僧贤首后，精舍梵门西。
七世犹传钵，三年不过溪。
多君能辑谱，却与故家齐。

——《百城烟水》卷二

次徐崧之韵题宝月庵似在德禅师

清·杨无咎

昔年闻从祖，暇日此幽栖。
堂构今何有？祇园独在西。
宝莲开净域，朗月照寒溪。
聊复登香阁，城隅堞影齐。

——《百城烟水》卷二

承天寺前，位于东中市东段北侧，曾名"承天巷"，后改今名。史载，承天寺始建于梁代，原是梁卫尉卿陆僧瓒故居，后舍宅建寺，名"广德隆玄寺"。寺建成后，上有瑞云重重，又名"重云寺"。宋时，承天寺规模宏大，香火极盛，为苏州人游览之处。元末，吴王张士诚据为王府，将寺内菩萨搬至墙边。在寺旁建东、西行宫，取名"东海岛""西海岛"。

春日游承天寺

宋·郑思肖

野梅香软雨新晴，来此闲听笑语声。
不管少年人老去，春风岁岁阖闾城。

——《百城烟水》卷二

浣溪沙·观吴人岁旦游承天

宋·吴文英

千盖笼花斗胜春，东风无力扫香尘，尽沿高阁步红云。　　闲里暗牵经岁恨，街头多认旧年人，晚钟催散又黄昏。

——《梦窗甲稿》

明正统九年（1444），朝廷颁赐《大藏经》，建堂九间以奉之。成化十年（1474），僧道泽、戒昌重建大雄宝殿。承天寺仍为游览之处。

元日承天寺访孙山人（二首）
明·文徵明

六街斜日马蹄忙，自觅幽人叩竹房。
残雪未消尘迹少，一函内景对焚香。

当年结习住僧家，对客分泉自品茶。
欲识道人高洁处，纸窗残雪照梅花。

——《甫田集》卷四

承天寺中隐堂
明·文徵明

古径无车马，闲门带茑萝。
秋风吹宿雨，日暮盼庭柯。
世味逢僧尽，新凉入寺多。
居山未有计，此地数来过。

——《甫田集》卷六

承天寺
明·王宾

更无奇石卧庭边，有水空闻是醴泉。
旧说祥云平地见，今看楼阁锁寒烟。

——《苏州桃花坞诗咏》

同徐松之夜过梅杓司承天寺寓
清·潘陆

古寺相过晚，依依残烛辉。
一秋知客倦，累月逐觞飞。
花里题红药，人中重白衣。
悠悠畴昔意，言采故山薇。

——《百城烟水》卷二

承天寺前
当代·潘君明

王权赫赫胜过佛，更改寺名天下肃。
请看张王据寺堂，敢将菩萨靠边逐。

——《苏州街巷史话》

宝林弄，位于宝林寺前，因弄内有宝林寺而得名。宝林寺，元至正二年（1342），由圆明大法师宝林懋建，初名"宝林庵"。明代宣德二年（1427），寺毁。后由白云英重建，向朝廷请额，赐名"观音讲寺"。寺内有梧桐园、水竹亭、山茶坞、停鹄馆、方塘、石桥等十景。画家沈周等常去游玩，并写有多首景点诗。

宝林寺十咏（选六）
明·沈周

梓宇
高倚寮居种，清阴带北山。
瑟材人不用，且伴老僧闲。

蕉窗
净植碧窗下，疏棍大叶垂。
夜来春雨里，愁洗旧题诗。

方塘
方塘方似斗，涵天生四角。
还见月团团，夜向谈心落。

山茶坞
叶暗冬林黑，花深晚径迷。
落红僧过处，打着紫伽黎。

咏水竹亭
清流环四面，有竹在亭傍。
十日无人到，倏然春笋长。

薛萝龛

牵绿补春云，闭门不须锁。
夜深禅诵时，玲珑见灯火。

——《石田先生集》

中街路，位于景德路中段北侧。南段旧称"清嘉坊"。《吴郡志·卷六·坊市》云："清嘉坊，朱明寺桥北。"坊名取自西晋文学家陆机"土风清且嘉"之诗意。《宋平江城坊考》云："清嘉坊……今名'中街路'。"巷内原有得雨堂，为吴县广文王大席寓斋也。

过清嘉坊访王大席广文（二首）

清·孙枝蔚

昔说客居庑，今看官赁斋。
一毡凭未有，三畏自堪怀。
携得茅山鹤，聊依市上槐。
清嘉坊里路，系马认堂阶。

文行如吾友，无惭儒者宗。
分羊惟取瘦，坐席不嫌重。
寺有点头石，山名卓笔峰。
谈经宜此邑，路上满章缝。

——《百城烟水》卷二

雨中王大席广文招同余澹心王山史周雪客顾笔堆王衣尚诸子夜饮迟徐松之不至

清·孙枝蔚

多年兄弟各天涯，强半樽前鬓已华。
冷雨潇潇沉漏鼓，清言叠叠胜筝琶。
自知杨子多奇字，谁虑潘璋有债家。
徐穉今宵独不见，百城烟水向谁夸？

——《百城烟水》卷二

前题
清·余怀

古坊冰署在清嘉，岂有彭宣隔绛纱？
海内词人搔鬓发，江头商女泣琵琶。
酒浇苜蓿频烧烛，霜压芙蓉不作花。
细雨斜风吹醉帽，寒城归路隐悲笳。

——《百城烟水》卷二

前题
清·周在浚

飘零两月拟浮槎，庑下何妨便作家。
有酒且同名士饮，无钱莫向宰官赊。
过云白雁声兼雨，达曙明灯艳作花。
便与诸君同寂寞，也胜假寐待排衙。

——《百城烟水》卷二

长鱼池，位于阊门内桃花坞廖家巷西。旧有鱼池，狭长，故名。《五亩园小志》作"让渔池"，亦作"长宁池"。又引《烬余录》云："兀朮陷城时，随众下城，拥至桃花坞……猝遇流矢，投长宁池死。死后辄为厉，过其地者，每迷惘入水中。里人环池筑墙，镌石额曰'长宁是池'。本名'让渔'，为桃坞别墅十二池之一。"

长宁池
清·石方洛

杨花飏水泛新萍，风动微波漾浅青。
应怕英魂来作怪，方池从此号长宁。

注：兀朮陷城时，禅将赵秉中约云逸上人结寨以守，发霹雳弩相抵御。云逸有徒习奇门术，布六丁六甲阵助之。金兵却退后，倒植裸体妇人以厌胜。秉中遇流矢投池死，后辄为厉祟。

——《待辂集·后桃坞百绝》

双林巷，位于蒲林巷北侧。宋代名"迎宾坊"，为朝议大夫间丘孝终招待宾客之处。明末复社名士金俊明住此巷内。金俊明（1602—1675），冒姓朱，名衮，后复姓，字孝章，号不寐道人。吴县（今江苏苏州）人。以任侠自喜，明亡后杜门佣书自给，不复出。书斋名"春草闲房"，以诗、书、画称"吴中三绝"。《百城烟水·卷二·吴县》载："春草闲房，在卧龙街西双林里，金孝章所构宅后书斋也。公高蹈不仕，拥书万卷，炉香茗碗，日与四方名贤暨二子上震、侃咏歌其中。"金氏父子均有题咏。

心甫秋绍孙复日质绥祉莘民重其过集春草闲房偕弟孝充儿上震分得读字

明·金俊明

人有千载怀，书无十年读。
平生多愧恨，矧敢忘初服？
良朋惠好我，持身美如玉。
联驾枉蓬庐，相期游退谷。
松心靡改为，兰言互郁郁。
绛烛交清辉，文樽湛芳绿。
夜饮且厌厌，为欢苦不足。

——《百城烟水》卷二

洪塘署中有怀春草闲房

清·金上震

自是平生乐隐沦，双林千里忆松筠。
青毡虽敝宁苴履，白堕将成便漉巾。
叠翠壶空炉断火，含玙砚涸笔封尘。
遗书万卷谁能读？草满闲房几度春。

——《百城烟水》卷二

臞庵过宿闲房

清·金侃

梧雨驱残暑，闲房正早秋。
恰逢高士至，喜为故人留。
古道存真率，幽情入唱酬。
家贫惟茗粥，扫榻愧南州。

——《百城烟水》卷二

客吴门饮春草闲房
清·倪之煐

游子狂歌旅思宽，清贫老友具盘餐。
襟怀磊落千篇易，道路风尘一饭难。
春草闲房天正暖，落花别墅酒初阑。
殷勤不尽樽前意，明日扁舟过远滩。

——《百城烟水》卷二

金氏喜读书、藏书，汪琬《金孝章墓志铭》："先生既善书，平居缮录经籍秘本，以讫交游文稿凡数百种，无不装潢成帙，庋置滕镉惟谨。余尝走访先生，老屋数间，尘埃满案，自起焚香瀹茗，稍出其书画与所录者娱客而已。"

藏书纪事诗
清·叶昌炽

春水蛟龙卧钓矶，儒冠已改姓名非。
商孙岂是佣书客，父子空山赋采薇。

——《藏书纪事诗》卷三

学士街，位于道前街西端北侧，与百花洲直线相通。原名"药市街"。后因明代大学士王鏊居此而更名。王鏊（1450—1524），字济之，号守溪，晚号拙叟。吴县（今江苏苏州）人。成化十年（1474）解元，翌年第一名会元，殿试时第三名探花。授翰林院编修，官至户部尚书兼文渊阁大学士。其时，宦官刘瑾弄权，陷害忠良。王鏊与之抗争，但因势单力薄，孤掌难鸣，于正德四年（1509）连续三次上疏辞官，以武英殿大学士致仕。

王鏊回到苏州，其子在此筑怡老园，让父亲颐养天年。园内有清荫看竹、玄修芳草、撷芳笑春、抚松采霞等诸胜。王鏊的朋友、学生常来此聚会，作画吟诗，风雅一时。

侍柱国王先生西园游集
明·文徵明

名园诘曲带城闉，积水居然见远津。
夏驾千年空往迹，午桥今日属闲人。
江南白苧迎新暑，雨后孤花殿晚春。

自古会心非在远，等闲鱼鸟便相亲。

——《文氏五家集》卷六

徵明饮怡老园有诗次其韵
明·王鏊

吴王销夏有残闉，特起幽亭据要津。
剩水绕时伤往事，短墙缺处见行人。
绿杨动影鱼吹日，红药留香蝶护春。
为问午桥闲相国，自非刘白更谁亲。

——《震泽集》卷六

怡老园用王文恪韵
清·姚承绪

独乐园开接绮闉，名家台榭小平津，
湖临夏驾怀前事，墅辟东山属后人。
风月依然林屋胜，莺花别擅午桥春。
廿年老去裴中令，气味浑教绿野亲。

——《吴趋访古录》卷二

据考，怡老园处，最早为春秋时吴王避暑的夏驾湖。《百城烟水·卷二·吴县》云："夏驾湖，在吴趋坊西城下。相传为吴王车驾避暑之地。后南北淤塞，属王文恪公怡老园右荷池。"

夏驾湖晚步
宋·郑思肖

岂独吴中事可怜，人生回首总凄然。
空嗟落日犹如梦，不记东风几换年。
宝驾迹消前古地，菱歌声断晚凉船。
如今城郭多迁变，茅舍荒颓草积烟。

——《百城烟水》卷二

夏驾湖
元·郑元祐

吴王城西夏驾湖，至今草木青扶疏。

想见吴王来避暑，后宫濯濯千芙蕖。
酣红蠢翠总殊绝，谁似西施天下无。
西施醉凭水窗睡，曼衍鱼龙张水戏。
月上湖头王醉醒，归舟莲炬繁星如。
不知拥扇暍人者，日夜窥吴不暂舍。

——《百城烟水》卷二

夏驾湖怀古
明·杨无咎

迢迢一水绕门过，云是夫差夏驾湖。
应有胥涛相激越，微风落日起寒波。

——《百城烟水》卷二

王鏊喜藏书，其子延喆亦如是，并喜刻书。《藏书纪事诗》云：有人持宋椠《史记》求鬻，索价三百金。延喆欲购，对求鬻者说，姑留此，过一月来取钱。延喆鸠工仿刻，一月后，仿刻已毕。求鬻来取钱，延喆拿出仿刻本，说道："书还给你。"不数日，求鬻者上门，说："此书纸张不如吾书，怕你弄错了。"延喆拿出仿刻本数十部，说道："书已仿刻。你要三百金，今如数给你。"求鬻者大喜。今所传震泽王氏宋刻本，即此。又引《玉台新咏》云："密行细字，清朗照人。明王鏊藏本。有'济之'印。"引《妮古录》云："《思陵草书》一卷，有'王济之图书'及'三槐堂'印。"

藏书纪事诗
清·叶昌炽

一月何能付枣梨，新城谰语太无稽。
馆甥亦有惊人秘，纸是澄心墨是奚。

——《藏书纪事诗》卷二

唐寅坟，位于西大营门西。明代才子唐寅墓葬于此而得名。唐寅晚年穷愁潦倒，生活贫困，死后葬在桃花坞，称"唐寅坟"。后坟地迁移，居民在该处造房建屋，自成小巷，巷即以"唐寅坟"名之。

一说此处为唐寅"瘗文冢"，其真墓在横塘王家村。唐仲冕《重刻六如居士外集》引《桴庵杂记》云："唐六如课佛于桃花庵，晚年悔其少时所作，瘗于庵之北，戏表其冢曰：此即唐六如之墓，实瘗文冢也。"

桃花坞唐解元坟（四首）
　　清·唐仲冕
地近要离坟，桥通皋伯庑。
颇似剑池云，结成一白虎。

埋骨知何处，横塘旧墓门。
胡公碑在此，应有未招魂。

重立才子亭，又被风吹倒。
坟头虎杖生，离离书带草。

春草悴还绿，人往不返舍。
才名至今存，荣贵朝华谢。
　　　　　　——《陶山诗录》卷十五

瘗文冢（准提庵八咏之一）
　　清·释超源
七子庵边墓，残碑记六如。
文章何日瘗，烟草有谁除。
流水空呜咽，浮云自卷舒。
人传明月夜，光烛斗牛虚。
　　　　　　——《苏州桃花坞诗咏》

相传，唐伯虎的续妻沈九娘，死后葬于桃花坞。

九娘墓
　　清·石方洛
多情最是解元郎，魂伴桃花冢亦香。
可惜鸳鸯终独宿，何年合葬到横塘。
　　　　　　——《待辂集·桃坞百绝》

双荷花池，位于阊门内桃花坞，亦称"东荷花池""西荷花池"。原为桃花坞中一景。此系章家与梅家共疏两鱼池为放生用，并通桃花坞别墅千尺潭。明代，此地较为荒僻，住户不多，统称"桃花坞"。后住户增多，形成小巷，即用双荷花池作巷名。唐伯虎故居遗址在双荷花池边上。

双荷花池
清·任艾生

海上生成鱼比目，冢旁死结树连枝。
多情又见鸳鸯睡，料是花开并蒂时。

——《五亩园题咏》卷一

双荷花池
清·锐止

越女吴姬竞秀姿，花花叶叶故差池。
剧怜子结花旋落，翠盖亭亭似旧时。

——《五亩园题咏》卷一

双荷花池
清·杨引传

齐女门连阊阖门，池流各自向前奔。
采莲毕竟当何处，合向城南老叟论。

——《五亩园题咏》卷一

双荷花池
清·石方洛

一碧芙蓉出水时，花香人影两迷离。
漫将莲子杯双照，怕被鸳鸯偷眼知。

注：宋有公主适驸马戴氏，临安再陷，为乱兵所掠，归军官张丰然。鼎革后偕隐平江，继为女尼，自称静顺道人。就东西荷池分结茅庐以居，旁有鸳鸯亭。

——《待辂集·后桃坞百绝》

其处原有庆云亭，为抗金名将岳飞题额。

庆云亭
清·石方洛

丞相题词壁上多，岳侯标额更巍峨。

河山残破忠魂在，历尽红羊劫不磨。

——《待辂集·后桃坞百绝》

新光里，在桃花坞廖家巷内，6号为唐寅祠，亦名"唐解元祠"，在准提庵大殿偏东。准提庵，又名"七子庵"。明万历十年（1582），僧旭小构建，供奉准提佛像。清嘉庆五年（1800），吴县知县唐仲冕重修，拓庵东之别室为唐解元祠，祀唐寅、祝允明、文徵明三人像，署其室曰"桃花仙馆"。东壁嵌有唐寅于明弘治十八年（1505）撰书的《桃花庵歌》，另有《六如居士画大士像》。现由苏州版画院使用。

准提庵
清·石方洛

不种菩提奉准提，有缘沛锡紫迦梨。
莲峰八咏分明在，旧额谁将七子题。

——《待辂集·桃坞百绝》

长春巷，位于养育巷中段东侧。明代诗人王穉登居此。王穉登（1535—1612），字伯榖，先世江阴（今属江苏）人，随父移居苏州。他博学多才，擅长诗、书、画，为文徵明后的吴中盟主，著有《燕市集》《晋陵集》《金昌集》等多种诗集。今选录数首如下。

过望亭
明·王穉登

水鸟白纷纷，翻飞不作群。
土城三里尽，山县一槁分。
莺近帆过柳，人稀路满云。
金丹堪却老，一水问茅君。

——《王百榖二十一种·禾真集》

出许市
明·王穉登

秋水孤帆挂白云，关门杨柳落纷纷。
城中若问阳山色，个个峰峦翡翠文。

——《王百榖二十一种·雨航纪》

端午日黄丈一之饷鲥鱼
明·王穉登

五月鲥鱼江市中,故人相赠过墙东。
贯鳃江柳沾梅雨,照眼银冰满竹笼。
何事冯驩弹宝铗,肯令张翰忆秋风。
丹符绿酒茅檐下,日暮无人花自红。

——《王百穀二十一种·金昌集》卷三

湖上梅花歌
明·王穉登

其一
山烟山雨白氤氲,梅蕊梅花湿不分。
浑似高楼吹笛罢,半随流水半为云。

其二
虎山桥外水如烟,雨暗湖昏不系船。
此地人家无玉历,梅花开日是新年。

其三
闻道湖中尽是梅,两山千种一时开。
佑客片帆春雨里,载将香气过湖来。

——《御定佩文斋咏物诗选》卷二百九十七

文衙弄,位于宝林寺前北侧。明万历年间,此处为宪副袁祖庚的府第醉颖堂。崇祯间归状元、日讲官文震孟所得,更名"药圃",即今艺圃,弄名"文衙弄"。后又归山东莱阳给谏姜埰,改名"敬亭山房"。其长子安节,又筑思嗜轩。

思嗜轩
清·刘文昭

风雾暗长陵,星辰忽易位。
抗疏独黄门,忧天天果坠。
投荒羁宛陵,感恩犹自怼。
今夏逢令嗣,一见客心碎。
揖我思嗜轩,顿生忠孝愧。

为园多艺枣，云是先人惠。
结实何离离，抚柯堕双泪。
班荆话树间，坐待秋云退。

——《百城烟水》卷二

思嗜轩
清·余思复

峨峨阊阖城，郁郁城西圃。
青青众草芳，中有伤心树。
维昔黄门公，上书蒙谪戍。
种此赤心果，于焉情所寓。
佳儿每过之，彷徨不能去。
岁岁嘉实成，凄凄感霜露。
孤忠遗泽长，大孝终身慕。
哀哉卢溪叟，不得溪上住。

——《百城烟水》卷二

园内景点有乳鱼亭、香草居、浴鸥池、度香桥、响月廊等。诗人吟咏甚多，有汪琬《艺圃十咏》《艺圃竹枝歌四首》《艺圃小游仙六首》，有王士禛《艺圃杂咏十二首》，宋荦和之，吴雯和之，以及很多其他诗人的作品。今选录如下：

艺圃十咏（选四首）
清·汪琬

乳鱼亭
碧流滟方塘，俯槛得幽趣。
无风莲叶摇，知有游鳞聚。
翡翠忽成双，掠波来复去。

香草居
光风被兰杜，幽艳森然发。
不知欲遗谁，美人勤采折。
芳岁每易阑，恒忧萧艾夺。

度香桥
红栏与白版，掩映沧浪上。
两岸柳阴多，中流荷气爽。
村居水之南，屣步每独往。

响月廊
回廊何窈窕，所忻夜景清。
澹澹露华积，迢迢汉影横。
渐见高梧末，裴回圜魄明。

——《尧峰文钞》卷四十二

再题姜氏艺圃

清·汪琬

隔断城西市语哗，幽栖绝似野人家。
屋头枣结离离实，池面萍浮艳艳花。
棐几只摊淳化帖，雪瓯频试敬亭茶。
与君企脚挥谈尘，杨柳阴中日渐斜。

——《尧峰文钞》卷四十八

艺圃杂咏十二首（选四首）

清·王士禛

南村
岂知城市间，村路忽超远。
暧暧桑柘阴，晨光散鸡犬。
应有素心人，空林共偃蹇。

红鹅馆
疏馆笼鹅群，素羽临秋水。
濯濯映兔翁，沿流乱芳芷。
乞写茼香花，共入丹青里。

朝爽台
崇台面吴山，山色喜无恙。
朝爽与夕霏，氤氲非一状。

想见挂笏时，心在飞鸟上。

六松轩

髯翁阅千岁，才如熟羊胛。
不逐桃李妍，何妨雪霜压。
可望不可狎，爱此李鳞甲。

——《带经堂集》卷三十三

和艺圃杂咏十二首（选三首）

清·宋荦

鹤柴

缟衣海上来，结此烟霞侣。
警露失孤眠，唳月思遐举。
放去效云龙，蹁跹何处所。

浴鸥池

濯濯野岸鸥，惯与高人狎。
虽游曲沼中，终不逐鳬鸭。
湖海共忘机，幽盟讵须歃。

垂云峰

孤峰擢片云，谁截洞庭秀。
菱溪谢崎嵚，雪浪愧比耦。
青天揖丈人，咫尺风雷走。

——《西陂类稿》卷六

艺圃十二咏阮亭先生命作（选二首）

清·吴雯

六松轩

偃仰长松下，渊渊心若水。
不知岁月深，且恋清阴美。
山雨忽飞来，涛声树中起。

绣佛阁

反闻闻自性，万有空氤氲。
稽首天人师，宝阁栴檀熏。
一悟无为理，不绣平原君。

——《莲洋诗钞》卷一

艺圃诗为学在赋（选四首）
清·吴绮

念祖堂

万花深处白云居，天水先生此结庐。
谁使范乔留旧砚，直教赵括读藏书。
一池荷气秋犹馥，满地桐阴晚未疏。
今日有人念遗泽，凄然故土更何如。

四时读书乐楼

朱甍百尺绛云浮，万轴缥缃贮一楼。
去矣不须休董谒，忻然应自笑谯周。
东南日出珠帘卷，上下漪涵碧槛流。
信是神仙居处异，举家同住凤麟洲。

香草居

澧兰湘芷自家传，近复移居小有天。
睡鸭晚薰烧石蕊，惊鸿新句写金荃。
软尘不到春山静，宿雾初收夜月圆。
芳杜只今非往日，劝君丛桂好流连。

乳鱼亭

一曲青山俯碧浔，小亭高峙白云深。
满池明月幽人梦，千树斜阳故国心。
莫道枯鱼书自泣，可怜仙鲤信空沉。
终朝独理任公钓，濠濮谁能是赏音。

——《林蕙堂全集》卷十八

五峰园弄，位于阊门内下塘街北侧。弄内有五峰园，故于1982年改今名。五峰园内有三老峰、丈人峰、观音峰、桃坞庆云峰、擎天柱等五峰，故名。一说为明代书画家文徵明之侄伯仁（号五峰老人）所建。一说为嘉靖间兵部尚书杨成所建，曾名"杨家园"。园内的五峰，诗人常有吟咏。

五峰园
清·石方洛

五老游河瑞已呈，庆云环绕颂升平。
问谁具得扶天手，不愧当朝柱石名。

——《待辂集·后桃坞百绝》

三老峰、丈人峰、观音峰
清·石方洛

乞言早有周三老，拱立还来一丈人。
倘许石交通鹫岭，观音大士是前身。

——《待辂集·后桃坞百绝》

五峰园·今为茗寮，曾与曹智涵同游（二首）
近代·费树蔚

九曲珠中蚁百盘，五峰奇骨大巑岏。
曾逃艮岳残纲劫，权作师林缩本看。

市嚣暮暮又朝朝，石丈攒眉不自聊。
我与曹唐清坐久，恨无一语慰孤标。

——《苏州桃花坞诗咏》

相传，唐代神话中的洞庭君柳毅墓亦在园内，现墓已废，筑一亭以作纪念。

柳毅墓
清·石方洛

一书投递亦寻常，龙女重生更渺茫。

藉说洞庭仙隐去，谁传疑冢葬鸳鸯。

——《待辂集·桃坞百绝》

韩衙庄，位于阊门内桃花坞廖家巷西侧。《五亩园小志》引《金阊杂记》云："韩先生世能，字敬堂。诞时，母梦佛降。少慧……读书桃花坞庄房……今其地犹称'韩衙庄'。"民国《吴县志》云："淡斋庵，在韩衙庄，明福王嫔真修筑。"

韩衙庄
清·石方洛

赫赫勋名一侍郎，挂冠退隐到山庄。
料知待漏金门日，归梦应先到梓乡。

——《待辂集·桃坞百绝》

宫弄，位于阊门下塘街崇真宫桥北堍。弄内有崇真宫，故名。原名"崇真宫弄"，后改今名。《百城烟水·卷二·吴县》云："宋政和八年（1118），里人黄悟微舍宅建，道士项举之开山，赐额崇真寿圣宫。宣和中改神霄宫。建炎中再改崇真广福宫。"后毁。明代正统年间再建。

徐膑庵雪中访予于崇真宫，陆君繁练师丈室赋赠
清·宋曹

望极苏台变古今，漫从方外结孤吟。
登楼独载前王事，握手同悲故友琴。
朔雪千山人易老，江天一雁客惊心。
归舟空负梅花约，别后凭谁寄好音？

——《百城烟水》卷二

马医科，位于人民路宜多宾巷北侧。明《姑苏志》作"流化坊巷"。巷内庭园较多，有绣园、荆园、曲园等。

清代朴学大师俞樾在巷西端建成府第，因宅形如曲，名"曲园"。俞樾（1821—1907），字荫甫，号曲园，浙江德清人。道光进士，任翰林院编修、河南学政。与曾国藩、李鸿章交往。休官后，曾主讲苏州紫阳书院、上海求志书院、杭州诂经精舍，收授门徒，为闻名全国的经学大师，著作甚丰。

曲园内有乐知堂、春在堂、小竹里馆、认春轩、达斋、曲池等诸景，是江

南典型的书斋式庭院。建成后,俞樾率成五言五章,聊以记事。其第五章云:

> 曲园虽褊小,亦颇具曲折。
> 达斋认春轩,南北相隔绝。
> 花木隐翳之,山石复嶪屼。
> 循山登其巅,小坐可玩月。
> 其下一小池,游鳞出复没。
> 右有曲水亭,红栏映清冽。
> 左有回峰阁,阶下石凹凸。
> 遵此石径行,又东出自穴。
> 依依柳阴中,编竹补其阙。
> 筑屋名艮宦,广不逾十笏。
> 勿云此园小,足以养吾拙。
> 别详曲园记,吾兹不具说。

——《春在堂诗编八·癸丁编》

1954年,俞樾曾孙俞平伯将此园捐献给国家,后经修葺,于1986年后对外开放。

怡园里,位于人民路乐桥北堍西侧。原名"修竹巷",因明代尚书吴宽居此而更名"尚书里"。吴宽(1435—1504),字原博,号匏庵,又号玉延亭主。长洲(今江苏苏州)人。成化八年(1472)连中会元、状元,授翰林院修撰。做过朱祐樘(明孝宗弘治皇帝)和朱厚照(明武宗正德皇帝)的老师。弘治十六年(1503)为礼部尚书,死于任上,追封为太子太保,谥号文定。著有《吴文定公诗稿》等。新中国成立后,因十全街东端亦有尚书里,为避免重名,改称"怡园里"。吴宽故居名"复园",园内有玉延亭,为诸景之一。

"玉延",山药之别名。吴宽长年在京城做官,办事谨慎,恪尽职守,积劳成疾。年老后体衰多病,身体虚弱,他听从医生的劝告,长期服用"山药汤",并作诗以纪。

服山药汤
明·吴宽

> 吾家玉延亭,人比铁炉步。
> 玉延久不栽,亭名只如故。

客从怀庆来，老守转相附。
土产细捣成，楮橐缄且固。
严冬早朝时，沸汤满瓯注，
举匙旋调饮，何物是寒具。
空腹觉温然，卯酒真可吐。
或复好饮茶，损耗疾终痼。
惟此能补中，医家言不误。
岂缘重服食，衰质合调护。
轻身与延年，神仙非所慕。
此药初得名，宋讳不敢呼。
更名仍加号，本草为笺注。
后来陈简斋，乃有玉延赋。
登亭须满饮，名实始相副。
苏公服胡麻，说梦几时寤。

——《家藏集》卷十八

诗中的"玉延久不栽"，说明亭在种植山药之处。而在玉延亭之匾上，将"玉延"看作竹子，误。后人在书写玉延亭时，也未究"玉延"之名的来历，一直贻误至今。作者撰有《怡园玉延亭名溯源》一文，载《笔底撷英》（2014年12月，苏州大学出版社）。

吴宽是个藏书家，并有手抄本。《静志居诗话》："匏庵遗书流传者，悉公手录，以私印记之。前辈风流，不可及也。"

藏书纪事诗
清·叶昌炽
吏部东厢晚年笔，后来一字一琅玕。
纵横深得髯苏意，郁律蛟螭涧底蟠。

——《藏书纪事诗》卷二

清同治、光绪年间，由浙江宁绍台道员顾文彬购得复园遗址，营造怡园。吸取苏州诸园林之胜，景色更为优美。有玉延亭、四时潇洒亭、坡仙琴馆、石听琴室、拜石轩、藕香榭、锄月轩、南雪亭、碧梧栖凤馆、画舫斋、锁绿轩、螺髻亭等三十余处，景色幽胜，江苏按察使李鸿裔专程游览，作诗以纪。

题顾子山文彬方伯怡园图
清·李鸿裔

叠石疏泉不数旬，水芝开出似车轮。
石幢一尺桃花雨，便有红鱼跳绿蘋。

千夫邪许立奇礓，万石夥颐山绕廊。
更展袖中修月手，挽将银汉作银塘。

——《苏邻遗诗》卷下

西四亩田，位于东四亩田之西。其处原有四亩田地，种植蔬菜，后成荒地，居民建房成弄，故名。相传明末名妓陈圆圆家居此。陈圆圆（1624—约1683），本姓邢，名沅，字圆圆，一字畹芬，常州武进（今江苏常州）人。陈圆圆是苏州名妓，吴三桂纳其为妾。吴三桂出征山海关，她留居北京。李自成攻占北京，她被俘。吴三桂降清后引清兵入关，陷北京，她仍归吴三桂，并随吴三桂辗转至云南。吴三桂败，她为女道士，改名寂静，字玉庵。

圆圆曲
清·吴伟业

鼎湖当日弃人间，破敌收京下玉关。
恸哭六军俱缟素，冲冠一怒为红颜。
红颜流落非吾恋，逆贼天亡自荒宴。
电埽黄巾定黑山，哭罢君亲再相见。
相见初经田窦家，侯门歌舞出如花。
许将戚里箜篌伎，等取将军油壁车。
家本姑苏浣花里，圆圆小字娇罗绮。
梦向夫差苑里游，宫娥拥入君王起。
前身合是采莲人，门前一片横塘水。
横塘双桨去如飞，何处豪家强载归？
此际岂知非薄命，此时只有泪沾衣。
薰天意气连宫掖，明眸皓齿无人惜。
夺归永巷闭良家，教就新声倾坐客。
坐客飞觞红日暮，一曲哀弦向谁诉？
白晳通侯最少年，拣取花枝屡回顾。
早携娇鸟出樊笼，待得银河几时渡？

恨杀军书底死催，苦留后约将人误。
相约恩深相见难，一朝蚁贼满长安。
可怜思妇楼头柳，认作天边粉絮看。
遍索绿珠围内第，强呼绛树出雕栏。
若非壮士全师胜，争得蛾眉匹马还？
蛾眉马上传呼进，云鬟不整惊魂定。
蜡炬迎来在战场，啼妆满面残红印。
专征箫鼓向秦川，金牛道上车千乘。
斜谷云深起画楼，散关月落开妆镜。
传来消息满江乡，乌桕红经十度霜。
教曲妓师怜尚在，浣纱女伴忆同行。
旧巢共是衔泥燕，飞上枝头变凤皇。
长向尊前悲老大，有人夫婿擅侯王。
当时只受声名累，贵戚名豪竞延致。
一斛明珠万斛愁，关山漂泊腰肢细。
错怨狂风飐落花，无边春色来天地。
尝闻倾国与倾城，翻使周郎受重名。
妻子岂应关大计？英雄无奈是多情。
全家白骨成灰土，一代红妆照汗青。
君不见馆娃初起鸳鸯宿，越女如花看不足。
香径尘生鸟自啼，屧廊人去苔空绿。
换羽移宫万里愁，珠歌翠舞古梁州。
为君别唱吴宫曲，汉水东南日夜流。

——《梅村集》卷七

四亩田

清·石方洛

抚弦莫唱雉朝飞，倾国倾城此祸机。
一代兴亡田四亩，浣纱村里出明妃。

注：陈圆圆本姓邢，住四亩田。生时群雉集屋，小字因呼野鸡。母没，依姨母陈居，旋归吴三桂。后贼将掠献闯，使侍太子。时太子被胁在闯宫，三桂怒，乃作迎立义兴之议。

——《待辂集·后桃坞百绝》

西四亩田
当代·潘君明

圆圆坠地出生时,屋顶雉飞展艳姿。
无奈姑娘入妓院,野鸡化作断肠词。

——《苏州街巷史话》

四亩田一带,清代有绣谷园。为顺治举人蒋垓(字兆侯)所建。蒋垓《绣谷记》云:"卜筑桃花坞西偏,宽不过十笏,而背城临溪……偶课园丁薙草,有巨石横亘,尘坌所翳,隐隐若字画痕,具畚锸掘而出之,剜藓剔苔,节角尽露,是八分'绣谷'二字。"蒋垓死后的四十余年中,园曾三易其主,至蒋垓孙蒋深购回,重予修葺。凌泗、谢家福《五亩园志余》载:"(绣谷)园在阊门内后板厂,朔州知州蒋深筑。"有交翠堂、西畴阁、倚梧巢、西苏斋等。最后毁于庚申兵火。绣谷园幽雅宁静,吟咏较多,流传至今。

绣谷园己卯送春(四首)
清·沈德潜

晓钟欲动春旋去,绣谷徐开北海尊。
试问春归向何处,黯然若个不销魂。

饯春嘉客气峥嵘,老我葍腾怆旧情。
座上细谈前己卯,恍如石畔话三生。

渊明旧有闲情赋,小阁簪花为写真。
此日当筵重把卷,惜春还惜画中人。

六十年间似转蓬,衰颜聊借酒杯红。
请看明岁迎春客,仍是今番送别翁。

——《归愚诗钞余集》卷三

寒山寺

六、城外片

枫桥大街，位于阊门外枫桥寒山寺前，因西侧的枫桥而得名。枫桥古名"封桥"，跨古运河支流，是经运河进出苏州的水陆交通要道，官方因此设卡，"朝开航，夕闭航"，遂名"封桥"。始建年代不详。现桥为清乾隆三十五年（1770）重建，咸丰十年（1860）毁于战火，同治六年（1867）重建。自唐代诗人张继作《枫桥夜泊》诗后，枫桥之名远播四方。历代骚人墨客，吟咏甚多，今录若干。

枫桥夜泊
唐·张继

月落乌啼霜满天，江枫渔火对愁眠。
姑苏城外寒山寺，夜半钟声到客船。

——《御定全唐诗》卷二百四十二

枫桥
唐·张祜

长洲苑外草萧萧，却忆重游岁月遥。
唯有别时因不忘，暮烟疏雨过枫桥。

——《吴郡志》卷三十三

宿枫桥
宋·陆游

七年不到枫桥寺，客枕依然半夜钟。
风月未须轻感慨，巴山此去尚千重。

——《剑南诗稿》卷二

枫桥
明·高启

画桥三百映江城，诗里枫桥独有名。

几度经过忆张继,乌啼月落又钟声。

——《大全集》卷十七

枫桥夜泊
清·董灵预

落日一樽酒,风尘此地看。
啸歌今夜月,灯火万家寒。
珠树何年古,枫林几处丹?
故乡凭梦绕,峰影碧巑岏。

——《百城烟水》卷二

枫桥
清·舒位

冷落回塘欲暮时,峭帆婀娜去何之。
数行鸿雁书来少,一段风烟客到迟。
关吏尚嫌愁未税,榜人惟有梦相知。
偶然渔火江枫地,记得寒山寺里诗。

——《瓶水斋诗集》卷二

齐天乐·枫桥夜泊,用湘瑟词枫溪原韵
清·陈维崧

枫桥渔火星星处,钟声客航仍度。微昏帘幕,乍暝帆樯,夹岸多于津树,船娘吴语,为蘸水拖烟,脆来如许。不管人愁,棹歌杏霭掠波去。　　如眉月棱半吐,想当年曾斗,馆娃娇妩,夜市听莺,春衣扑蝶,梦到将圆频误。鸣珂旧路。问冶叶倡条,可能如故?撩乱心情,化茶烟一缕。

——《迦陵词全集》卷二十

寒山寺弄,位于阊门外枫桥大街西端西侧。弄在寒山寺旁,故名。寒山寺,始建于南朝梁天监年间,旧名"妙利普明塔院"。相传,唐代高僧寒山在寺内做住持,故以"寒山"名寺。寒山,一称寒山子。唐代僧人。《宋高僧传》卷十九《唐天台封干师传》载,寒山住于天台山寒岩,与国清寺拾得交友,好吟诗唱偈,有诗题于山林间。后人集之成卷,名《寒山子诗集》,收诗三百余首。今举二首如下:

寒山诗（二首）

　　唐·寒山

可笑寒山道，而无车马踪。
联溪难记曲，叠嶂不知重。
泣露千般草，吟风一样松。
此时迷径处，形同影何从。

吾家好隐沦，居处绝嚣尘。
践草成三径，瞻云作四邻。
助歌声有鸟，问法语无人。
今日娑婆树，几年为一春。

——《寒山子诗集》

寒山寺建有大雄宝殿、罗汉堂、钟楼、枫江楼、藏经楼、碑廊等。寒山寺为江南名刹，四方游人络绎不绝，香火极盛。文人墨客吟咏甚多，举数例如下：

寒山拾得像已剥落矣，忽有人自天台来塑画如生，为赋喜寒山拾得重来诗

　　明·姚宗典

漫指沧桑认去来，枫江依旧笑容开。
晨斋钵捧香云盖，夜课钟沉宝月台。
意在毫端离语默，风生帚下绝尘埃。
只看石罅人还在，肯信昆冈已劫灰？

——《百城烟水》卷二

过寒山赠在昔

　　明·王庭

为忆钟声寻古寺，得因遗像识寒山。
枫江桥畔人如织，始信禅房尽日闲。

——《百城烟水》卷二

同朣庵过寒山寺

　　清·殳丹生

万家丛寺里，一径入寒山。

木叶萧萧静，江云黯黯闲。
残碑苔剥落，古殿鸽飞还。
羁客同游此，徘徊夕照间。

——《百城烟水》卷二

寒山寺
清·王之佐

碧瓦鳞鳞画晓霜，乌啼月落四山苍。
扁舟载得莺花梦，来听钟声泊寺旁。

——《种竹山房》

寒山寺（二首）
清·姚承绪

十里枫江早晚潮，乌啼月落夜迢迢。
客愁不为钟催起，梦断寒山第几桥。

谁向都蓝证色空，寒山拾得话南宗。
世间只有渔家傲，不管僧寮饭后钟。

——《吴趋访古录》卷二

西园弄，位于阊门外桐泾北路南端西侧。本弄18号为西园寺，故弄以寺名。元至元年间始建西园寺，初名"归原寺"。明万历年间，寺归太仆寺卿徐泰时所有，构筑成西园（东园即今之留园），后由其子徐溶舍宅为寺。明崇祯八年（1635）重新修缮，改名"西园戒幢律寺"，简称"西园寺"。清代乾隆、嘉庆年间，法会极盛，西园寺与杭州灵隐、净慈两寺鼎峙，同为江南名刹，是为数不多的律宗佛寺之一。咸丰十年（1860）遭兵燹而毁。同治至光绪年间，陆续重建，寺内塑有五百尊罗汉及济公、疯僧像，神态各异，栩栩如生，颇为著名。

时寓东园晚过西园作
清·徐崧

西园跬步近，日晚偶过从。
不料清歌地，还瞻古佛容。
露光千树月，风度一声钟。

惆怅依人世，纷纷总向空。

——《百城烟水》卷三

暮春西园晚眺
清·殳丹生

阊阖门西去，祇园芳树稠。
钟声出高阁，山色到平丘。
旧隐南邻接，重来白发愁。
可堪念闺阁，深夜独登楼。

——《百城烟水》卷三

前题
清·吴士缙

东墅花光尽，西园树色深。
落霞明远翠，斜照破轻阴。
坐久生诗思，吟余听梵音。
春残犹足乐，尚可访幽寻。

——《百城烟水》卷三

初夏幽居
释超粹

静听松涛起，悠然青翠中。
喜看新燕语，忍听落花风。
雨过岩房冷，云开曲径空。
闲来无一事，客至始相通。

——《百城烟水》卷三

普济桥下塘，位于山塘街普济桥南堍。相传，唐代诗人白居易、陆龟蒙曾居住于普济桥下塘。清代顾禄《桐桥倚棹录》云："乐天、天随（案：白居易，字乐天；陆龟蒙，号天随子）邻屋，在普济桥下塘，为太守张问陶寓舍。问陶，字船山，遂宁人，嘉庆壬申以东莱太守谢郡居此。其地右倚甫里祠，左距白傅祠甚迩，故名。"有诗云：

香山居士抽簪处，甫里先生斗鸭时。

驿使无须打金弹，醉乡尤喜听杨枝。
凭阑早醒繁华梦，点笔难删讽谕诗。
且作生公台下石，掠波飞燕任差池。

——《桐桥倚棹录》卷八

普济桥为三孔石拱桥，由花岗石砌成，全长38.69米，桥两面石柱上镌有对联。东面为："东望鸿城，水绕山塘连七里；西瞻虎阜，云藏塔影立孤峰。"西面为："北发塘桥，水泽往来通陆墓；南临路轨，云车尺咫到梁溪。"巷在普济桥南堍沿山塘河，故名。

普济桥
当代·潘君明

绿水沄沄浸碧天，片帆远去夕阳间。
虎丘斜塔犹招手，东望鸿城两处连。

——《苏州诗咏一千首》

鸭蛋头，位于阊门外思古弄东。原称"鸭脚浜"。传为生公放生处。《百城烟水·卷三·长洲》记载，内有白椎庵，初名"清照"。明万历年间，湛明法师建。"文湛持太史为书'晋生公放生处'，更今名。"

过白椎访闻照上人
明·顾梦游

秋寻随小艇，水尽到山家。
竹气暗晴日，枫林明夕霞。
一庭堆落叶，何代种梅花？
供客无他物，香生雪色茶。

——《百城烟水》卷三

过鸭脚浜
清·汪琬

柳外莺雏弄好音，暂牵画舫入溪阴。
楝花欲放黄鱼美，谷雨才晴绿树深。
才少不堪文字饮，兴酣那惜短长吟。

麦秋时节须行乐,已是功名付陆沈。

——《桐桥倚棹录》卷七

过白椎遇晓庵同雪邻观日维新莘船端敬赋
清·徐崧

精舍似山家,缘溪石径斜。
炊烟连暮霭,陇树隔晴霞。
村暝门初掩,篱秋叶不遮。
何期支遁过?设茗对灯花。

——《百城烟水》卷三

雨阻白椎同晓庵雪邻观日作
清·徐崧

我道随行止,安心即故乡。
烹泉炉宿火,礼佛衲焚香。
路净飘黄叶,天阴望夕阳。
来朝分手去,只恐客衣凉。

——《百城烟水》卷三

再宿白椎赠雪邻
清·徐崧

复此兔溪宿,精蓝不觉深。
禅灯悬佛面,秋月见天心。
露冷松俱湿,烟迷磬欲沉。
知君方肯构,几度抱寒衾?

——《百城烟水》卷三

徐臞庵先生过访白椎留宿赋
释照琼

村居耽寂寞,启户为良朋。
云气朝来薄,溪声雨后增。
高谈忘夜漏,幽思在寒灯。
揽胜知君遍,追随愧未能。

——《百城烟水》卷三

姚家弄，位于阊门外，东接南濠街，西接阊胥路。弄内原有利济寺，宋绍兴年间，僧道隆建。明洪武初为丛林。成化六年（1470）毁，二十三年重建。明代诗人杨循吉有《重建利济寺记》。杨循吉住南濠街，常去利济寺游览，写有诗作。

题利济寺募册
明·杨循吉
利济从来古道场，奈何今也太荒凉。
西阊万室俱豪富，谁谓曾无一孟尝？

——《百城烟水》卷二

当时，利济寺香火极盛，寺内种有白牡丹，品种极佳，花开时，游人观赏甚众。

咏利济寺白牡丹
明·杨循吉
一日清欢坐后寮，谁知此有玉颜娇。
春风触目生留恋，才倚朱阑酒便消。

——《百城烟水》卷二

追和杨南峰白牡丹诗似雪扶上人
清·张大纯
天然一种产僧寮，姑射仙人世外娇。
孰谓禅心枯木似，支公对此也魂消。

——《百城烟水》卷二

花园弄，位于阊门外山塘街北端西侧。北端为旧时虎丘乡，因种花卉而得名。《桐桥倚棹录》云："花园弄，在斟酌桥东，弄口即花场，每晨鬻花处也。凡山塘市肆、工作，多散居于诸弄之内。"

过虎丘花弄偶作
清·沈德潜
绿水园中路，由来朱勔家。
子孙遭众遣，窜伏业栽花。

艮岳久成劫，山塘转斗华。
可能存隙地，留与种桑麻。

——《归愚诗钞余集》卷六

虎丘新竹枝
清·尤维熊
花市人家学种兰，春兰未发蜡梅残。
试灯风里唐花早，烘出一丛红牡丹。

——《桐桥倚棹录》卷十二

虎丘竹枝词
清·顾文铉
苔痕新绿上阶来，红紫偏教隙地栽。
四面青山耕织少，一年衣食在花开。

——《桐桥倚棹录》卷十二

桐桥东圩，位于山塘街西段北侧，因在桐桥之东，故名。桐桥，亦作"洞桥"，原名"胜安桥"。桐桥下有河道，外通山塘河，两边筑圩，以防水患。故有"桐桥东圩""桐桥西圩"之名。明清时，山塘街为游览虎丘的必经之路，桐桥在山塘街之中段，也是山塘街最为热闹处，具有一定的代表性。故生活于清代嘉庆、道光年间的文人顾禄，记录山塘、虎丘一带名胜的专著，即以"桐桥倚棹录"为书名。

桐桥舟中得句
李其永
桥西七十里，不断往来波。
千古蛾眉女，此中载得多。
三春红烛夜，一片画船歌。
自昔成风俗，流波奈若何？

——《桐桥倚棹录》卷七

重过桐桥即事有作
清·毕沅
横塘一水碧遥遥，为访前游荡画桡。

花里旗亭人唤酒，桥边灯舫客吹箫。
情难自禁先期在，事到无成妄念消。
惆怅昔年妆阁畔，垂杨不见旧长条。

——《灵岩山人诗集》卷二十一

虎丘竹枝词
清·吴绮

红红白白满桐桥，买得花枝别样娇。
侬意只怜栀子树，阿郎偏爱美人蕉。

——《林蕙堂全集》卷二十二

桐桥
当代·潘君明

七里山塘佳绝处，桐桥倚棹最难忘。
曲栏垂柳烟波绿，旖旎山光接水光。

——《苏州诗咏一千首》

青山桥浜，位于山塘街青山桥东河沿。巷内有普福寺。《百城烟水·卷三·长洲》云："普福寺，在山塘，宋淳熙间僧文诚建。"

辛亥中秋同青印无依两禅师过普福寺访法钟禅师
清·徐崧

流览当佳节，悠悠听此身。
废兴千载寺，来往白堤人。
壁映青霞紫，庭飘细叶新。
无端成邂逅，杯茗亦良因。

——《百城烟水》卷三

青山桥，位于山塘街西端，靠近虎丘，始建于宋，清同治五年（1866）重修，系石板桥。

青山桥
当代·潘君明

踏步青山心亦悠，柳丝轻拂野花幽。

低吟自度山塘曲，一抹黄墙是虎丘。

——《苏州诗咏一千首》

万年桥大街，位于万年桥西堍。万年桥，跨胥门外城河，始建年代待考。宋绍定二年（1229）刻制的《平江图》上，并无此桥。《吴门表隐》载："胥门外有吊桥，紫石甚古，明嘉靖时，严嵩爱而拆去，今在袁州城外，亦名'万年桥'。"这说明在嘉靖之前，那里有一座古桥，且用紫石筑成。严嵩拆去后，一说是造了相府后花园，一说是运到严嵩老家江西分宜县，在城外照样安装了一座大桥，仍名"万年桥"。诗人潘耒有诗记其事。

万年桥

清·潘耒

旧传吴胥门，有桥甚雄壮。
不知何当事，谄媚分宜相。
拆毁远送之，未悉其真妄。
兹来经秀江，巍桥俨在望。
横铺八九筵，衷亘数十丈。
石质尽坚珉，蹲狮屹相向。
皆言自苏来，运载以漕舫。
严老自撰碑，亦颇言其状。
始知语不虚，世事多奇创，
桥梁是何物，乃作权门饷。
鞭石与驱山，势力岂多让。
充此何不为，穹天一手障。
为德于乡里，或云差可谅。
不闻掠彼衣，而令此挟纩。
冰山一朝摧，籍没无留藏。
独此岿然存，千秋截江涨。
颂詈两不磨，功罪亦相当。
犹胜庸庸流，片善无足况。
吴山多佳石，胥江足良匠。
有能更作桥，旧式犹可放。

——《遂初堂诗集》卷十二

万年桥拆除以后，行人过河靠船只摆渡，江深水急，遇上大风，有覆舟之危。为此，百姓及商人都愿意捐资造桥，但一直未能成功。其原因是当地豪绅霸占了渡口，每日获利十分可观，不肯造桥。

清乾隆五年（1740），由知府汪德馨等倡建，费时两年，建成一座气势雄伟的三孔型石桥，长三十二丈五尺有余，广二丈四尺，高三丈四尺四寸。两坡石级各五十三，木质栏杆，桥堍有石牌坊，题额"三吴第一桥"。桥建成时，鼓乐喧天，万民欢腾，取名为"万年桥"，以志长久之意。

药王庙弄，东起阊胥路，折北接西芦家巷。曾名"永康巷"。庙内供奉扁鹊神像。扁鹊，战国时名医。本姓秦，名越人。渤海郡鄚（今河北任丘北）人，一说为今山东济南市长清区一带人。他到处行医，活人无数，名满天下。因他有神奇的医术，又懂药理，被奉为"药王"，立庙以祀。也有的说该庙供奉的是唐代名医孙思邈、明代医学家李时珍。《吴门表隐》云："按药王，一作韦古道，西越人，唐开元二十五年赐号（沈玢《续神仙传》）；一作韦善俊，京兆人，唐武后时人（韩尃咎《相隐旧话》引《列仙传》）；一作扁鹊（《任邱县志》）。今祀神农氏最合。"

药王庙

宋·程瑞

每嗟身世晚，窃窃古炎皇。
咫尺瞻遗像，因依近末光。
瓣香聊致敬，清酒竞相将。
至德曾无尽，江流与共长。

——《百城烟水》卷二

药王庙

清·邹溶

黄金莫惜铸神人，画栋珠帘法像新。
身入三农分主伯，口尝百草辨君臣。
永无夭札民多寿，赖有饔飧户不贫。
俎豆竞陈千载下，可能一一报深仁。

——《百城烟水》卷二

七公堂弄，位于葑门外葑门横街。弄内有张七公庙，俗称"张步兵庙""七公堂",祀西晋文学家张翰。张翰(约258—319),字季鹰。吴郡(今江苏苏州)人。为人狂放不羁,极有才名。时人比之为阮籍,号"江东步兵"。随友人去京都洛阳,齐王司马冏执政,征召张翰为大司马东曹掾。时天下纷扰,很不太平。一日,张翰见秋风起,想到故乡吴江的菰菜、莼羹、鲈鱼脍,遂作《思吴江歌》。后弃官还乡。

思吴江歌
晋·张翰

秋风起兮佳景时,吴江水兮鲈鱼肥。
三千里兮家未归,恨难得兮仰天悲。

——《古诗纪》卷三十九

后来的"莼鲈之思"典故,即由此而来。唐李白有《行路难》三首,在其第三首中赞道:

君不见吴中张翰称达士,秋风忽忆江东行。
且乐生前一杯酒,何须身后千载名。

——《御定全唐诗》卷二十五

七公堂弄
当代·潘君明

只为求官赴洛阳,忽闻兵乱险遭殃。
秋风乍起思莼羹,挂印厅堂回故乡。

——《苏州街巷史话》

吴江垂虹桥南建有三高祠,内祀范蠡、张翰、陆龟蒙三人。

戏书吴江三贤画像三首·张翰
宋·苏轼

浮世功劳食与眠,季鹰真得水中仙。
不须更说知机早,直为鲈鱼也自贤。

——《东坡全集》卷六

朱家弄,原位于葑门外,南出葑门横街,北两口出葑门路。因明代藏书家、学者、鉴赏家朱存理曾居住于此,故名。朱存理(1444—1513),字性甫,又字性之,号野航,明长洲(今江苏苏州)人。朱存理博学能文,精鉴别,富收藏,和朱凯(字尧民)同称"两朱先生"。两人皆不乐仕进,以藏书赏鉴为乐,先后藏书达10万余卷。著有《吴郡献征录》《野航漫录》《鹤岑随笔》等。

朱存理洒脱不羁,很有情味,亦善诗。

偶松轩避暑漫兴
明·朱存理

溪南借我双松树,六月虚堂面水开。
松下清吟成漫兴,酒边凉雨洗炎埃。
一声老鹤月中听,万里秋涛天外来。
自把残书堪卧读,先令童子扫莓苔。

——《楼居杂著》

其诗作中多处提到松树、溪水,从中不难看出,朱存理的宅院就建在溪水边,水边有两株松树,他常在松树下纳凉、听松、待客。

朱存理好读书、藏书。文徵明《朱性甫先生墓志铭》:"吾苏有博雅之士曰朱性甫存理、朱尧民凯……称之曰'两朱先生'。"又云:"两人皆不业仕进,又不随俗为廛井小人之事。日惟挟册呻吟以乐好,求昔人理言遗事而识之……素皆高贵,悉费以资其好,不恤也。"

藏书纪事诗
清·叶昌炽

排闼狂呼月未阑,甓头更酌一杯残。
野航又继尧民逝,散尽珊瑚与木难。

——《藏书纪事诗》卷二

朱存理与祝允明、都穆、徐祯卿、朱凯等友好,常在朱存理偶松轩饮酒、品书、鉴画,以为乐事。

寄朱隐君性甫
明·文林

自笑千金昔已捐,陶然知命且随缘。

睽疏故旧家家酒,狼籍图书处处船。
布被夜寒孙抱足,柴门雪满客无毡。
陆游草草真成放,千首新诗六十年。

——《楼居杂著·野航附录》

南浩街,位于古城外阊门、胥门之间。原名"南濠街"。"濠",即护城河也。街临外城河,又与北濠弄相对,故名。后讹"濠"为"浩",失去"濠"之原义。

明代,有两位名士住于此街。一为杨循吉(1458—1546),字君谦,吴县(今江苏苏州)人。成化二十年(1484)进士,授礼部仪制主事,三十一岁因病致仕。他藏书十万余卷,是吴中有名的藏书家。他为文特长撰述,八十九岁尚能写作,著有《松筹堂集》等。

题书厨上
明·杨循吉

吾家本市人,南濠居百年。
自吾始为士,家无一简编。
辛勤一十载,购求心颇专。
小者虽未备,大者亦略全。
经史及子集,无非前古传。
一一红纸装,辛苦手自穿。
当怒读则喜,当病读则痊。
恃此用为命,纵横堆满前。
当时作书者,非圣必大贤。
岂待开卷看,抚弄亦欣然。
奈何家人愚,心惟财货先。
坠地不肯拾,坏烂无兴联。
尽吾一生已,死不留一篇。
朋友有读者,悉当相奉捐。
胜遇不肖子,持去将鬻钱。

——《列朝诗集》丙集第六

杨循吉年老时,将书散于亲故。

藏书纪事诗

清·叶昌炽

爨妇蓬头稚子啼，可怜断烂到签题。
逢人愿解奚囊赠，莫使飘零叹噬脐。

——《藏书纪事诗》卷二

一为都穆（1459—1525），字玄敬，吴县（今江苏苏州）人。弘治十二年（1499）进士，官至礼部主客司郎中，以太仆寺少卿衔致仕。他潜心读书，勤于写作，每到深夜。相传，某家办理婚事，深夜忽逢大雨，灯火尽灭，遍求不得火种。有人云："南濠都少卿家有读书灯。"至其家果得火种。都穆著述甚丰，著有《南濠居士文跋》《南濠文略》《南濠诗话》等。

都穆喜读书、藏书、写作。文嘉《何水部集跋》："杨、祝、都、唐，每得一异书，则争相夸示以为乐。故其所成，皆卓然名世。今异书间出，而学者视之漠然，前辈不可及也。"

送都元敬二首（选一首）

明·边贡

才高怜晚达，十载尚为郎。
书买黄金尽，愁生白发长。
夏曹分武库，秋殿别文昌。
木脱霜皋冷，何人共采芳。

——《华泉集》卷二

藏书纪事诗

清·叶昌炽

风雨群驺径叩门，读书灯未灭深昏。
都生竟为郎潜误，白发愁添种种痕。

——《藏书纪事诗》卷二

北浩弄，位于阊门山塘桥西堍。旧时，苏州有"南濠彩子北濠灯，城门洞里轧煞人"之谚，大约流传于清末至民国初期。这句谚语反映了北濠弄看灯的盛况。每逢正月十五元宵节，苏州人有看灯的习俗。阊门外水陆交通便捷，车来船往，商贾云集，南濠街、北濠弄是商业繁华地区，店铺林立，百货杂陈，是苏州地区最热闹的街市。元宵节灯市，在宋代就已盛行。

灯市行
宋·范成大

吴台今古繁华地，偏爱元宵灯影戏。
春前腊后天好晴，已向街头作灯市。
叠玉千丝似鬼工，剪罗万眼人力穷。
两品争新最先出，不待三五迎东风。
儿郎种麦荷锄倦，偷闲也向城中看。
酒垆博簺杂歌呼，夜夜长如正月半。
灾伤不及什之三，岁寒民气如春酣。
侬家亦幸荒田少，始觉城中灯市好。

——《石湖诗集》卷三十

元夕灯诗八首（选三首）
清·袁景澜

灯幻银花火幻烟，晴酣真个试灯天。
平添市物三分价，费尽豪家赏节钱。

白面儿朗意气增，鲜衣走马更呼朋。
门前已满鱼龙彩，偏自贪看市上灯。

哄合欢场事事藏，影声浩浩聚吴阊。
旧家古物摊成市，骨董零星鬻货郎。

——《吴郡岁华纪丽》卷一

百花洲，位于盘门和胥门之间第一直河的东边。史载，南宋淳祐年间该地建有百花庵，每逢农历二月十二百花生日，举办庙会，香火极盛。南宋时，此处为接官厅所在地，建有姑苏馆。《吴郡志·卷七·官宇》云："姑苏馆，在盘门里河西城下，绍兴十四年，郡守王晙建。"绍兴间，始与金通和，使者岁再往来，此馆专以奉国使。又有百花洲，在台下。

杨万里（1127—1206），字廷秀，号诚斋，南宋著名诗人，绍兴年间进士，曾官秘书监。他因官职关系，多次来到苏州。

泊平江百花洲
宋·杨万里

中吴好处是苏州,却为王程得胜游。
半世三江五湖棹,十年四泊百花洲。
岸旁杨柳都相识,眼底云山若见留。
莫怨孤舟无定处,此身自是一孤舟。

——《诚斋集》卷二十九

自明代始,百花洲逐渐冷落,以至湮没。但骚人墨客来此访古者甚多。唐寅到此游览,不胜感慨,遂挥笔题诗。

姑苏八咏·百花洲
明·唐寅

昔传洲上百花开,吴王游乐乘春来。
落红乱点溪流碧,歌喉舞袖相徘徊。
王孙一去春无主,望帝春心归杜宇。
啼向空山不忍闻,凄凄芳草迷烟雨。

——《唐伯虎集》卷一

百花洲
明·高启

吴王在时百花开,画船载乐洲边来。
吴王去后百花落,歌吹无闻洲寂寞。
花开花落年年春,前后看花应几人?
但见枝枝映流水,不知片片堕行尘。
年来风雨荒台畔,日暮黄鹂肠欲断。
岂惟世少看花人,从来此地无花看。

——《大全集》卷九

百花洲
明·姚广孝

水艳接横塘,花多碍舟路。
波红晴漾日,沙白寒栖鹭。
缘江鱼网集,隔渚菱歌度。

不见昔游人,风烟自朝暮。

——《吴都文粹续集》卷十一

百花洲
明·王宾

当时人到百花洲,人面花光照碧流。
今日人来寻旧迹,菲菲芳草没人头。

——《吴都文粹续集》卷十一

至民国时期,百花洲已是一块废墟,成为垃圾、粪便的转运站及死婴的埋葬地。稍后,有少数苏北逃荒灾民在此搭棚定居,以俗称"旱船""滚地龙"的简陋房屋为家。四周环境极为恶劣,有"西风吹来闻臭气,东风吹来吃垃圾"之谚。

八声甘州·百花洲
清·吴玞

指迷离、烟树断桥边,云是百花洲。想轻鸥狎浪,文鱼戏沫,锦缆牵舟。几度朝朝暮暮,箫鼓醉中流。传得莲娃曲,付与吴讴。　可叹繁华歇绝,把月台花榭,一霎都收。枉珠楼人堕,香句镜奁留。说闲愁、还无燕子,只暮蝉、高柳漫吟秋。更无那,凭阑望处,夕照当楼。

——《全清词钞》卷六

百花洲
清·姚承绪

百花洲上百花开,花落梧宫没草莱。
往事鹧鸪啼茂苑,新词杨柳唱苏台。
乱红十里烟迷棹,惨绿三春碧锈苔。
惆怅锦帆何处歇,东风吹过劫灰来。

——《吴趋访古录》卷二

新中国建立后经过多次改造,清除垃圾,铺平道路,环境得到改善,住户增多,房屋林立。有百花洲一弄至十三弄。后在街坊改造中,居民迁移,此处建成百花洲公园。

皇亭街，位于胥门外泰让桥南堍东侧，即胥江东口与外城河（两岸）交汇处的三角地区。清康熙二十三年（1684），皇帝南巡，至苏州转江宁时经此。百官在此迎接。康熙口谕："朕向闻江南财赋之地，今观民风土俗、通衢市镇，似觉充盈，至于乡村之饶、民情之朴，不及北方，皆因粉饰奢华。尔等身为大小有司，当洁己爱民，奉公守法，激浊扬清，体恤民隐。务令敦本尚实，家给人足，以副朕望老安少怀之至意。"汤斌记录面喻，即竖碑筑亭。名"万寿亭"，俗称"皇亭"。

乾隆十六年（1751），乾隆皇帝南巡到苏州，御书诗《驻跸姑苏》一首，同时刻碑筑亭：

> 牙樯春日驻姑苏，为问民风岂自娱。
> 艳舞新歌翻觉闹，老扶幼挈喜相趋。
> 周谘岁计云秋有，旋察官方道弊无。
> 入耳信疑还各半，可诚万众庆恬愉。

——《钦定南巡盛典》卷一

乾隆二十二年（1757），乾隆皇帝南巡到苏州，作诗多首，御书诗《寒山别墅》一首，同时刻碑筑亭：

> 泉出寒山寒，秀峰支砚支。
> 昔游曾未到，名则常闻之。
> 烟峦欣始遇，林壑诚幽奇。
> 应接乃不暇，而尽澄神思。
> 庭前古干梅，春华三两枝。
> 孰谓宣光往，斯人如在斯。

——《钦定南巡盛典》卷四

因三座亭子在一个地方，都是为皇帝而立，故统称为"皇亭"。那条小街即称"皇亭街"。

万寿亭诗
陆来

孔道高标百尺亭，煌煌碑碣炳丹青。
已知圣德通三极，共道王言似六经。

东望城闉开画障，西来山色拱云屏。
吴风自此归淳朴，呵护非徒有百灵。

——《百城烟水》卷二

万寿亭诗
清·张大纯

睿谕穹碑特地刊，欲将柱石砥狂澜。
红墙日照松筠暖，黄瓦天垂雨露寒。
隔水人烟回雉堞，连村野色带云峦。
须知圣主勤民意，不是宸游务壮观。

——《百城烟水》卷二

留园路，位于广济路南段西侧，因有留园而得名。留园，明万历二十一年（1593），为太仆寺少卿徐泰时罢官后所建，俗称"东园"。清乾隆五十九年（1794），为吴县（今江苏苏州）人刘恕所得，命名为"寒碧山庄"。因园主姓刘，亦称"刘园"。同治十二年（1873），由湖北布政使盛康（字旭人）购得此园，大加修葺，并用"刘园"之谐音，改名为"留园"，含有"长留天地间"之意。留园占地面积23300平方米，园内建筑依据消寒避暑、读书养性、宴客会友、游乐休闲等需要而设计，各种建筑巧妙地分离、组合，重门叠户，变化万千，有"一步一景，移步换景"之妙，被誉为"吴中第一名园"，是全国四大名园之一。

己亥秋日游徐氏东园（三首）
明·姜埰

徐氏园林在，招寻独倚筇。
三吴金谷地，万古瑞云峰。
宿莽依寒雁，重潭伏蛰龙。
西园花更好，香帔超南宗。

忆弟看云日，飘零满地愁。
烽烟迷古戍，花草转皇州。
作客犹初夏，携家及暮秋。
向来登眺意，憔悴仲宣楼。

地接苍山远，年催白发新。
登临兴废眼，离乱死生身。
秋水有孤鹜，寒塘无几人。
渡江诸弟子，随意五湖春。

——《百城烟水》卷三

寒碧庄杂咏为刘蓉峰（选二首）
清·潘奕隽

绿荫轩

华轩窈且旷，结构依平林。
春风一以吹，众绿森成阴。
流波漾倒影，时鸟送好音。
栏边花气聚，柳外湖光沉。
自非餐霞客，谁识幽居心。

卷石山房

卷石洵幽奇，一一罗窗户。
根含莫厘云，穴滴太湖雨。
秀色分遥岑，烟光来隔浦。
幽人不出门，岚翠环廊芜。
疑有旧题名，剜苔坐怀古。

——《三松堂集》卷十二

题瑞云峰
清·徐崧

一片玲珑石，神功讵琢成？
瑞分芝草秀，奇合夏云生。
未肯随朱勔，还应傍同卿。
至今荒垒上，剑水气英英。

——《百城烟水》卷三

山塘街，位于阊门外阊胥路北端西侧，是著名的"中国历史文化名街"。唐宝历元年（825），由苏州刺史白居易开辟，至今已有1190余年历史。山塘街古迹众多，风景优胜。历代骚人墨客漫步于山塘，画楼飞舸，月下吟诗，留下了难以估量的诗篇。据初步统计,描写山塘的诗词至少在300首以上。这里略举数首。

山塘开辟后,第一位写山塘街诗的,即是开辟者白居易。他写有一首五律。

武丘寺路
唐·白居易

自开山寺路,水陆往来频。
银勒牵骄马,花船载丽人。
芰荷生欲遍,桃李种仍新。
好住湖堤上,长留一道春。

——《白氏长庆集》卷二十四

清乾隆皇帝南巡,曾六上虎丘山,将虎丘作为行宫。而虎丘山下的山塘街,也是他喜欢的地方。某年春天,他兴致勃勃地骑着马,在侍卫们的保护下,在山塘街跑了一回,尽情欣赏。回到行宫,乾隆皇帝兴犹未尽,马上提起御笔,写下了一首七律《山塘策马》。

山塘策马
清·爱新觉罗·弘历

山塘策马揽山归,淡荡韶春鞭满挥。
烘受朝晴花蕊绽,润含夜雨麦苗肥。
日游日豫所无逸,乐水乐山亦静机。
更喜吴民还易教,重来歌舞较前稀。

——《钦定南巡盛典》卷四

山塘
近代·金松岑

何处春光美,行行七里塘。
水凉浴兔伯,花暖醉蜂王。
画舫移歌扇,青山映宝坊。
贤愚同一迹,蹑屐为寻芳。

——《天放楼诗集·雷音集》卷三

山塘街中段彩云桥畔,有半塘寺,即寿圣教寺,原名"法华院"。寺内有元代释善和尚刺血抄成的《华严经》一部,共八十卷,并附有明代大学士宋濂以及归庄、宋荦、石韫玉、翁同龢、康有为等四百余人的题跋。

入半塘
唐·赵嘏

画船箫鼓载斜阳,烟水平分入半塘。
却怪春光留不住,野花零落满庭香。

——《苏州名胜诗词选》

半塘
宋·范成大

柳暗阊门逗晓开,半塘塘下越溪回。
炊烟拥柂船船过,芳草缘堤步步来。

——《石湖诗集》卷三

宿半塘寺
宋·郑思肖

一襟清气足,此夜岂人寰。
醉影松杉下,吟身风露间。
秋悬当殿月,云宿近城山。
明发骑鲸去,飘然不可攀。

——《百城烟水》卷三

醒狮路,位于阊门外石路金石街南端,西至夹剪弄。这条路名的历史虽不长,但很有爱国意义。清末民初,由近代南社社员朱梁任所取。朱梁任(1873—1932),名锡梁,号君仇。吴县(今江苏苏州)人。他是同盟会会员,南社创始人之一,与柳亚子、陈去病、包天笑、苏曼殊等友好。当时,清廷腐败,国力衰弱,外国人讥笑中国是一头"睡狮"。朱梁任忧伤国事,鼓吹革命,认为中国的睡狮应该醒醒了。清光绪二十九年(1903)秋天,他和柳亚子、苏曼殊、包天笑等相约,一起登上了苏州西郊的狮子山。他们在山上竖起了"招魂幡",发起了招国魂之举。

题招魂幡

现代·朱梁任

归去来兮我国魂，中原依旧属公孙。

扫清膻雨腥风日，记取当时一片幡。

——《清诗纪事·光绪宣统朝卷》

共和纪元第四十六癸卯十月辛亥朔狮子山赋

现代·朱梁任

十月之交招国魂，曾曾小子拜轩辕。

黄河两岸遗民族，赤县千里奉至尊。

纵有胡儿登大宝，岂无豪杰复中原。

今朝灌酒狮山顶，要洗腥膻宿世冤。

——《苏州士绅》

朱梁任家住夹剪弄47号，自狮子山招魂后，即将夹剪弄东口的一条小巷取名为"醒狮路"，作为纪念。

醒狮路

当代·潘君明

外敌侵华气势凶，中华岂能服枭雄。

睡狮醒寤一声吼，赶走虎狼禹域荣。

——《苏州街巷史话》

南门路，位于南门外，东起觅渡桥，西接盘门路。旧称"大马路"，因在南门外，故改今名。人民桥以东、本路之南，又名"青旸地"。其处原为荒地农田，沿城外河岸则为纤夫纤道。清末，为苏州近代工业的创始地。同治年间，状元陆润庠在此创办苏纶纱厂、苏经丝厂。相传，三国时孙权之兄孙策葬于此。

孙策墓

宋·杨友夔

阖庐城边荒古丘，昔谁葬者孙豫州。

久无行客为下马，时有牧童来放牛。

——《彦周诗话》

附录：作者简介

二画

丁谓（966—1037），字谓之，一字公言。长洲（今江苏苏州）人。宋淳化三年（992）进士，授大理评事，累官至参知政事，封晋国公。他与王钦若迎合帝意，大搞封禅，大造寺观。排挤寇准出相。后劣迹败露，贬崖州（今广东琼山）、雷州（今广东海康）等地。著作甚丰，今唯存《谈录》。

三画

马元勋，号蕉庵。清吴江人。性坦率，好饮酒，日课一诗。有"东风吹出清明雨，无数夭桃一夜红"句，人称"马夭桃"。著有《蕉雨轩诗钞》。

四画

韦应物（约737—791），字义博。京兆万年（今陕西西安）人。唐天宝间为玄宗侍卫，任侠负气。贞元四年（788）任苏州刺史，贞元六年被罢职，闲居永定寺，未几卒。人称"韦苏州"。著有《韦苏州集》。

王禹偁（954—1001），字元之。济州巨野（今属山东）人。太平兴国八年（983）进士，任右正言。因上奏章得罪朝廷，被贬谪到商州、黄州等地。著有《小畜集》。

王安石（1021—1086），字介甫，号半山。抚州临川（今江西抚州）人。宋庆历二年（1042）进士，官至同中书门下平章事，封荆国公。追谥文公。诗文革新运动倡导者，为唐宋八大家之一。著有《临川文集》等。

王鏊（1450—1524），字济之，号守溪，晚号拙叟，学者称震泽先生。吴县（今江苏苏州）人。明成化十一年（1475）进士，官至文渊阁大学士。卒谥文恪。文章典雅，议论明畅，以时文著名。编有《姑苏志》，著有《震泽集》等。

王宠（1494—1533），字履仁，更字履吉，号雅宜山人。明吴县（今江苏苏州）人。读书石湖，八举不第，以诸生贡入太学。才学广博，工书画篆刻，诗以五言为佳。著有《雅宜山人集》。

王穉登（1535—1612），字伯穀、百穀。先世江阴人，后移居苏州。工诗，善书、画。著有《王百穀集》。

王士禛（1634—1711），字子真，一字贻上，号阮亭、渔洋山人。新城

（今山东桓台）人。清顺治十五年（1658）进士，官至刑部尚书。为诗坛圭臬，总持风雅数十年。著有《带经堂集》。

王宾，初名国宾，字仲光，号光庵，长洲（今江苏苏州）人。明洪武初，与韩奕、钱芹合称"姑苏三高士"。工绘事，亦善刻印，尤精医术。著有《光庵集》等。

王昙（1760—1817），字仲瞿。秀水（今浙江嘉兴）人。清乾隆五十九年（1794）举人。会试不第。与孙原湘、舒位并称"后三家"或"江左三君"。著有《烟霞万古楼诗文集》等。

王韬（1828—1897），原名利宾，字仲弢，号紫铨，别号弢园老人。吴县（今江苏苏州）人。清道光二十五年（1845）秀才。同治元年（1862），因献策于太平天国被举报，被清廷下令逮捕，后逃亡香港，漫游英、法等国。光绪五年（1879），考察日本东京、大阪等城市，写成《扶桑记游》。在哲学、教育、史学、文学等方面都有杰出成就。著有《弢园文录外编》《漫游随录图记》等。

王庭（1434—1493），字元直。昆山人。明天顺六年（1462）举人，成化二年（1466）会试乙榜，授鄜州学正。成化七年典试江西，十五年迁国子学录。弘治元年（1488），任沈王府右长史。

王偌，清茂苑（今苏州）人。著有《鹤山史抄》。

王珏，生平待考。

王也六（1921—1991），字少牧。江苏射阳人。曾任中共苏州市委统战部部长等职。1983年离休后，刻苦钻研古诗、书、易，曾为中华诗词学会会员、中国书法家协会会员。沧浪诗社名誉社长。著有《周易考注新解》《少牧春草选》等。

王之佐，字砚农，又字硕农，一字启丹。江苏震泽人。清道光元年（1821）举孝廉方正制科。工吟咏，兼画兰花。著有《来青集》《宝印集》。

王世贞（1526—1590），字元美，号凤洲，又号弇州山人。太仓人，明嘉靖二十六年（1547）进士，官至南京刑部尚书。著有《弇州山人四部稿》《弇山堂别集》等。

文天祥（1236—1283），字宋瑞，号文山。吉州庐陵（今江西吉安）人。宋宝祐四年（1256）进士。知赣州。元兵入侵，他变卖家中财产作军资，组织勤王兵万人入卫。曾任平江（今江苏苏州）知府。他以右丞相兼枢密使往元营谈判，因不肯屈服，被元军押至镇江。他设法逃脱，与陆秀夫等在福州拥立益王赵昰为帝，任左丞相。祥兴元年（1278），在广东五坡岭兵败被俘，于至元十九年十二月初九（1283年1月9日）被害。著有《文山先生全集》。

文徵明（1470—1559），原名壁，字徵明，以字行，改字徵仲，号衡山居士。长洲（今江苏苏州）人。明正德末以荐授翰林待诏，不久致仕归。工诗文书画，与沈周、唐寅、仇英合称为"明四家"。与唐寅、祝允明、徐祯卿合称为"吴中四才子"。著有《甫田集》等。

文嘉（1499—1582），字休承，号文水。文徵明次子。长洲（今江苏苏州）人。岁贡生。历官吉水训导、乌程教谕、和州学正。能诗善书，精鉴赏。著有《文和州集》。

文柟（1597—1668），字端文，号曲辕，晚号溉庵。长洲（今江苏苏州）人。庠生。明亡后，绝意进取。工诗，善画。著有《溉庵诗选》。

文林（1445—1499），字宗儒，号交木。长洲（今江苏苏州）人。明成化八年（1472）进士，升南京太仆寺丞，终温州知府。学问渊博，堪舆、卜筮，皆通其说，尤精于易数，平时以经济自负。著有《文温州集》《文温州诗》等。

尤侗（1618—1704），字同人，又字展成，号悔庵、艮斋，晚号西堂老人。长洲（今江苏苏州）人。清康熙十八年（1679）举博学鸿词科，授翰林院检讨，参修《明史》。著有《西堂全集》。

尤维熊（1762—1809），字祖望，号二娱，长洲（今江苏苏州）人。清乾隆五十四年（1789）拔贡生。官云南蒙自知县。工诗，尤长于词。著有《二娱小庐诗钞》。

毛滂，字泽民，号东堂居士。衢州（今属浙江）人。宋元丰七年（1084）以荫入官，政和四年（1114）以祠部员外郎知秀州，约宣和末卒。长于诗词。著有《东堂集》。

毛奇龄（1623—1713），字大可，号秋晴，又以郡望称西河。浙江萧山人。明末诸生，曾参与抗清。清康熙时以荐举博学鸿词，授翰林院检讨。治经史及音韵学，长于著述。著有《西河集》等。

方孝孺（1357—1402），字希直，一字希古，号逊志，人称"正学先生"。浙江宁海人。初从宋濂学。明洪武二十五年（1392），以荐擢汉史教授。后召为翰林侍讲学士、文学博士，修《太祖实录》。建文四年（1402），燕王朱棣率军入南京，将即帝位，命他草即位诏书。他拒不草诏，被杀，并被诛十族。著有《逊志斋集》。

方子通（1040—1122），名惟深，字子通，号玉川翁。宋长洲（今江苏苏州）人，祖籍莆田（今属福建）。学者方龟年之子。有才华，但仕途坎坷。王安石极爱其诗的精炼警绝，不时为之延誉。著有《方秘校集》。

殳丹生（1609—1678），初名京，字彤宝，改字山夫，号贯斋、桐庐山人。浙江嘉善人。明庠生。工诗、善画。明亡后寓吴江震泽西村，再徙盛泽，后徙寓苏州虎丘山塘，晚寓枫桥，于寒山寺卖卜。著有《殳丹生集》。

区大相（1549—1616），字用孺，号海目。广东佛山人。明万历十七年（1589）进士。官翰林院检讨，同修国史。历官赞善中允，掌制诰。万历三十三年，调任南京太仆寺丞，三年后称病回乡。工诗。著有《区太史诗集》《图南集》等。

五画

白居易（772—846），字乐天，晚号香山居士。其先太原（今山西太原西南），后迁居下邽（今陕西渭南北）。唐贞元十六年（800）进士，授秘书省校书郎。出为杭、苏两州刺史，历河南尹、太子宾客分司、太子少傅分司等。著有《白氏长庆集》。

皮日休（约838—约883），字逸少，后改袭美，号鹿门子、间气布衣等。襄阳（今属湖北）人。唐咸通八年（867）进士，咸通十年为苏州刺史，崔璞辟为军事判官，与陆龟蒙等结为诗友。后入黄巢军，授翰林学士，巢败，不知所终。著有《皮子文薮》。

石韫玉（1756—1837），字执如、琢如，号琢堂、竹堂居士、花韵庵主人、独学老人、竹堂居士。吴县（今江苏苏州）人。清乾隆五十五年（1790）恩科状元，授翰林院修撰。官至东按察使。辞官后，先后主讲于杭州紫阳书院、江宁尊经书院。著有《独学庐诗文集》《竹堂类稿》等。

石钧（1755—1805），字秉纶，号远梅。吴县（今江苏苏州）人。监生。清乾隆三十七年（1772）弃儒服贾，徜徉于山水诗酒间，得疾卒。著有《清素堂诗集》《清素堂词钞》等。

石方洛（1841—1909），字仲兰，号问壶。吴县（今江苏苏州）人。伯父石渠嗣子。清咸丰十年（1860）避居上海，以卖文为生。同治四年（1865）为府增生，后由李鸿章保举选用，晋五品衔。摄永嘉县丞。后办海关洋务。著有《桃坞百绝》等。

叶適（1150—1223），字正则，人称"水心先生"。温州永嘉（今浙江温州）人。官至吏部侍郎。著有《水心集》。

叶昌炽（1847—1917），字鞠裳，号缘督。长洲（今江苏苏州）人。清光绪十五年（1889）进士，官至甘肃学政。家富藏书，积三万余卷，长于校勘。著有《藏书纪事诗》《语石》等。

叶元玉，字迁玺，号古崖。福建汀州清流县人。明成化十七年（1481）进士，授户部郎，累官至广东潮州知府。工诗。著有《古崖集》等。

申时行（1535—1614），字汝默，号瑶泉，晚号休休居士。长洲（今江苏苏州）人。明嘉靖四十一年（1562）状元，官至内阁首辅。著有《赐闲堂集》。

申诒芳，明长洲（今苏州）人。清顺治十二年（1655），安徽凤阳府学教谕。

史鉴（1434—1496），字明古，号西村，别署西村逸史。吴县（今江苏苏州）人。于书无所不读，尤熟于史，隐居不仕。著有《西村集》。

史玄（？—1649），字弱翁。明末清初吴江（今江苏苏州）人。学有根底，留心经济，尝从水道至京师，著书论盐务、河漕之要，时无所遇，困顿以死。诗宗杜甫，古体尤工。著有《松陵耆旧传》《弱翁诗文集》等。

冯桂芬（1809—1874），字林一，号景亭，吴县（今江苏苏州）人。清道光进士，任翰林院编修。同治元年（1862）入李鸿章幕。他主张实行新政，招引后进，务求博通中西两学。所著《校邠庐抗议》，启资产阶级维新派之先河。著有《显志堂集》《说文解字段注考证》等。

归懋仪（1761—？），字佩珊，自号虞山女史。清常熟人。归朝煦女，上海李学璜妻，袁枚弟子。工诗。著有《绣余小草》。

卢熊（1331—1380），字公武。昆山人。元末被张士诚授为吴县教谕，江浙行省辟为掾。明洪武九年（1376）以博学善书擢中书舍人。出任兖州知府。后坐累下狱死。曾纂修《苏州府志》《兖州志》等。

边贡（1476—1532），字廷实，号华泉，历城（今山东济南）人。明弘治九年（1496）进士，官至南京户部尚书。以诗著称，弘治、正德年间，与李梦阳、何景明、徐祯卿并称"弘治四杰"。后加上康海、王九思、王廷相，合称为明代文学"前七子"。著有《华泉集》。

厉鹗（1692—1752），字太鸿，又字雄飞，号樊榭、南湖花隐等。钱塘（今浙江杭州）人。清康熙五十九年（1720）举人。乾隆元年（1736），参加博学鸿词考试，未中。此后终身不仕。著有《樊榭山房集》等。

乐痴女士，生平待考。

六画

汤惠休，字茂远。早年为僧，人称"惠休上人"。因善诗，宋孝武帝刘骏命其还俗。汤惠休官至扬州从事史。今存诗作十一首。

汤弥昌，字师言，号碧山，吴县（今江苏苏州）人。初授长洲教谕，鄱江、清献两书院山长。博学能文，善书。

汤仲友，一作仲元，初名益，以字行，更字端夫，号西楼。宋末元初吴县（今江苏苏州）人。筑宅于苏州汤家巷（今仍名之）。学诗于周弼，淹贯经史，气韵高逸。宋末浪迹湖海，晚复归吴。有诗名。著有《北游诗集》。

汤国梨（1883—1980），字志莹，号影观。浙江乌镇人。章太炎夫人。

博学多才,能诗善书。著有《影观诗稿》《影观词稿》。

刘禹锡(772—842),字梦得。洛阳(今属河南)人。唐贞元年间进士,大和五年(831)出任苏州刺史。官至太子宾客,世称刘宾客。著有《刘宾客文集》。

刘长卿(？—约789),字文房。河间(今属河北)人,一作宣城(今属安徽)人。著有《刘随州集》。

刘基(1311—1375),字伯温,浙江青田南田武阳村(今属文成)人。元元统年间进士,任高安县丞。迁江浙儒学副提举,以论御史失职。朱元璋下金华,陈时务十八策。遂佐朱元璋统一天下。太祖即位称帝,奏请立法。旋迁弘文馆学士,封诚意伯。著有《诚意伯文集》。

刘珏(1410—1472),字廷美,号完庵。长洲(今江苏苏州)人。明正统三年(1438)举人,官至山西按察司佥事,居三载,弃官归。老而好学,工于七律,人称"刘八句"。著有《完庵集》。

刘廷玑,字玉衡,号在园。汉军旗人。清康熙年间历官处州同知、江西按察使,降江南淮徐道。著有《葛庄诗钞》《在园杂志》等。

刘文昭,明成祖时,被征至文渊阁,赞修《永乐大典》。

刘慎诒,安徽贵池人。寓居苏州。著有《龙慧堂诗》。

朱长文(1039—1098),字伯原,号乐圃。吴县(今江苏苏州)人。宋嘉祐四年(1059)进士,以足病不仕。筑乐圃于雍熙寺西,有山林野趣。为本郡教授,又召为大学博士,秘书省正字。家有藏书2万卷,又藏古琴,筑琴台。著有《琴史》《吴郡图经续记》。

朱长春,浙江乌程人,明万历十一年(1583)进士,历知尉城、常熟、信阳三县,入为刑部主事,因事削籍。著有《朱太复文集》等。

朱彝尊(1629—1709),字锡鬯,号竹垞,秀水(今浙江嘉兴)人。青少年时,即以诗词散文闻名江南。清康熙十八年(1679年),应博学鸿词科试,任翰林院检讨,日讲起居注,入值南书房,修《明史》。博学多才,尤工于诗。纂辑《词综》,另有《经义考》《曝书亭集》。

朱方蔼(1721—1786),字吉人,号春桥,晚号桐溪钓叟。桐乡(今属浙江)人。著有《春桥草堂集》等。

朱存理(1444—1513),字性甫,又字性之,号野航。长洲(今江苏苏州)人。诸生。从杜琼游。博学能文,精鉴别,富收藏,和朱凯(字尧民)同称"两朱先生"。两人皆不乐仕进,以藏书赏鉴为乐,藏书达10万余卷。著有《吴郡献征录》《野航漫录》《鹤岑随笔》等。

朱临(1766—1830),字应中,号竹瓢。长洲(今江苏苏州)人。清嘉庆六年（1801）举人，官至太常寺博士。著有《玉兰山房诗钞》。

朱塥，字子馨，号天平山人。元和（今江苏苏州）人，九岁能诗，稍长，与秦云、汪芑齐名，称"吴中三山人"。同治中捐为安徽巡检。晚岁流寓凤阳，憔悴而终。著有《万卷书楼诗钞》。

朱祖谋（1857—1931），原名孝臧，字古微，号沤尹，又号彊村。浙江归安（今湖州）人。清光绪九年（1883）进士，官至礼部侍郎。工诗词。著有《彊村语业》等。

朱敬之，明人，生平待考。

朱梁任（1873—1932），名锡梁，字梁任，号纬军、君仇。吴县（今江苏苏州）人。中国同盟会会员。南社主要发起人之一。精小学，工诗文。1932年赴甪直参加唐塑陈列馆开幕典礼，返时舟覆而死。

孙觌（1081—1169），字仲益，号鸿庆居士。常州晋陵（今江苏武进）人。宋大观三年（1109）进士，为秘书省校书郎，建炎二年（1128）知平江府，致仕后居太湖畔二十余年。善属文，著有《鸿庆居士集》等。

孙麟趾（1782—1860），字清瑞，号月坡。长洲（今江苏苏州）人。清庠生。怀才不遇，幕游数十年，后入宝山知县张熙幕。晚乃归里，未数月，太平军陷苏城，不知所终。著有《月坡词》。

孙枝蔚（1620—1687），字豹人，号溉堂。陕西三原人。孙家世代经商。李自成入关，孙家即散家财组织团勇抵抗李自成，为之所败。只身走江都，折节读书，肆力于古诗文。清康熙十八年（1679），举博学鸿词科，因年老不能应试，特旨偕邱钟仁等七人授内阁中书。工诗词，多激壮之音。

许浑，字仲晦，一作用晦。润州丹阳（今属江苏）人。著有《丁卯集》。

许定升（1623—？），字升年，号香谷。长洲（今江苏苏州）人。清顺治十一年（1651）副榜，康熙二十五年（1686）任山东禹城知县，核丁籍，省徭役，治声大著，引疾归里，力行善事。著有《香谷林文集》《清荫阁诗集》等。

许传霈（1843—？），浙江上虞人。曾为东阳乡试考官。嗜篆刻，擅金石考据，有诗名。尝与汪芑塘、施衡甫等诸公结诗社，唱和不断。著有《一诚斋诗存》。

过于飞，字振鹭。长洲（今江苏苏州）人。清康熙八年（1669）举人，官丹阳教谕。著有《归来集》《竹堂集》《琴志》。

江声（1721—1749），字叔沄，晚号艮庭。元和（今江苏苏州）人。清嘉庆元年（1796）举孝廉方正。师惠栋，后专力于经义古学，治《尚书》。能填词，善尺牍，工书。著有《艮庭词》等。

米芾（1052—1108），初名黻，字元章，号襄阳漫士、海岳外史。世居太原（今属山西），迁襄阳（今属湖北）。后定居润州（治今江苏镇江）。官至礼部员外郎。人称"米南宫"。因举止癫狂，人称"米颠"。工书法，与蔡襄、苏轼、黄庭坚并称"宋四家"。著有《画史》《书史》等。

任艾生（？—1902），原名世珍，字幼莲，号半聋。清震泽（今江苏苏州吴江区）人。嗜书画碑版，收藏甚富。工楷书，意在欧、虞之间。晚年失聪，乃学写花卉。与吴昌硕、陆恢等名流俱有交往。

伊乘（1441—1516），字德载，明吴县（今江苏苏州）人，占籍上元（今江苏南京）。成化十四年（1478）进士。历南京刑部主事、员外郎。博通经史，诗文有古风。著有《伊乘集》等。

七画

陆机（261—303），字士衡。吴郡吴县华亭（今上海市松江区）人。祖逊、父抗，均为孙吴名将。少有奇才，文章冠世，与弟云合称"二陆"。历任平原内史、后将军、河北大都督等。后人辑有《陆士衡集》。

陆龟蒙（？—约881），字鲁望，号天随子、甫里先生等。姑苏（今江苏苏州）人。举进士不第。曾为湖州、苏州从事。后退居松江，放浪山水间。与诗人皮日休为友，世称"皮陆"。著有《甫里集》等。

陆来，生平待考。

陈羽（约753—？），江东吴县（今江苏苏州）人。唐贞元八年（792）进士，官东宫卫佐。有《陈羽诗集》等。

陈师道（1053—1102），字履常，一字无己，号后山居士。徐州彭城（今江苏徐州）人。宋元祐初，历任徐州教授、太学博士、颍州教授、秘书省正字等职。工诗，属"江西诗派"。著有《后山先生集》。

陈维崧（1625—1682），字其年，号迦陵。江苏宜兴人。诸生。清康熙十八年（1679）举博学鸿词，授翰林院检讨，与修《明史》。工骈文，又工词。著有《湖海楼全集》。

陈三岛（1624—1660），字鹤客。长洲（今江苏苏州）人。清顺治四年（1647）列名《南词新谱》参阅人。十五年与会朱彝尊。与徐晟善，晟称其负逸才而有奇志。工诗。十八年，密与抗清志士通气，事不成，忧愤咯血死。著有《雪圃遗稿》。

陈所闻，字无声。生卒年均不详，南直隶松江府华亭（今上海松江）人。

陈崿，字咸京，号岵岚，晚号慧香。贡生。著有《祖砚堂集》。

陈匡国，字均宁，清长洲（今江苏苏州）人。明诸生。未及壮年，明亡，弃诸生，隐居东郊外娄江教授，以遗民终。著有《镜镜居诗稿》《镜镜居词稿》。

陈去病（1874—1933），初名庆林，字佩忍，号巢南。吴江人。早年主张维新变法，后入同盟会，与柳亚子等创办南社。辛亥革命后，任江苏革命博物馆馆长，后任东南大学教授。创办《二十世纪大舞台》杂志，提倡戏剧改革。著有《浩歌堂诗钞》等。

陈鸣鹤（1550—1628），字汝翔，号泡庵。福建侯官人。早年便淡泊功名，鄙夷科举，专攻诗词歌赋。明天启五年（1625），福建巡抚授陈鸣鹤"词林名士"匾，以褒奖他在辞赋方面的杰出成就。著有《泡庵诗选》《东越文苑》。

陈蒙，字允德，号育庵，别号东丘道人。明常熟沙溪（今属太仓）人。博学，工诗赋。好功名，绝不苟进。父尝路千金授仆名太平者贸易，捐资结交，随靖难有功，开山西行都司高山卫指挥使，卒无嗣，移檄取蒙袭爵，辞不就。工诗。著有《泛雪集》《育庵集》等。

陈从周（1918—2000），原名郁文，晚年别号梓室，自称梓翁。祖籍浙江绍兴，生于杭州。中国著名的古建筑和园林艺术学家，曾任同济大学教授。九三学社成员。著有《说园》等。

张翰，字季鹰。吴郡（今江苏苏州）人。为人放纵不羁，极有才名。时人比之为阮籍，号"江东步兵"。随友人去京都洛阳，齐王司马冏执政，征召张翰为大司马东曹掾。时天下纷扰。一日，张翰见秋风起，想到故乡的菰菜、莼羹、鲈鱼脍，遂作《思吴江歌》。

张籍（约767—约830），字文昌。吴县（今江苏苏州）人。唐贞元十五年（799）进士。历官太常寺太祝、水部员外郎、国子司业。世称"张司业""张水部"。他官职低微，较多接触下层社会生活，所作乐府诗能同情人民疾苦。与王建齐名，称"张王乐府"。著有《张司业集》。

张继，字懿孙。襄州（今湖北襄阳）人。唐天宝十二载（753）进士。曾官盐铁判官、校祠部员外郎。出任转运使判官。因兵乱避地江左，游历越、杭、苏、润诸州。诗体清迥，有道者风。著有《张祠部诗集》。

张咏（946—1015），字复之，号乖崖。濮州鄄城（今属山东）人。宋太平兴国年间进士，官至礼部尚书。诗文俱佳。是北宋太宗、真宗两朝的名臣。谥号忠定。著有《乖崖集》。

张上龢（1839—1916），曾任直隶昌黎、博野、宁县、万全、元城等知县。

张兆蓉，字心逸。吴县（今江苏苏州）人。生平待考。

张昱（生卒年不详），字光弼，号一笑居士，晚号可闲老人。庐陵（今江西吉安）人。元至正年间，江浙行省左丞杨完者以他参谋军府事，迁左右司员外郎，行枢密院判官。著有《可闲老人集》。

张恭寿，字颂眉。长洲（今江苏苏州）人。生平待考。

张羽（1333—1385），字来仪，号盈川；以字行，更字附凤。明浔阳（今江西九江）人。与高启、徐贲、杨基并称为"吴中四杰"。著有《静居集》。

张大纯（1637—1702），字文一，号松斋。清长洲（今江苏苏州）人。与徐崧辑《百城烟水》。著有《严居杂咏》等。

张大绪，字成九，号鹓洲。长洲（今江苏苏州）人，张大纯从弟。清诸生。慕汪琬古学，乃从之游。淹贯诸家，名噪一时。著有《陶云诗钞》《鹓洲诗草》。

张大受（1660—1723），字日容，号拙斋。长洲（今江苏苏州）人。世居吴郡匠门。康熙四十八年（1709）进士，授检讨，奉命督学贵州。善诗古文，尤工骈体。著有《匠门书屋文集》。

张适（1333—1394），字子宣，号甘白。明洪武二年（1369）荐修《元史》。后以明经荐授广西布政司理问所提控案牍。著有《甘白先生文集》等。

张芬，字紫蘩，号月楼。清长洲（今江苏苏州）人，举人曾汇女。著有《两面楼偶存稿》。

张本，字斯植。明吴县（今江苏苏州）人。幼年失母，依祖母刘氏，教以孝悌。及长，习举子业，屡试不中。随王鏊学古文辞，颇受赏识，都穆、文徵明、黄姬水等共相推重。著有《五湖漫闻》等。

张英（1637—1708），字敦复，号乐圃。安徽桐城人。官至文华殿大学士兼礼部尚书，卒谥文端。著有《文端集》。

张远，字超然，号无闷道人。福建侯官人。清康熙三十八年（1699）举福建乡试第一，授云南禄丰知县。诗文书翰，有遥情逸气，诗近元白长庆体。著有《无闷堂集》。

张隽（？—1663），一名僧愿，字非仲，又字文通，号西庐。吴江人。诸生。崇祯时入复社。积书甚富。因参修《明史》被逮，后被诛。著有《西庐诗草》《西庐文钞》。

张之祯（1885—1967），字云樵，浙江绍兴人。毕业于浙江高等学堂（求是书院）。后在浙江省立高级商科中学、浙江省立高级中学（商科）任教员、教务主任等，并出任浙江省立高级商业职业学校校长。曾任中国国民党革命委员会浙江省委员会常务委员、政协浙江省第二届委员会委员等职。

张泰（1436—1480），字亨父，号沧洲，太仓人。天顺八年（1464）进士。授检讨，迁修撰。著有《沧洲诗集》。

张祜（约785—约852），字承吉，贝州清河（今河北清河西）人。家世显赫，人称张公子。善诗，有"海内名士"之誉。早年曾寓居姑苏。长庆中，令狐楚表荐之，不报。辟诸侯府，被元稹排挤，遂至淮南寓居，隐居以终。有

《张承吉文集》。

张问陶(1764—1814),字仲冶,号船山。因善画猿,自号"蜀山老猿"。四川遂宁人。清乾隆五十五年(1790)进士,曾任翰林院检讨、江南道监察御史、吏部验封清吏司郎中。又出任山东莱州知府。辞官后寓居苏州虎丘山塘。工诗,书画家。与袁枚、赵翼合称清代"性灵派三大家",与彭端淑、李调元合称"清代蜀中三才子",被誉为"青莲再世""少陵复出""清代蜀中诗人之冠"。著有《船山诗草》。

张荣培(1872—1953),字植甫,号蛰公、铁叟。吴县(今江苏苏州)人。寓居上海。著有《食破砚斋诗存》等。

杨万里(1127—1206),字廷秀,号诚斋,学者称诚斋先生。宋吉水(今属江西)人。著有《诚斋易传》《诚斋集》等。

杨备,字修之。宋建平(今安徽郎溪)人,一说为福建浦城人。天圣中知长溪县,明道初知华亭县,因爱姑苏风物,遂居吴中。工诗。著有《萝轩外集》。

杨引传,字薪圃。吴县(今苏州)人。清同治十一年(1872)恩贡生。曾为正谊书院教授。著有《独悟庵诗》等。

杨桢,字啸甫。清太仓人。著有《悫庵集》。

杨简(1141—1225),字敬仲,号慈湖。慈溪(治今浙江宁波慈城镇)人。宋乾道五年(1169)进士,官至宝谟阁学士。师事陆九渊,筑室慈湖,讲学其中,创慈湖学派。著作编为《慈湖遗书》。

杨友夔,字舜韶,宋吴县(今江苏苏州)人。曾与许颉同居姑苏,闻盗孙策墓而作诗。工诗。

杨维桢(1296—1370),字廉夫,号铁崖,自称铁笛道人、铁心道人、铁冠道人、抱遗老人、梅花道人等。诸暨(今属浙江)人。著有《东维子文集》《铁崖先生古乐府》。

杨无咎(1636—1724),字震伯,号易亭。吴县(今江苏苏州)人。杨廷枢子。明亡,杜门隐居,与徐枋、朱用纯并称"吴中三高士"。家贫。工书法,嗜鼓琴,明亡后绝不复鼓。著有《谈经录》《管窥》等。

吴文英(约1212—约1272),字君特,号梦窗,晚号觉翁。宋四明(今浙江宁波)人。一生未第,游幕终身,在苏州、杭州、越州三地居留最久。工词。著有《梦窗词》。

吴琫,字公瑜,江苏宜兴人。清康熙二十一年(1682)进士,官福建莆田知县。

吴宽(1435—1504),字原博,号匏庵。长洲(今江苏苏州)人。明成化八年(1472)状元,官至礼部尚书。卒谥文定。著有《匏庵家藏集》等。

吴伟业（1609—1672），字骏公，号梅村、鹿樵生，太仓人。复社首领张溥的弟子。清顺治间，被荐至北京，任国子监祭酒。他学识渊博，文词清丽。著有《梅村家藏稿》等。

吴绮（1619—1694），字园次，号听翁。江苏江都人。清顺治十一年（1654）拔贡生，官至湖州知府，以风雅好事劾罢。工诗词，骈文与陈维崧齐名。著有《林蕙堂集》等。

吴熙，字照南，南城人。清贡生。官大庚教谕。著有《听雨斋集》。

吴雯（1644—1704），字天章，号莲洋，又号玉溪生。山西蒲州人。少明慧，博览群籍。清康熙十八年（1679）召试博学鸿词科，未中。工诗。著有《莲洋集》等。

吴翌凤（1742—1819），字伊仲，号枚庵。吴县（今江苏苏州）人，清诸生。少寓陶氏东斋，攻读史书，积二十年。工诗文，喜藏书。著有《怀旧集》等。

吴林，字息园。清长洲（今江苏苏州）人。著有《吴蕈谱》。

吴懋谦，字六益，别号华蘋山人，晚号独树老夫。布衣。明末清初江南华亭（今上海市松江区）人。著有《苧庵集》。

吴感，字应之，吴县（今江苏苏州）人。宋天圣二年（1024）进士，省试第一。九年中书判拔萃科，入第五等，授江州军事推官。官至殿中丞。善词。

吴全节（1269—1350），字成季，号闲闲，又号看云道人。饶州（今江西鄱阳）人。十三岁学道于龙虎山，尝从大宗师张留孙至大都见元世祖，大德末授玄教嗣师，又授玄教大宗师、崇文弘道玄德真人，总摄江淮、荆襄等处道教，知集贤院道教事。工草书。著有《看云集》。

吴士缙，医士。清人。屡访尧峰山麓诗人汪琬，乐其居，亦买宅在其旁筑小园。名"南垞草堂"。能诗。

吴昌硕（1844—1927），初名俊、俊卿，字仓石、昌硕，以字行，号缶庐、苦铁等。浙江安吉人。清末曾任江苏安东（今涟水）知县。曾定居苏州。书法、绘画、篆刻皆长，自成一家。著有《缶庐集》等。

宋无，字子虚，号翠寒道人。平江（今苏州）人。少从欧阳守道学，致力于诗。元至元二十四年（1287）举茂才，以奉亲辞。工诗，善墨梅。著有《翠寒集》《啽呓集》等。

宋曹（1620—1701），字彬臣，一作邠臣，号耕海潜夫、汤村逸史，人称射陵先生。盐城人。南明弘光朝时荐授中书舍人。入清举博学鸿词，举经学皆不就。工诗，尤精书法。著有《书法约言》《会秋堂诗文集》等。

宋荦（1634—1713），字牧仲，号漫堂，又号西陂。河南商丘人。清康熙年间入官，曾任江西、江苏巡抚，官至吏部尚书。工诗词，善画。著有《西陂类稿》《漫堂墨品》等。

宋实颖（1621—1705），字既庭，号湘尹。长洲（今江苏苏州）人，清顺治八年（1651）举人，十八年以江南奏销案黜革。康熙十七年（1678）复还举人，二十四年官兴化县教谕。少负盛名，有"江东独秀"之誉。著有《玉磬山房集》等。

杜牧（803—852），字牧之，京兆万年（今陕西西安）人。唐太和进士，历官监察御史，黄（今湖北新洲）、池（今安徽贵池）、睦（今浙江建德东）诸州刺史，官至中书舍人。以诗见长，七言绝句尤为后人推崇。为别于杜甫，人称"小杜"。著有《樊川文集》。

杜荀鹤（846—904），字彦之，号九华山人。池州石埭（今安徽石台）人。四十六岁中进士。后依汴州朱全忠（即后梁太祖）为翰林学士，仅五日而卒。工诗。著有《唐风集》。

杜琼（1396—1474），字用嘉，世称东原先生，自号鹿冠道人。明吴县（今江苏苏州）人。明经博学，书画皆精。擅山水，工人物，好为诗。著有《东原斋集》等。

苏舜钦（1008—1049），字子美。宋开封（今属河南）人。历官大理评事、集贤校理、监进奏院等。因事罢职，迁苏州筑沧浪亭定居。工诗文，与梅尧臣齐名，人称"梅苏"。著有《苏学士文集》。

苏轼（1037—1101），字子瞻，号东坡居士。眉州眉山（今属四川）人。宋嘉祐进士，累迁端明殿、翰林侍读两学士，擢礼部尚书。追谥文忠。诗词文赋均有极高成就，为唐宋八大家之一。诗文有《东坡七集》等。词集有《东坡乐府》。

李绅（772—846），字公垂。无锡人。著有《追昔游诗》。

李圣芝，字秋森，又字仙照，号衡霞。江苏嘉定（今属上海）人。明末诗人、书画家李流芳之孙。工诗，善文，卒年八十余。

李贶，字君右，号书城。潜江人。清顺治五年（1648）举人。曾任丹徒知县。著有《含桃轩诗稿》。

李振裕，字维饶，号醒斋，清康熙九年（1670）进士，改庶吉士，授编修，官至户部尚书。尝督学江南。著有《白石山房稿》。

李鸿裔（1831—1885），字眉生，号香岩，又号苏邻。四川中江人。清咸丰举人。官至江苏按察使。罢官后移家苏州，家近沧浪亭。工古诗文。著有《苏邻遗诗》等。

李其永，字漫翁，宛平人。寓吴。著有《贺九山房集》。

李根源（1879—1965），字印泉、雪生，别署高黎贡山人。云南腾越九保乡（今属梁河）人。辛亥革命名将，反对袁世凯称帝，参与护法斗争，力主抗日。后定居苏州，筑阙园。著有《吴郡西山访古记》等。

李实，生平待考。

沈周（1427—1509），字启南，号石田，晚号白石翁。明长洲（今江苏苏州）人。隐遁终身，专事诗文书画，与文徵明、唐寅、仇英并称"明四家"。著有《石田集》等。

沈明臣，字嘉则，号句章山人，晚号栎社长。明浙江鄞县人。平生作诗七千余首，与王叔承、王穉登并称。著有《丰对楼诗选》等。

沈德潜（1673—1769），字确士，号归愚。长洲（今江苏苏州）人。清乾隆进士，任编修、内阁学士、礼部侍郎。早年即以论诗、选诗闻名，为康乾以来拟古主义诗派之代表。著有《沈归愚诗文全集》，选编《唐诗别裁集》《明诗别裁集》《国朝诗别裁集》等。

沈秉成（1823—1895），原名秉辉，字仲复，浙江归安（今浙江湖州）人。清咸丰进士，官至安徽巡抚，兼署两江总督。曾购得苏州涉园，改建后称耦园，与夫人严永华归隐居此。工诗文，善书法。

沈愚，字通理，号倥侗生。苏州昆山人。家有藏书数千卷，博涉百氏，以诗名闻吴中。善行草，晓音律，工诗。著有《筼籁集》《吴歈集》。

沈叔埏（1736—1803），字剑舟，一字埩为，号带湖。秀水人。清乾隆进士，官至吏部主事。晚年筑室锦带、宝带两湖间，学者称双湖先生。著有《颐采堂集》。

沈金鳌（1717—1776），字芊绿，号汲门、再平、尊生老人。江苏无锡人，清代医家。经史诗文、医卜星算，皆有涉猎。

沈朝初（1649—1702），字洪生，号东田。吴县（今江苏苏州）人。清康熙十八年（1679）进士，改庶吉士，授翰林院编修，官至侍读学士。工诗文。著有《不遮山诗钞》。

汪琬（1624—1691），字苕文，号钝庵、钝翁、玉遮山樵。长洲（今江苏苏州）人，清顺治十二年（1655）进士。康熙十八年（1679年）举博学鸿词科，历官编修、户部主事、刑部郎中。乞归，结庐尧峰。与侯方域、魏禧，合称明末清初散文"三大家"。著有《尧峰文钞》《钝翁类稿》。

汪撰（1660—1699），字异三。清吴县（今江苏苏州）人。少能诗，工五言。著有《东轩诗草》。

汪青辰（1916—1992），1939年加入共产党，曾任鲁苏皖边区游击总指挥部第8支队政治指导员。此后，历任靖江县委副书记，苏州医学院党委书记、院长，苏州地区专员公署副专员等。曾任江苏诗词协会副会长。

邵宝（1460—1527），字国贤，号二泉。江苏无锡人。明成化二十年（1484）进士，历郎中，迁江西提学副使，官至南京礼部尚书。工诗。著有《容春堂集》等。

余思复（1614—1693），本名有成，明亡后改名，字不远，号中村老人。明诸生。福建将乐人。南明亡后，居山谷，远游吴中，又入黄山，始归里。著有《中村逸稿》。

余怀（1616—1696），字澹心，一字无怀，号曼翁、广霞，又号壶山外史、寒铁道人，晚年自号鬘持老人。明福建莆田人。侨居南京，自称江宁余怀、白下余怀。晚年退隐吴门，漫游支硎、灵岩之间，征歌选曲，与杜浚、白梦鼐齐名，时称"余、杜、白"。

况钟（1383—1443），字伯律，号龙岗，又号如愚。江西靖安人。初为吏，永乐中以荐授礼部郎中。宣德五年（1430），以荐擢苏州知府。他兴利除弊，不遗余力，为明朝著名清官。正统六年（1441），秩满当迁，郡民二万余人乞留，诏进二秩留任，明年卒官。著有《况太守集》。

何刚德，清末曾任苏州知府，奉命开辟植园。

何棅，字与楷，号涵斋。长洲（今江苏苏州）人。清顺治四年（1647）进士。授福建邵武府推官。累迁礼部郎中，出为江西提学佥事。

严永华（1836—1891），字少篮，号不栉书生。浙江桐乡人。沈秉成之继配夫人。能诗，善绘事，为母氏所授，书笔超逸，性耽翰墨，至老不倦。

邹溶，字南谷，吴县（今江苏苏州）人。清康熙二十四年（1685）进士，曾任洋县知县。

八画

范仲淹（989—1052），字希文。吴县（今江苏苏州）人。宋大中祥符八年（1015）进士，曾任西溪盐官，以龙图阁直学士经略陕西，后历官参知政事。他为政清廉，体恤民情，刚直不阿，力主改革。工诗文。谥文正。著有《范文正公集》。

范成大（1126—1193），字致能，号石湖居士。吴县（今江苏苏州）人。宋绍兴二十四年（1154）进士，调徽州司户参军，官至参知政事。卒封崇国公。工诗，为中兴四大诗人之一。著有《石湖居士诗集》等。

范来宗（1737—1817），字翰尊，号芝岩，一号支山。吴县（今江苏苏州）人。著有《洽园诗稿》。

范广宪（1897—1976），字子宽，号君博，别署百绯词人。吴县（今江苏苏州）人，入南社，为星社创始人之一。曾任苏州救火联合会执行委员、吴县商会监事长等。编有《吴门园墅文献》《吴门坊巷待辖吟》《苏州实录吟钞》《吴门竹枝词汇编十四种》等。

欧阳修（1007—1072），字永叔，号醉翁，晚号六一居士。吉州永丰（今属江西）人。宋天圣进士，官至参知政事。与宋祁合修《新唐书》，著有《新五代史》《欧阳文忠公文集》。

欧大任（1516—1595），字桢伯。广东顺德人，明嘉靖四十二年（1563）以岁贡生入都，隆庆四年（1570），授江都司训，官至南京工部郎中。工诗。著有《欧虞部集》等。

郑思肖（1241—1318），字忆翁，号所南。福州连江（今属福建）人。宋末太学生。侍父居吴。元兵南下，曾叩阍献策，不报。著有《郑所南先生文集》《心史》等。

郑元祐（1292—1364），字明德，号尚左。元处州遂昌（今属浙江）人。后侨居平江（今江苏苏州），著有《遂昌杂录》《侨吴集》。

郑敷教（1596—1675），字士敬，号桐庵。长洲（今江苏苏州）人，明崇祯三年（1630）举人。早结文社，入复社与杨廷枢齐名。入清，举贤良方正，以母老辞，寄迹广生庵，潜研《周易》，兼究释典。著有《桐庵文稿》等。

郑文焯（1856—1918），字俊臣，号小坡、叔问，又号冷红词客、大鹤山人。奉天铁岭（今属辽宁）人。属汉军正黄旗，自称原籍山东高密。清光绪元年（1875）举人。光绪六年应江苏巡抚吴元炳之邀，携家眷寓居苏州，为吴元炳幕僚。擅诗词。著有《大鹤山房全集》。

金圣叹（1608—1661），初名采，又名喟，字若采；明亡后改名人瑞，字圣叹。吴县（今江苏苏州）人。文学批评家，批注《水浒》《西厢记》等多部书。今人辑有《金圣叹全集》。

金俊明（1602—1675），初冒姓朱，名衮，字九章，后复姓，改字孝章，号耿庵、不寐道人。吴县（今江苏苏州）人。明末诸生。书斋名"春草闲房"，勤读书，入复社，才名藉甚。明亡，杜门佣书自给，不复出。擅画，墨梅最工。又善书，工诗古文辞。以诗、书、画称"吴中三绝"。著有《阐幽录》《春草闲房诗集》《耿庵诗稿》。

金上震，初名逊，字祖生，又字东宰。吴县（今江苏苏州）人。金俊明子。清顺治十七年（1660）武举人。善骑射，能诗，工书，善篆刻。

金侃（1635—1703），字亦陶。吴县（今江苏苏州）人。金俊明次子。继父业，善画，擅梅竹，又善青绿山水。清康熙十四年（1675）作《松壑吟秋图》。工楷书。诗亦佳。

金松岑（1874—1947），原名懋基，一名天羽，号鹤望。笔名金城、麒麟。吴江同里人。民国时,曾任江苏省议员、吴江县教育局局长、江南水利局局长、上海光华大学教授。工诗文。著有《天放楼诗文集》等。

周弼,字伯弜,又作伯弼。汶阳(今山东汶上)人。宋宁宗嘉定进士,曾任江夏令,不久即解官。后漫游东南各地。诗书画皆工,尤擅画墨竹。著有《端平集》。

周砥(1323—1362),字履道,号东皋生、菊溜生。吴县(今江苏苏州)人。工诗文、书、画。与马治合著《荆南唱和集》。

周在浚,字雪客。清河南祥符人。周亮工子。幼承家学,淹通史传。工诗文。著有《云烟过眼录》《秋水轩集》等。

周南老(1301—1383),字正道。元末明初长洲(今江苏苏州)人。元末时曾为吴县主簿。明初征赴太常,议郊祀礼。著有《姑苏杂咏》等。

周以昂,道士。明万历三十四年(1606)与太仓人金德隆重建福济观。

周瘦鹃(1894—1968),原名祖福。苏州人。现代作家。著有《行云集》《花花草草》等。

屈大均(1630—1696),初名邵隆,字翁山、介子,广东番禺(今广州)人。前半生致力于反清运动,清康熙二十二年(1683),郑成功之孙郑克塽降清,他大失所望,即由南京携家眷归番禺,终不复出。在家著述讲学,对广东文献、方物、掌故进行收集和编纂。他与陈恭尹、梁佩兰并称"岭南三大家"。著有《翁山诗外》《道援堂集》《广东新语》等。

屈复(1668—1745),字见心,号金粟,晚号晦翁。陕西蒲城人,清诸生。乾隆元年(1736)举博学鸿词科,坚不应徵。著有《弱水集》等。

武元衡(758—815),字伯苍。河南缑氏(今河南偃师南)人。唐建中四年(783)进士,授监察御史、华原县令,迁比部员外郎,官至门下侍郎、同中书门下平章事。后外放为剑南节度使。元和八年(813)二度拜相,主张强势对抗藩镇,不久被刺客暗杀,追赠司徒。著有《武元衡集》。

林鼎复,字道极,一字天友,福建长乐人,清顺治间辟为常州府通判。博通子史,书法临晋唐,为人慷慨尚气节,诗亦如之。著有《华鄂堂集》《全闽诗录》。

九画

赵嘏,字承祐。楚州山阳(今江苏淮安市淮安区)人。年轻时四处游历,留寓长安多年,出入豪门以干功名。唐会昌四年(844)进士及第,一年后东归。又复往长安,入仕为渭南尉,卒于任上。著有《渭南诗集》。

赵孟頫(1254—1322),字子昂,号松雪道人、水精宫道人。湖州(今属浙江）人。宋太祖赵匡胤十一世孙。至元二十三年（1286），程钜夫奉诏去江南访贤，他被引见，与忽必烈渐见亲近。后官至翰林学士承旨。擅画，工书。著有《松雪斋集》。

赵翼（1727—1814），字耘松，一字云崧，号瓯北。阳湖（今江苏常州）人。著有《瓯北诗钞》《瓯北诗话》等。

赵完璧，字全卿，号云壑，又号海壑。山东胶州人，明贡生。官至巩昌府通判。工诗。著有《海壑吟稿》。

姚合（777—843），字大凝，陕州硖石（今河南三门峡市陕州区东硖石乡）人。唐元和十一年（816）进士，授武功主簿，世称"姚武功"。历任监察御史，金、杭二州刺史，官至秘书监。诗名很盛，其诗作称"武功体"。与贾岛友善，诗亦相近，世称"姚贾"。

姚广孝（1335—1418），幼名天禧，字斯道，僧名道衍，赐名广孝，号逃虚子、独庵。长洲（今江苏苏州）人。十四岁出家。侍燕王朱棣。燕王起兵，参决军机。成祖即位，论功为第一，评为资善大夫、太学少师。后复为僧。著有《逃虚子集》。

姚宗典，字文初，号旻庵，自署虞权。明末清初长洲（今江苏苏州）人。复社成员。明崇祯十五年（1642）举人。与杨廷枢等结准提社，倡上善会。著有《旻庵诗文集》。

姚士簧，生卒待考。字东胶，浙江桐城人。清康熙年间诗人。

姚承绪，清嘉庆年间生。字缵宗，一字八愚。浙江嘉定人。博学能诗，因应试不利，寄情山水。著有《吴趋访古录》《留耕堂诗集》等。

施闰章（1618—1683），字尚白，号愚山。宣城（今属安徽）人。清顺治六年（1649）进士。康熙十八年（1679）召试博学鸿词，授侍讲，转侍读。工诗文，与宋琬、王士禛、朱彝尊、赵执信、查慎行并称"清初六家"。著有《学余堂文集》等。

施剑翘（1906—1979），女。原名施谷兰，安徽桐城人。自幼生活在山东济南。其父施从滨，曾任山东省军务帮办兼第一军军长，为军阀孙传芳所害。她为报父仇，1935年在天津佛教居士林刺杀孙传芳，后被捕入狱。1936年被特赦。新中国成立后，她因病移居北京，病愈后，以居士身份在碧山寺修行。1957年起任北京市政协第二至五届委员。

骆宾王（约638—684），字观光，婺州义乌（今属浙江）人。出身寒微，少有才名。唐永徽年间，任道王李元庆府属，历武功主簿、长安主簿。后任侍御史，因事下狱，遇赦而出。调露二年（680），出任临海县丞，坐事免官。光宅元年（684），随英国公徐敬业起兵讨伐武则天，撰写《代李敬业传檄天下文》(后人改题作《讨武曌檄》)。徐敬业败亡后,骆宾王结局不明,或说被乱军所杀,或说遁入空门。他与王勃、杨炯、卢照邻合称"初唐四杰"。著有《骆宾王文集》。

胡宿(996—1076),字武平,常州晋陵(今江苏常州)人。宋仁宗天圣二年(1024)进士,历任宣州通判、湖州知州、两浙转运使、翰林学士。治平三年(1066),出任观文殿学士、杭州知州。治平四年,以太子少师致仕。谥文恭。著有《文恭集》。

胡周鼒,字其章,号卤臣。明末清初长洲(今江苏苏州)人,占籍太仓。清崇祯十三年(1640)进士,授刑科左给事中,立朝数月,得罪权贵,罢职归。明年复起,以亲老辞。明亡,家居不仕。著有《恒素堂集》。

胡缵宗(1480—1560),字孝思,一字世甫,号可泉,又号鸟鼠山人。秦安(今甘肃天水市秦安县)人。明正德三年(1508)进士。任翰林院检讨,历嘉定州判官,安庆、苏州知府,山东、河南巡抚。能诗,工书法。著有《鸟鼠山人小集》等。

独孤及(725—777),字至之。洛阳(今属河南)人。唐天宝末,以道举高第,补华阴尉。代宗召为左拾遗,俄改太常博士。迁礼部员外郎,历濠、舒二州刺史,以治课加检校司封郎中,赐金紫。著有《毗陵集》。

贺铸(1052—1125),字方回,号庆湖遗老。卫州(治今河南卫辉)人。宋元祐中曾任泗州、太平州通判。大观三年(1109)退居苏州,杜门校书。喜论天下事。工词。著有《东山词》。

皇甫汸(1504—1583),字子循,号百泉。长洲(今江苏苏州)人。明嘉靖八年(1529)进士,官工部虞衡司郎中,后屡贬擢,至云南佥事。工诗,尤工书法。著有《皇甫司勋集》等。

皇甫信(1444—1489),字成之。长洲(今江苏苏州)人。明贡生。少负奇气,议论伟然。擅诗文,尤工书法,求者日甚,吴中公府、学校、斋坊题榜,多出其手。

祝允明(1461—1527),字希哲,号枝山。长洲(今江苏苏州)人。明弘治五年(1492)举人,正德间授兴宁知县,嘉靖元年(1522)迁应天府通判,未几致仕归。诗文潇洒自如,工书法,尤擅狂草。与唐寅、文徵明、徐祯卿并称"吴中四才子"。著有《怀星堂集》等。

祝颢(1405—1483),字惟清,号侗轩。长洲(今江苏苏州)人。明正统四年(1439)进士,授刑科给事中。景泰间升山西右参议,迁左参议。成化初,年六十,致仕归。工诗。著有《侗轩集》。

俞樾(1821—1907),字荫甫,号曲园。浙江德清人。清道光三十年(1850)

进士，官至河南学政。后移居苏州，置曲园，潜心学术，著有《春在堂全书》。

姜埰（1607—1673），字如农，号敬亭山人。山东莱阳人。明崇祯四年（1631）进士，官至礼科给事中。因弹劾权贵，受廷杖入狱。明亡后与弟垓流寓苏州，以遗民终。工诗。著有《敬亭集》。

洪亮吉（1746—1809），字稚存，号北江。阳湖（今江苏常州）人。清乾隆五十五年（1790）进士，历仕翰林院编修、贵州学政，因指斥时弊，落职发戍伊犁。翌年赐还，归居里门。著有《洪北江诗文集》。

费树蔚（1884—1935），字仲深，号韦斋。吴江人。曾任北京政府政事堂肃政使。袁世凯称帝后隐居苏州，与章太炎、金松岑、张一麐等人诗文相质，与张一麐并称为"吴中二仲"。著有《费韦斋集》。

十画

殷尧藩，浙江嘉兴人。唐元和九年（814）进士，历任永乐县令、福州从事，后官至侍御史。

钱载（1708—1793），字坤一，号箨石、瓠尊，晚号万松居士、百幅老人。秀水（今浙江嘉兴）人。有《萚石斋集》。

钱澄之（1612—1693），初名秉镫，字饮光，一字幼光，号田间。安徽桐城人。自幼随父读书，明崇祯时秀才。南明桂王时，担任翰林院编修。诗文尤负重名，与顾炎武、吴嘉纪并称"江南三大遗民诗人"。著有《田间诗集》《田间文集》等。

钱仲联（1908—2003），名萼孙。常熟人。曾执教于上海大夏大学、无锡国专，后任苏州大学教授。著有《人境庐诗草笺注》等，编有《清诗纪事》等。

顾湄（1633—？），字伊人，号抱山。江苏太仓人。早通经义，十二岁作《为上者与民争利论》，宿老异之。他绝意进取，致力于诗古文。有《水乡集》。

顾瑛（1310—1369），一名阿瑛，又名德辉，字仲瑛。元末明初昆山人。家业豪富，筑玉山草堂。轻财好客，常与杨维桢等诗酒唱和，风流豪爽。著有《玉山草堂集》等。

顾盟，字仲赘。甬东人。高才好学。工诗，著有《仲赘集》。

顾梦游（1599—1660），字与治。明末清初江宁（今江苏南京）人，祖籍吴县（今江苏苏州）。明崇祯十五年（1642）贡生。入清后不仕，遗民终老。晚年穷困自甘，以书易粟，求者成市。善行草书，工古文辞。著有《茂绿轩集》。

顾嗣立（1665—1722），字侠君，号闾丘。长洲（今江苏苏州）人。清康熙五十一年（1712）进士，改庶吉士，授知县，以疾归。居秀野园，读书吟咏其中，喜藏书，尤工诗。辑《元诗选》，著有《秀野草堂诗集》。

顾文铉，字晰章，号协庭。清元和（江苏苏州）人。诸生。著有《协亭山房集》。

顾嗣协（1663—1711），字迂客，号依园、楞伽山人。顾嗣立兄。长洲（今江苏苏州）人。清附贡生。工诗文。筑依园读书其中，与金侃、潘镠、黄份、金贲、蔡元翼、曹基酬唱，时号"依园七子"。康熙四十六年（1707）任广东新会知县，有政声。卒于任。著有《楞伽山人集》《依园诗集》。

顾汧（1646—1712），字伊在，号芝岩。长洲（今江苏苏州）人。清康熙十二年（1673）进士。选庶吉士，授编修。历左中允、内阁学士、礼部右侍郎。忧归，服阕，特命巡抚河南，主漕运。补太常少卿。著有《凤池园诗文集》。

顾文彬（1811—1889），字蔚如，号子山。元和（今江苏苏州）人。清道光二十一年（1841）进士。任刑部主事，官至浙江宁绍台道员。工诗词，善书法，喜收藏。著有《眉绿楼词》《眉绿楼词联》《过云楼书画记》等。

徐贲（1335—1379），字幼文，号北郭生。长洲（今江苏苏州）人。明初荐召入京，奉使晋冀，授给事中，累官河南左布政使，后坐事入狱死。能诗，兼工书画，与高启、杨基、张羽齐名，并称"吴中四杰"。著有《北郭集》。

徐宾，字用王，清长洲（今江苏苏州）人。隐居不仕。著有《南沙诗稿》《南沙文抄》。

徐祯卿（1479—511），字昌谷，又字昌国。吴县（今江苏苏州）人。著有《迪功集》《谈艺录》等。

徐有贞（1407—1472），初名埕，字元玉，号天全翁。吴县（今江苏苏州）人。明宣德八年（1433）进士，官至华盖殿大学士，封武功伯。受石亨、曹吉祥排挤，徙云南金齿卫为民，后释归。好读书，于天文、地理、兵法、水利、阴阳、方术之书无不披览。著有《武功集》。

徐应雷（1537—1596），字声远。明吴县（今江苏苏州）人。生两月而孤，祖母石氏教之，八岁能诗。为诸生。性笃孝，家素贫，应韩世能、徐祯卿聘为书记。著有《白毫集》等。

徐崧（1617—1690），字松之，号臛庵居士。清吴江（今江苏苏州）人。工诗文，好游山水。纂《百城烟水》，著有《臛庵诗稿》。

唐寅（1470—1524），字伯虎，一字子畏，号六如居士、桃花庵主、逃禅仙吏等。自称"江南第一风流才子"。长洲（今江苏苏州）人。明弘治解元。擅画，工诗。与沈周、唐寅、仇英合称为"明四家"，与文徵明、祝允明、徐祯卿合称为"吴中四才子"。著有《六如居士全集》。

唐仲冕（1753—1827），字六枳，号陶山。湖南善化人。清乾隆五十八年（1793）进士，历官宜兴、吴江、吴县知县，海州、通州知州，署松江、苏州知府，官至陕西布政使。居官多政绩，以循吏称。著有《陶山集》《陶山诗录》等。

唐元（1269—1349），字长孺，号敬堂，学者称"筠轩先生"。徽州歙县（今安徽歙县）人。明朝开国谋士朱升的老师。历任平江路儒学学录、建德路分水县儒学教谕、集庆路南轩书院山长等。时人誉为"东南学者师"。工诗文。著有《筠轩集》。

高启（1336—1374），字季迪，号槎轩，又号青丘子。长洲（今江苏苏州）人。明洪武二年（1369）以荐预修《元史》，为翰林院国史编修，擢户部右侍郎，固辞放归。七年因知府魏观案被腰斩。著有《高太史大全集》。

高简（1634—1707），字澹游，号旅云，自号一云山人。吴县（江苏苏州）人。能诗，擅画，尤工山水。平生小品最多。好画梅花书屋图，冷隽可珍，传世作品有《春山积翠图》《江乡初夏图》《寒林诗思图》。

耿元鼎，字德基，一字时举。宋平江（今江苏苏州）人。宋高宗绍兴间恩科进士。

倪瓒（1306或1301—1374），初名珽，字元镇，号云林子。自称"懒瓒"，又称"倪迂"。江苏无锡人。元末著名画家、诗人，为"元四家"之一。著有《清閟阁集》《倪云林先生诗集》。

倪之煌，字天章，别号钝道人。山东临清州人。父和鸣将军，驻宿迁，往来江淮间。流寓山阳，居湖嘴，有一草亭、餐菊草堂。读书饮酒无所不宜。为人豁达，负俊才，有诗名。著有《一草亭集》《南涉杂诗》。

都穆（1459—1525），字玄敬，号南濠。吴县（今江苏苏州）人。明弘治二十年（1499）进士，授工部都水司主事。官至礼部主客司郎中，加封太仆寺少卿。他潜心读书，勤于写作。著有《都公谭纂》《南濠文略》《南濠诗话》。

袁袠（1502—1547），字永之，号胥台山人。吴县（今江苏苏州）人，明嘉靖五年（1526）进士，官至广西提学佥事。病归，读书横塘别业以终。工诗，文亦俊爽。著有《胥台先生集》等。

袁学澜（1804—1879），一名景澜，字文绮，号春巢。元和（今江苏苏州）人，清诸生。八试不中，隐居尹山袁村。以诗文声闻吴中。同治四年（1865）迁居城内双塔影园。著有《适园丛稿》《吴郡岁华纪丽》等。

翁方纲（1733—1818），字正三，号覃溪，晚号苏斋。直隶大兴（今属北京）人，清乾隆十七年（1752）进士，授编修，官至内阁学士。精通金石、谱录、书画、词章、书法等。著有《复初斋文集》《复初斋诗集》等。

郭谏臣（1524—1580），字子忠，号方泉，更号鲲溟。长洲（今江苏苏州)人。明嘉靖四十一年(1562)进士,授袁州推官,擢吏部主事,迁稽勋司员外郎,出为江西右参政。不畏严嵩权势,屡有直谏,罢归。后起郧阳巡抚,未赴任而卒。著有《鲲溟先生诗集》。

爱新觉罗·弘历(1711—1799),即清乾隆皇帝,世宗第四子。雍正十三年(1735)八月嗣位,次年改元乾隆,在位六十年。

十一画

崔融(653—706),字安成,齐州全节(今山东济南东)人。进士及第,累补崇文馆学士,迁太子(李显)侍读,出任魏州司功参军。官至国子司业,兼修国史。善文,能诗,为初唐"文章四友"之一。作品有《洛出宝图颂》等。

黄省曾(1490—1540),字勉之,号五岳山人。长洲(今江苏苏州)人。明嘉靖十年(1531)举人。于书无所不览,从王守仁、湛若水游,又学诗于李梦阳,好谈经济。著有《五岳山人集》等。

黄丕烈(1763—1825),字绍武,又字绍甫,号荛圃、复翁等。吴县(今江苏苏州)人。清乾隆五十三年(1788)举人。嘉庆六年(1801)由举人挑一等,以知县用,签发直隶,不就,纳赀议叙,得六部主事。旋归。平生嗜学好古,素喜藏书,尤重宋刊本,尝得宋本百余种,构专室曰"百宋一廛"。后人编集为《士礼居藏书题跋》。

黄承圣,字奉倩。江苏太仓人。明诸生。明亡后,隐居为遗老。乐善好学,早有诗誉。与金俊明、毛晋、徐崧、陈鹤等为友。康熙中卒。著有《樗园诗》。

黄姬水(1509—1574),初名道中,字致之,又字淳父,号士雅。吴县(今江苏苏州)人。著有《贫士传》《高素斋集》。

黄周星(1611—1680),冒姓周,名星,字九烟,又字景明,改字景虞,号圃庵,别署笑苍道人等。著有《圃庵诗存》。

黄人(1866—1913),原名振元、震元,后更名人昭,字羡涵,又字慕韩、慕庵,别号江左儒侠、梦庵、慕云、病蝉。中年更名黄人,字摩西。江苏常熟人。清光绪七年(1881)秀才,后屡试不第。凡经史、诗文、方技、音律、遁甲之属能晓其大义。自诗词、小说及法律、医药、佛经道藏,莫不深究。书斋曰"揖陶梦梨拜石耕烟之室"。曾为常熟县衙书吏。与苏州李思慎、沈修、朱锡梁合称为"苏州四奇人"。曾翻译《哑旅行》《大复仇》《银山女王》《大狱记》等。著有《摩西词》等。

萧绎(508—555),字世诚,小字七符。梁武帝萧衍第七子,封湘东王。后为南梁第四位皇帝,即梁元帝(552—555年在位)。著有《孝德传》《怀旧志》《金楼子》等。原有集,已佚,后人辑有《梁元帝集》。

曹寅（1658—1712），字子清，号荔轩，又号楝亭。满洲正白旗包衣。十三岁为御前侍卫。清康熙时为近臣，以内务府郎中出为苏州织造。后为江宁织造。能诗，亦作剧曲。又好刻书。著有《楝亭诗钞》。

梁鸿，字伯鸾。汉右扶风平陵（今陕西咸阳西北）人。家贫。初受业于太学，博通群籍，竟业后入上林苑牧猪。娶同县孟光为妻，隐居霸陵山中，以耕织为业。后出关过洛阳，作《五噫歌》，讥讽统治者。他改名易姓，奔江南，与妻隐居在苏州皋伯通家，当佣工舂米，深得妻孟光敬仰，每归，妻"举案齐眉"，奉上饭食。后世传为佳话。其所作诗歌，今佚。

梅挚（995—1059），字公仪，四川成都人。宋天圣五年（1027）进士，曾任苏州通判。历任昭州、滑州、杭州知府。

章岘，字叔度，宋吴县（今江苏苏州）人。通经学，尤精《春秋》，世称复轩先生。著有《复轩集》。

章造，建安（今福建建瓯）人。宋景祐元年（1034）进士，一说天圣八年（1030）进士。曾官清海军节度掌书记。

屠隆（1542—1605），字长卿，又字纬真，号赤水、鸿苞居士。浙江鄞县（今浙江宁波）人。明万历五年（1577）进士，官至礼部郎中。为人豪放好客，纵情诗酒，结交者多海内名士。著有《白榆集》《由拳集》等。

盛锦（1691—1756），字庭坚，号青嵝，吴县（今江苏苏州）人。清康熙诸生。著有《青嵝遗稿》等。

十二画

程瑞，字希风，号梧冈。宋饶州（今江西鄱阳）人。工诗。不求仕进，隐居自娱。

程小青（1893—1976），原名程青心，又名程辉斋，号茧翁。籍贯安徽安庆。曾在上海工作，后迁居苏州。任东吴大学附中和景海女子师范学校教员。创作《霍桑探案集》，收录了《险婚姻》《血手印》《断指团》等中短篇小说10部。他有"中国第一侦探小说圣手"之誉。

董灵预，生卒待考。浙江湖州南浔人，清代南浔诗派诗人。

鲁超，字文远，号谦庵。浙江会稽人。清监生。任松江知府，有善政。康熙间官至广东左布政使。著有《谦庵词》。

蒋堂（980—1054），字希鲁，号遂翁。宋宜兴（今江苏宜兴）人。大中祥符五年（1012）进士。历任知县、通判、知州，召为监察御史，累知杭、益两州，徙河中府，再知杭、苏两州，以礼部侍郎致仕。著有《春卿遗稿》。

蒋之翘，字楚稚，号石林。明浙江秀水人。少时应郡邑试，为奸人所诱，罣误终身。家贫好藏书,致力古学,晚年无子,授徒自给。著有《天启宫词》等。

蒋垓(1636—1765),字兆侯。长洲(今江苏苏州)人,清顺治十四年(1657)举人,十六年会试副榜。著有《兆侯词集》等。

蒋吟秋(1897—1981),名瀚澄,字镜寰,晚号平直居士。吴县(今江苏苏州)人。民国时任江苏省立苏州图书馆馆长。新中国成立后,任江苏省政协委员、苏州市政协常委。著有《吴中先哲藏书考略》《沧浪亭新志》等。

彭启丰(1702—1784),字翰文,号芝庭,晚号香山老人。长洲(今江苏苏州)人。清雍正五年(1727)状元,官至兵部尚书。著有《芝庭文稿》《芝庭诗稿》等。

彭孙贻(1615—1673),字仲谋,号羿仁。浙江海盐人。明拔贡生。善诗,工墨兰。明亡后绝意仕途,以布衣蔬食终身。著有《茗斋集》等。

舒位(1765—1815),字立人,号铁云。清大兴(今北京)人。寓居苏州。乾隆五十三年(1788)举人。以游幕为生。工诗,明画理,兼吹笛鼓琴。著有《瓶水斋诗集》。

惠周惕(1641—1697),原名恕,字元龙,号砚溪、红豆主人。吴县(今江苏苏州)人。清康熙三十年(1691)进士,任密云知县。长于经学,为吴派经学开山之人。著有《砚溪先生诗文集》等。

谢家福(1847—1896),字绥之,一字锐止,号望炊。吴县(今江苏苏州)人。家住苏州桃花坞。庠生。清咸丰十年(1860),太平军入苏时被俘,以计脱。后任上海电报总局提调。著有《望炊楼丛书》等。

锐止,即谢家福。

寒山(生卒年不详),一称"寒山子"。唐代高僧。出身于官宦人家,多次投考不第后出家。30岁后隐居于浙江天台山寒岩,自号寒山。他与天台国清寺僧拾得为友,经常在山林间题诗作偈,后人辑成《寒山子诗集》,收诗300余首。

释惟则(约1280—1350),天如禅师,俗姓谭。元永安(今江西庐陵)人。善诗。倡禅净合一,为开宗立派的大师。著有《师子林别录》《天如集》等。

释良琦,字元璞,元末明初姑苏(今江苏苏州)人。苏州天平山龙门寺僧人。与顾瑛、陶宗仪、张渥等交游甚密。元末随顾瑛移居嘉兴城东兴圣寺。既究禅理,兼通儒学,亦能诗文。

释祖观(1791—1860),俗名张京度,字莲民,号觉阿。元和(今江苏苏州)人。出家常州天宁寺。清咸丰十年(1860)避乱太湖冲山岛,为募捐田百余亩,山中人尤感其德。未几示寂。著有《通隐堂诗存》《梵隐堂诗存》。

释来复(1319—1391),俗姓黄,一说姓王,字见心,号蒲庵。僧。豫章丰城（今属江西）人。明洪武初召至京，除僧录寺左觉义，诏住凤阳槎牙山圆通院。工书，似赵孟頫。后因牵涉胡惟庸案被凌迟。

释超源，字莲峰，浙江杭州人。清雍正年间赐紫衣杖钵，特命南旋，住锡苏州怡贤禅寺。工诗。草书法怀素，画亦高超。著有《未筛集》。

释普经，姓氏、生卒不详。

释大珉，姓氏、生卒不详。

释智琨，姓氏、生卒不详。

释照琼，姓氏、生卒不详。

释超粹，姓氏、生卒不详。

释本宏，姓氏、生卒不详。

十三画

虞世南（558—638），字伯施。越州余姚鸣鹤（今属浙江慈溪）人。隋炀帝时官起居舍人。隋亡后，归唐，历任弘文馆学士、秘书监，甚为太宗崇敬，称他有五绝，即德行、忠直、博学、文辞、书翰，其书翰一项，为唐初名家。编有《北堂书钞》。

虞堪，字克用，一字胜伯，号青城山樵。元末明初长洲（今江苏苏州）人。元末隐居不仕。家藏书甚富，多亲自编辑。工诗，兼写山水。洪武十年（1377）入滇为云南府学教授，卒于任。著有《虞山人诗》《希澹园诗》。

雷浚（1814—1893），字深之，号甘溪。吴县（今江苏苏州）人，清同治八年（1869）监生，次年任县学训导。精校雠，通小学，尤注重《说文解字》。佐冯桂芬修《苏州府志》。著有《道福堂诗草》。

十四画

蔡京（1047—1126），字元长。兴化军仙游（今属福建）人。宋熙宁进士。为北宋"六贼"之首，曾多次罢相复相。金兵南下，他全家南逃。钦宗贬他至岭南，途中死于潭州（治今湖南长沙）。

蔡云（1764—1824），字立青，号铁耕。元和（今江苏苏州）人。清嘉庆九年（1804）优贡生。工制义，然省试辄不售。工诗词，格律精整。著有《借秋亭诗草》《吴歈百绝》等。

蔡羽（1471—1541），字九逵，号左虚子、林屋山人。吴县（今江苏苏州）人。著有《林屋集》《南馆集》等。

缪彤（1627—1697），字歌起，号念斋。吴县（今江苏苏州）人。清康熙六年（1667）状元。授秘书院修撰，迁侍讲学士，父艰归，遂不复出。家居20

年,杜门不与世事,惟率乡之后进讲学课文,尝立三畏书院,学者称双泉先生。著有《双泉堂集》。

缪荃孙(1844—1919),字炎之,又字筱珊,号艺风。江苏江阴人。习文字学、训诂学和音韵学。17岁时太平军进江阴,侍继母避兵淮安。21岁举家迁居成都,24岁应四川乡试中举。33岁中进士,授翰林院编修。此后从事编撰校勘十余年。著有《艺风堂文集》《艺风堂诗存》等。

裴天锡,生平待考。

十五画

潘江,字蜀藻,号木崖。江南桐城人。以著述自娱。清康熙十八年(1679)举博学鸿儒,不赴。卒年八十四。著有《木崖诗集》《字学析疑》等。

潘耒(1646—1708),字次耕,号稼堂,晚号止止居士。吴江(今江苏苏州)人。师事徐枋、顾炎武,淹贯群书。清康熙十八年(1679)以博学鸿词征,试授翰林院检讨。参修《明史》。充日讲起居注官、会试同考官。二十三年坐浮"躁降"调归。后复原官。性好山水。诗不事雕饰。著有《遂初堂集》《遂初堂集外诗文稿》等。

潘奕隽(1740—1830),字守愚,号榕皋,又号水云漫士、三松居士,晚号三松老人。吴县(今江苏苏州)人,清乾隆三十四年(1769)进士,历官内阁中书、户部贵州司主事。工诗,善书,亦画山水,尤精画兰。著有《三松堂集》等。

潘奕藻(1744—1815),字思质,号畏堂,吴县(今江苏苏州)人。清乾隆四十九年(1784)进士,官至刑部郎中。著有《归云诗集》。

潘曾绶(1810—1883),初名曾鉴,字绂甫,号绂庭。潘世恩四子。清吴县(今江苏苏州)人,道光二十年(1840)举人。历官内阁中书、内阁侍读等。以父年高致仕归,遂不复出。喜文史,工诗词。著有《陔兰书屋诗集》等。

潘遵祁(1808—1892),字觉夫,号顺之、西圃。吴县(今江苏苏州)人。潘奕隽孙。清道光二十五年(1845)恩科进士,官翰林院庶吉士,授编修,充国史馆协修,加侍读衔。著有《西圃集》。

潘陆,字江如,吴江人。明诸生。有《穆溪集》。

潘君明,1937年生。笔名江虞、采田、散采田、东门君、田风等,晚号东村老人。江苏常熟人。主要从事吴地文化研究和写作,诸如苏州古城、街巷、园林、桥梁、楹联,以及民间文学等。在职研究中国监狱史学、罪犯教育学等。出版各类著作60余种、80余册。

十六画

薛雪（1681—1770），字生白，号一瓢，别号牧牛老朽、扫叶山人、槐云山人、磨剑山人。清吴县（今江苏苏州）人。先居苏州葑门，后迁南园，有楼名曰"扫叶楼"，亦名"扫叶庄"。能诗、工画，善拳勇，能书法，精研《易》理，于医学尤称深湛，治疾多奇迹。著有《医经原旨》《薛生白医案》等。

十七画

魏了翁（1178—1237），字华父，号鹤山。邛州蒲江（今属四川）人。宋庆元进士，授签书剑南川节度判官，在蜀为官十七年。累官至权工部侍郎。其后知绍兴、福州，终以资政殿学士致仕。诏赐平江（今江苏苏州）符第，即定居平江。著有《鹤山大全集》。

戴复古（1167—？），字式之，号石屏，台州黄岩（今浙江台州市黄岩区）人。南宋著名诗人。曾经跟陆游学作诗。著有《石屏诗集》《石屏词》。

十八画

鳌图，字伯麟，号沧来，汉军旗人。乾隆三十五年（1770）举人，历官江苏按察使。有《习静轩集》。

后　记

"四壁藏书贮万卷,就中最爱读诗词。"我自幼喜读唐诗,长大后又喜读宋词。此后,阅读诗词十分广泛,元曲和明清时期的诗词,以及毛泽东、叶剑英、董必武等的诗词皆爱读。凡中意的诗词书籍,即购买收藏,有全集、选集,也有诗话、诗论。1985年,我参与了钱仲联主编的《苏州名胜诗词选》的编注工作。近年来,应有关部门之约,编注了《历代山塘诗词精选》《苏州历代饮食诗词选》等书。在阅读诗词过程中,发现苏州的诗人、词家很多,题材广泛,内容丰富,成就非凡。外地来苏州的诗人、词家,也喜欢吟咏苏州,触景生情,浅吟低唱,时有佳篇名句。他们中不乏名家、大家,吟咏的诗词,大都结集出版,流传于世。

在阅读诗词的过程中,我发现描写苏州古城、街巷的诗词也不少,长篇短吟,抒发情感,反映了苏州古城、街巷的历史风貌,反映了苏州的社会民情,反映了诗人、词家对苏州的留恋。当然,这些诗词,也是苏州古城、街巷的历史见证。于是,很想汇集这方面的诗词,编一部书稿,以弘扬苏州古城的辉煌历史文化,提高苏州古城的历史文化品位。

于是,我在2018年着手搜集资料,准备编辑。2022年,新冠肺炎疫情复发,为防止蔓延传播,政府采取措施,除加强核酸检测外,劝导居民尽量不出门或少出门。其时,我的社交活动几乎停止,尽量宅在家里。由此,想到编辑苏州诗词的打算终于可以实施了。经过近三年的努力,最终编成《诗城苏州》一书,了却了一个心愿。

本书共收录本地的、外地的历代诗人、词家近300位,诗词700余首,几乎涵盖了苏州古城、街巷的各个方面。苏州古城是诗词的海洋,在海洋里摘几朵浪花,珠光宝影,折射出苏州古城、苏州街巷的亮丽风采。

真是:读诗词,快意也;写诗词,闲情也;编诗词,自娱也;出版诗词集,一卷在手,逸兴也!

语曰:"爱读诗词爱吴地,最爱苏州是诗城。"

潘君明

2024年5月完稿于
苏州市相门外东环新村角挂书屋